BASEADO EM FATOS REAIS

14 HISTÓRIAS INSPIRADAS NOS CASOS
MAIS INUSITADOS NOTICIADOS NA IMPRENSA

BASEADO EM
FATOS
REAIS

FERNANDO MOREIRA

HarperCollins *Brasil*

Copyright © Fernando Moreira, 2015

Direitos de edição da obra em língua portuguesa no Brasil adquiridos pela Casa dos Livros Editora LTDA. Todos os direitos reservados. Nenhuma parte desta obra pode ser apropriada e estocada em sistema de banco de dados ou processo similar, em qualquer forma ou meio, seja eletrônico, de fotocópia, gravação etc., sem a permissão do detentor do copirraite.

```
CIP-Brasil. Catalogação na publicação
Sindicato Nacional dos Editores de Livros, RJ

M837b    Moreira, Fernando
            Baseado em fatos reais: 14 histórias inspiradas nos
         casos mais inusitados noticiados na imprensa / Fernando
         Moreira. — 1. ed. — Rio de Janeiro: HarperCollins
         Brasil, 2015.
            272 p.

            ISBN 978.85.220.3142-9

            1. Conto brasileiro. I. Título.
                                          CDD: 869.93
                                          CDU: 821.134.3(81)-3
```

Rua Nova Jerusalém, 345 – Bonsucesso – 21042-235
Rio de Janeiro – RJ – Brasil
Tel.: (21) 3882-8200 – Fax: (21) 3882-8212/8313

Para a minha avó Dilia, que comprava as minhas histórias quando eu era criança e acreditava que o Homem de Ferro tinha poderes porque comia muito feijão

SUMÁRIO

Prefácio 9

Coração de chumbo 13
Adeus, Stalin 33
O terno da noiva 45
A lista de Marija 57
As meninas de Tacna 77
O caminho da perdição 89
Três casamentos e uma vingança 105
Vestido azul, casaco cáqui e bota marrom 117
O galã de Loch Ness 139
Rocky Balboa 153
O canibal de Heidelberg 173
Meia verdade, meia mentira, meia palavra 207
A segunda vez 237
O boto do Nilo 257

PREFÁCIO

O embrião do Page Not Found veio na forma de uma ave muito esperta. Custei a acreditar que pudesse ser verdade: um papagaio entregando um adultério!? Não, não é possível. Por mais inteligentes que os parentes africanos do Zé Carioca sejam, minha primeira reação foi imaginar que tudo não passava de uma pegadinha, um primeiro de abril ao molho inglês. Não era, estávamos em janeiro. E os tabloides britânicos não falavam de outra coisa. Logo, até a CNN noticiou. Pensei: "Ah, então é verdade mesmo!" Apressei-me e redigi a notícia sobre Ziggy, o indiscreto papagaio africano que morava em Leeds, na Inglaterra, com seu dono, Chris Taylor, e a namorada dele, Suzy Collins. Chris começou a perceber que Ziggy estava, estranhamente, repetindo um nome. E não era o seu. "Gary! Gary! Gary!", gritava a ave acinzentada. "I love you, Gary", completava o morador de penas. A luz amarela se acendeu. Acompanhados do nome do forasteiro vieram gemidos feitos pelo papagaio, que Chris não demorou a reconhecer: eram claramente sexuais. Sob luz vermelha, o dono de Ziggy encostou Suzy contra a parede. Acuada e tendo que enfrentar uma testemunha poderosa, a namorada de Chris capitulou e confessou: estava mesmo traindo o namorado e levando Gary, seu amante, para o apartamento.

"Maldito papagaio!" Não há registro de que essas duas palavras tenham sido proferidas por Suzy no calor da emoção e com as nervosas mãos de Chris apertando seus braços finos. Não há sequer registro de que o dono de Ziggy tenha sacudido a namorada na busca da verdade. Mas não é nada difícil acreditar que isso tenha acontecido. Ou algo parecido. Estranho seria imaginar que alguém possa confrontar a namorada, sob suspeita de traição, e perguntar com ar *blasé*, enquanto abre tranquilamente a geladeira: "Será que entendi o que Ziggy está dizendo?" Aí é que entra este livro que você está prestes a começar a ler.

A denúncia feita pelo papagaio africano e a repercussão que a história teve me fizeram acreditar que havia espaço na mídia digital para notícias que grande parte da mídia impressa ignorava. Assim nasceu, em junho de 2006, no site de *O Globo*, o blog Page Not Found, a página com histórias inusitadas, insólitas, bizarras, curiosas, polêmicas e divertidas que o leitor não encontrava normalmente onde procurava se abastecer com informações sobre o mundo. China, Índia, Inglaterra e Estados Unidos passaram a contribuir generosa e regularmente com relatos inacreditáveis. E logo outros países foram se achegando. Difícil imaginar algum cantão do planeta que não tenha sido ao menos citado em algum dos mais de 17 mil posts.

As postagens no blog sempre tiveram um cunho absolutamente jornalístico. Partem de um acontecimento noticiado mundo afora e se encerram nele. Às vezes, volto ao tema, quando se faz necessário acrescentar um capítulo para pôr um ponto final — ou quase — à história. Durante todos estes anos à frente do Page Not Found, convivo com aquela primeira impressão que a história do falastrão Ziggy me deu: será mesmo verdade? Isso parece coisa de novela! Ah, só acontece em filme!

Os limites entre realidade e ficção são postos à prova a cada momento que deparo com acontecimentos que parecem tirados de um conto assombroso de Edgar Allan Poe, do delírio eloquente de Oscar Wilde, da sátira subversiva de William S. Burroughs, da realidade fantástica de Gabriel García Márquez. Para minha surpresa, descubro-me o tempo todo diante de fatos reais que podem ser perfeitamente obras da mais autêntica ficção. E, afinal, o que é a realidade se ela pode ser reescrita um dia, um mês, um ano, uma década, um século depois? Quantas vezes a imprensa não teve que rasurar suas sagradas escrituras da verdade absoluta? Ou melhor, da "verdade", já que vivemos a tragicômica era das aspas.

Foi refletindo sobre isso que surgiu a ideia de reescrever algumas das histórias mais pitorescas que já atravessaram o caminho do Page Not Found. Se a inglesa Suzy não exclamou na sua ira de flagrada em traição o tal "Maldito papagaio!", foi porque a realidade que o blog contou não lhe dera a devida oportunidade. Assim, este livro é uma espécie de acerto de contas com personagens incríveis que são tratados, pela natureza do meu trabalho diário, de forma seca, superficial e simplória. Nestas 14 histórias, tomo emprestadas notícias e entrego ao leitor algo que trespassa a realidade e faz do jornalista um contista, que mergulha no universo real dos protagonistas com a liberdade que a fantasia criativa permite. A experiência, desde o primeiro conto, foi como a de um aventureiro solitário que embarca num trem sem saber exatamente que trilhos o levarão ao destino desejado — se é que foi desejado.

Todas as histórias contidas aqui foram baseadas em fatos reais. Ponto. O restante foi fermentado com boas pitadas de ficção. Gosto de chamar de "ficção controlada", na qual os limites entre realidade e imaginação são os mais tênues possíveis. Antes do ponto final, entretanto, gostaria de esclarecer que muitas das informações e muitos dos cenários que permeiam os contos e dão ao leitor a ambientação ao local por onde a trama envereda foram produzidos após pesquisas em livros e na internet. Cidades, bairros, parques, ruas, carros, nomes de pessoas, acontecimentos paralelos, tudo foi fruto de um trabalho facilitado demais por um dos maiores milagres do mundo contemporâneo: o Google. Um dos contos — "Meia verdade, meia mentira, meia palavra" — foi praticamente todo escrito com o Google Maps aberto em outra janela: um olho no padre, outro na missa. A descrição da igreja de são Nicolau, na pequena Zawiercie (Polônia), e dos acontecimentos que se sucedem ao redor dela bate com o que é visível pela ferramenta a qualquer internauta curioso. A não ser que a realidade que explode no *zoom* da tela seja uma farsa irretocável assinada pelo Grande Irmão. Se for "verdade", estaremos todos perdidos. "Maldito papagaio!"

CORAÇÃO DE CHUMBO

*"Os desígnios do coração do homem
são maus desde a infância."*
Bíblia Sagrada (Gênesis 8:21)

O médico deslizou os olhos azuis num frenético vaivém por aquele emaranhado de letras, números, medidas e imagens em 3D multicoloridas. Na frente dele, Josh tamborilava na mesa de madeira com os dedos das duas mãos em velocidade acelerada. Quando o médico começou a esboçar um sorriso pelo canto da boca, a rapidez com que os dedos se revezavam golpeando a mesa ficou ainda maior. O coração de Josh disparou. Na verdade, o coração não era dele. Mas o sangue e a adrenalina disparados, sim. Sem dúvida.

— Seus exames estão ótimos, perfeitos — disse o doutor Davis, ainda segurando as folhas dos muitos exames do paciente.

As poucas palavras oferecidas pelo médico fizeram Josh tremer intensamente, como se o ar-condicionado do consultório tivesse passado ao modo Sibéria em alguns segundos. Uma lágrima solitária brotou do olho direito. Josh a aparou antes que ela caísse na mesa.

— Pode chorar, Josh, seu coração resiste. Você ganhou um coração de ferro — comentou Davis, amplificando o sorriso solidário.

Quatro meses antes, o paciente de setenta anos tinha sido levado às pressas para uma sala de cirurgia de um hospital em Raleigh, na Carolina do Norte, depois que fora encontrado um coração compatível num estado vizinho. O transplante do órgão demorou pouco mais de sete horas e deixou os cirurgiões confiantes. A recuperação na UTI seguiu o curso esperado. Em três semanas, Josh já estava em casa. Para quem só tinha seis meses de vida, retornar para casa sem prazo de validade era um milagre. Era assim que Josh via tudo: ele havia sido agraciado com a intervenção divina.

— Bem, agora é tomar religiosamente todos os remédios, dia após dia, dia após dia. E, é claro, manter uma alimentação mais saudável. Certo? — recomendou o cardiologista.

— Pode deixar, doutor. Vou seguir à risca, como tenho feito com minhas orações diárias — respondeu Josh, controlando a tremedeira.

— Se você sentir algo anormal me procure a hora que for. Mas creio que não será necessário. Achamos mesmo um coração perfeito para você. Foi incrível. Todos ficaram bem impressionados com os resultados dos testes de compatibilidade. Agora é vida nova, Josh. Você ganhou uma segunda chance — disse Davis, levantando-se da cadeira e se preparando para se despedir de Josh.

— E quando volto a vê-lo, doutor? — indagou o transplantado.

— Como eu já disse, você terá que fazer novos exames daqui a três meses. Depois disso, o controle será mais espaçado. Você vai até esquecer que existo. E vai me trocar por um oftalmologista, por um ortopedista... Coisas da idade, né? — brincou Davis, fazendo um carinho nas costas do paciente, já de pé.

Três meses voaram, num misto de alegria e ansiedade em doses cavalares. Josh fez todos os exames solicitados e retornou ao consultório de Davis. Tudo estava na mais perfeita ordem.

— Não falei que você tinha recebido um coração de ferro? — comentou o médico.

Ao sair do consultório, Josh aproveitou que Davis havia liberado caminhadas e foi andando sem pressa até a igreja metodista que costumava frequentar quando era mais jovem, mas à qual não ia havia alguns anos. O templo estava vazio. O fiel faltoso se sentou num dos bancos de madeira de lei, fechou os olhos e começou a orar silenciosamente. Em determinado momento da oração, Josh escapou da confortável zona da oração silenciosa e sua voz passou a ser ouvida no ambiente. Foi o bastante para despertar a atenção do pastor, que estava numa sala no fundo do altar lendo passagens da Bíblia para uma fiel em apuros.

O volume da voz de Josh aumentava à medida que a certeza de ter sido alvo de um milagre se espalhava pelo seu corpo por obra de veias e artérias humanamente suas. E coração divinamente doado.

Quando Josh se calou, o pastor se aproximou cautelosamente por um corredor lateral. O fiel ainda estava com os olhos fechados e exibia um semblante tenso de extrema devoção. Collins esperou até que a calmaria pudesse ser notada na face do homem à sua frente e, então, disse:

— Está tudo bem aqui?

Josh se assustou com a abordagem e deu um leve salto ao abrir os olhos e ver o pastor diante dele. O coração disparou.

— Está tudo bem, pastor. Tudo muito bem — retrucou, com um leve sorriso e o coração já em ritmo menos acelerado.

— A igreja estava vazia e você estava orando com tanto fervor que não pude deixar de vir vê-lo. Perdoe-me a intromissão — falou Collins, ainda com a Bíblia nas mãos, aberta na página que estava usando para conversar com a fiel pouco antes.

— Exagerei, pastor? — perguntou Josh.

— Nunca se exagera quando se fala a Deus com o coração — respondeu o líder paroquial. — Mas é que você estava orando muito alto, e não costumo ver isso por aqui. Os fiéis são mais comedidos. Mas não se preocupe, você não fez nada de errado — acrescentou.

— Que bom, pastor. Eu precisava agradecer — disse Josh.

— Agradecer a quem? — indagou Collins.

— A Deus. A quem mais? Ele me deu um milagre de presente — comentou Josh, altivamente.

Curioso com as palavras entusiasmadas do fiel, o pastor pediu permissão e se sentou ao lado de Josh. Nos minutos seguintes, ouviu todo o relato, desde a grave cardiopatia que já tomara mais da metade do coração do homem até o transplante "milagroso" sem qualquer sinal de rejeição.

— Deus multiplicou meus seis meses de vida, pastor. Não foi um milagre? — indagou Josh.

O pastor sorriu, contemplando a alegria do fiel.

— Que versículo você estava lendo? — perguntou Josh, tocando a Bíblia.

Foi aí que Collins se levantou apressadamente, lembrando-se de que tinha uma fiel à espera do seu conforto.

— "Oro também para que os olhos do coração de vocês sejam iluminados, a fim de que conheçam a esperança para a qual ele os chamou, as riquezas da gloriosa herança dele nos santos" (Efésios, capítulo 1, versículo 18) — disse o pastor, com a voz embargada, seguindo para o fundo do templo.

Boquiaberto, Josh sentiu o coração parar por um instante. Mas estava tudo bem.

À exceção da grande cicatriz que atravessava o peito e o abdome de Josh, nada o fazia se lembrar do desespero e da angústia por que havia passado meses atrás, antes de se submeter à loteria do transplante. Aposentado, passou a se dedicar mais à igreja. Todo santo dia, Josh visitava o templo e conversava com outros fiéis e o pastor Collins, que dirigia a congregação havia 15 anos. Quando algo o impedia de ir à igreja, sua alma se inquietava de tal forma que ele sentia como se marimbondos o ferroassem por dentro. Josh chegou a comentar esse sentimento aterrador com o pastor, que passou a usar os marimbondos do fiel numa pregação sobre pessoas que ele observava estarem se afastando de Deus.

Após um culto de domingo, um paroquiano que tomara conhecimento da história de Josh se aproximou dele na saída do templo. Com grande dificuldade, ele contou que o filho único, de 22 anos, havia morrido, três semanas antes, na longa fila de espera por um transplante de fígado. A emoção fluiu como um rio empurrado pelas águas de um temporal. Os dois se abraçaram e choraram. Protegendo-se.

— Josh, você foi iluminado por Deus. Alguns vão falar que foi sorte, mas não foi. Foi Deus quem colocou o coração dessa pessoa no seu caminho. Com meu filho, Deus teve outros planos — comentou o fiel, enxugando as lágrimas com um lenço. — Por acaso você conheceu a pessoa de quem herdou o coração? — indagou.

A pergunta banal pareceu um fuzilamento tão inesperado quanto impiedoso. Quase um ano após o transplante, Josh não havia dispensado um minuto do seu dia para pensar na pessoa que lhe doara o coração. Quando passou a fazê-lo, um pesadelo se tornou duramente recorrente: um homem com uma máscara grotesca de chumbo aparecia no quarto de forma sorrateira, enfiava a mão no peito de Josh e lhe arrancava o coração com um único golpe. O sentimento de culpa se apoderou de seu corpo e de sua alma. Uma leve taquicardia o deixou trêmulo, preocupado. Ele havia se fixado na obrigação cristã de agradecer a Deus e de espantar o pesadelo macabro.

Descobrir de quem era o coração que agora trabalhava perfeitamente para ele se tornou uma obsessão para Josh e o caminho da sua tão esperada redenção. Seguindo sua intuição, ele foi ao consultório de Davis, mas não obteve qualquer resposta. O próprio médico aconselhou o paciente a deixar isso para trás.

— Você ganhou uma nova vida, Josh. E a vida segue. Para que ficar olhando para trás? — disse Davis, com o olhar terno, mas afobado por causa da agenda lotada.

Era tarde demais. Nada demoveria Josh de encontrar a família do doador e agradecer pela generosidade. Quem sabe a família não estivesse passando por dificuldade financeira? Quem sabe não necessitasse da orientação de um advogado? Com uma boa aposentadoria, fruto de uma carreira bem-sucedida trabalhando com a lei, Josh poderia ajudá-la. "Seria mais do que justo, seria cristão", pensava ele.

Alguns dias depois, Josh descobriu que seu coração partira de helicóptero de um hospital universitário em Charleston, na Carolina do Sul. Ele ligou para lá, mas ninguém podia fornecer qualquer informação. Obstinado, poucos minutos depois, pegou a carteira e um casaco, entrou no seu Ford Falcon 73 prateado e caiu na estrada. Varou a noite dirigindo. Antes de o sol aparecer, já estava diante da entrada do hospital. Insone.

Havia pouco movimento no local. A ansiedade era enorme, mas Josh preferiu esperar um pouco e tomar o café da manhã em frente ao hospital. Comeu frutas, pão integral e manteiga. Para acompanhar, suco de laranja: recomendação médica de moderação. Após o desjejum, atravessou a avenida e entrou no centro hospitalar. Foi direto à administração. Uma mulher de meia-idade o recebeu com cortesia. Ela ouviu atentamente a história de Josh, mas, citando uma questão ética, disse que não teria como ajudar:

— Sinto muito, senhor. A família não me autorizou a passar qualquer informação.

Josh apelou, citou seu "milagre", chorou diante da administradora, disse ter uma "missão cristã" a cumprir e contou novamente sua história, carregando no tom dramático e se esforçando para lembrar algum detalhe que pudesse ter omitido no primeiro relato e que tivesse uma força devastadora de convencimento. Tudo em vão. A mulher diante dele parecia até sensibilizada, mas estava de mãos atadas. Desolado, Josh deixou a sala da administradora e se sentou num sofá na recepção, onde havia uma secretária e mais uma pessoa esperando atendimento. A mulher ofereceu a Josh um copo d'água. Ele aceitou, embora nenhum líquido pudesse empurrar goela abaixo sua imensa frustração. Tomou alguns breves goles, em gesto de agradecimento pela atitude da secretária. Em seguida, retirou-se, vagarosamente.

Ao retornar ao local onde estava seu carro, olhou no horizonte oceânico a silhueta de prédios e casas de Charleston. "Em algum ponto dali está meu destino. Não vou desistir. Não viajei seiscentos quilômetros à toa", pensou.

Mesmo sem destino visível, Josh decidiu entrar no carro e acelerar. Quando engatava a marcha a ré, ouviu um grito insistente:

— Senhor! Senhor! Senhor!

Era a secretária da administradora, correndo esbaforida e desafiando sua integridade física sobre saltos de dez centímetros.

Surpreso, Josh tirou o pé da embreagem com a marcha ainda engatada e o carro morreu. Não houve diálogo. Num pedaço de folha pautada de caderno havia um nome e um endereço. Era um presente da secretária, que se despediu com um generoso sorriso, deu as costas e voltou a se apressar sobre as agulhas de madeira.

Não demorou muito e Josh já estacionava o Falcon bem-conservado numa rua pacata, diante do endereço que tinha em mãos. Era um bairro de classe média afastado do Centro. A casa de alvenaria e madeira de dois andares parecia confortável, com um jardim bem-cuidado na frente. Josh desceu, deu alguns passos e parou no meio do caminho. Queria pensar no que deveria dizer. Nada lhe ocorreu.

— Seja o que Deus quiser — disse baixinho, com o olhar fixo no número da casa, 173, tentando se lembrar de alguma passagem bíblica que pudesse fazer referência a ele. Nada registrado.

Josh respirou fundo, o mais profundo que podia naquela circunstância. Com o coração disparado, bateu à porta. Não tardou para uma mulher aparecer diante dele.

— Pois não, senhor — disse ela, com expressão pouco amigável.

Josh não tinha palavras, estava confuso. Sem poder articular algo que valesse a pena, limitou-se a abrir três botões da camisa xadrez e exibir a longa cicatriz que lhe mudara a vida. A mulher deu dois passos para trás e gritou:

— Johnnie! Johnnie!

Um homem de trinta e poucos anos veio correndo. Ao chegar à porta, viu Josh ainda exibindo a indelével marca da cirurgia cardíaca.

— O que o senhor está fazendo? — perguntou.

— Acho que tenho algo que pertencia a vocês — respondeu o intruso, apontando para o peito.

— O que o senhor está dizendo? — interveio a mulher.

— Recebi um coração, um coração doado uns meses atrás. Não pertencia a um ente querido de vocês? — disse Josh.

Os moradores se entreolharam, sem saber o que responder.

— Queiram me desculpar por aparecer assim de repente, mas eu precisava vir aqui — comentou Josh, com lágrima nos olhos.

O coração de Josh pertencia a Christopher, marido da mulher que havia aberto a porta. Comovida, embora desconfortável, ela convidou o forasteiro a entrar.

— Não queríamos ser identificados. Só respeitamos a vontade do meu marido, que era doador de órgãos — falou Jordane, uma mulher que aparentava ter mais do que seus 59 anos, servindo uma xícara de café ao visitante inesperado. — Adoçante? — completou.

— Sim, obrigado. Espero, sinceramente, não estar incomodando. E espero não os ter assustado. Fiz uma longa jornada até aqui e, quando ela terminou, não soube o que dizer — disse Josh, pegando a xícara com as mãos um pouco trêmulas.

— Não posso dizer que sua visita seja algo fácil para nós. Mas entendo perfeitamente o que se passa pela sua cabeça. Na verdade, algumas vezes nos perguntamos aqui em casa se o coração de Chris tinha servido para alguém. Não acompanhamos o rastro dele. Apenas doamos o órgão — argumentou Jordane.

— Não apenas serviu como fez parte de um milagre — respondeu Josh.

— Um milagre?! — assustou-se Johnnie, filho de Jordane e Chris, que acompanhava a conversa a distância. Sua expressão de desconfiança se mantinha inalterada desde o momento em que correra até a porta, atendendo ao chamado da mãe, e vira o estranho.

Josh então relatou o sucesso do transplante e como a compatibilidade havia surpreendido os médicos. Lembrou-se da infância difícil no Maine e no quanto dera duro para vencer na vida. Falou do câncer fulminante nos pulmões que lhe roubara a esposa em menos de dois meses de sofrimento. As palavras carregadas de emoção deixaram Jordane desarmada. Por um momento, ela fechou os olhos e pôde ouvir os batimentos cardíacos do visitante. Achou estranha e ao mesmo tempo estimulante a vibração que emanava daquele homem à sua frente.

— Não há nada que eu possa fazer por vocês? — perguntou Josh, após quase duas horas de conversa, praticamente um monólogo.

— Não se preocupe. Você não nos deve nada. Apenas ore por nós — retrucou Jordane, acrescentando que tinha alguns compromissos à tarde e precisava se apressar.

★★★

O plano de Josh era retornar para casa logo após a visita. Antes, porém, decidiu almoçar comida mexicana num restaurante da cidade. Não tinha apreço especial por comida mexicana, mas o imenso letreiro com um homem agitando um sombreiro determinou a escolha do local. Após a refeição apimentada, Josh começou a dirigir a esmo por Charleston, imaginando que trajetos Christopher teria feito, em quais lojas à beira das estradas teria parado, em quais supermercados teria comprado e até que violações de trânsito teria cometido. Num cruzamento, Josh avançou um sinal vermelho e sentiu um estranho e libertário prazer.

Após horas vagando, o forasteiro resolveu fazer uma última parada antes de regressar: a igreja metodista do Centro da cidade. A tarde caía e o templo estava aberto. Alguns fiéis se acomodavam nos bancos à espera da celebração do culto. Josh se sentou ao fundo. Não tinha interesse particular pelo culto ou pela comunidade. Estava ali para orar. Concentrou-se, fechou os olhos suavemente, mas um choro de criança o fez se desviar da oração. Tentou reagir e retomar o caminho ao divino. Não conseguiu. Ao abrir os olhos, viu mais do que uma criança chorando: observou Jordane se sentando três bancos à frente. A coincidência tornou ainda mais forte a certeza de Josh de que havia sido presenteado com um milagre.

Ao fim do culto, Josh se aproximou de Jordane, que conversava com um casal de fiéis.

— Vim fazer o que você me pediu: orar pela sua família.

Surpresa e desconcertada, Jordane se limitou a sorrir. Ao casal com quem conversava ela apresentou Josh como um velho amigo da família. O casal de fiéis logo se despediu, dizendo que tinha que participar de um grupo de estudos bíblicos numa sala da igreja. Josh e Jordane se sentaram para conversar.

— Não sabia que você era metodista — disse ele.

— Eu e meu marido costumávamos frequentar esta igreja toda semana. Às vezes, algumas vezes na semana. É um lugar que me traz muito conforto.

— Eu andava em falta com a igreja, mas meu coração novo me reaproximou dela. Deus escreve certo por artérias tortas.

A interação se desenvolveu. Josh e Jordane deixaram de limitar a conversa ao transplante e passaram a falar sobre amenidades: o outono mais frio que o de costume, o prazer de se sentar perto da lareira, uma receita de carne assada, um jovem candidato democrata em quem Jordane pensava votar para deputado, um show de Ella Fitzgerald no Carnegie Hall a que Josh assistira durante viagem a Nova York em 1971, quando a esposa ainda era viva. Eles só pararam quando o pastor veio comunicar que teria de fechar a igreja.

Josh regressou à Carolina do Norte. No primeiro fim de semana após o encontro com Jordane, ele voltou de surpresa a Charleston. Temia uma rejeição, mas acabou sendo bem acolhido. Na semana seguinte, acomodou-se num hotel à beira de uma rodovia estadual, a quatro quilômetros da casa da viúva do seu doador. Os encontros se multiplicaram. Na igreja, Josh já era apresentado como o felizardo receptor do coração de Christopher. O pecado da mentira contada ao casal de fiéis foi facilmente perdoado. Com modos suaves e com o mantra do milagre alcançado, Josh foi pavimentando o caminho para o coração de Jordane.

A rapidez com que a relação se desenvolveu assustou Jordane. Os três filhos eram contra o romance. Um deles alegou que havia algo de macabro no fato de a mãe se envolver emocionalmente com o homem que recebera o coração do pai. Aflita, a viúva resolveu conversar com o pastor, que não titubeou e deu a bênção para que ela e Josh se unissem diante de Deus.

— Não sei dizer bem o quê, mas há algo nesta história que tem, sem sombra de dúvida, a mão misericordiosa de Deus — disse o líder religioso.

Josh e Jordane decidiram morar na casa dela. Três semanas depois, os dois se casaram numa igreja metodista de Charleston. Mesmo contrariados, os filhos da noiva foram à cerimônia religiosa e à festa de casamento, que se deu de forma singela numa propriedade rural. No dia seguinte, os recém-casados partiram para a lua de mel na Baixa Califórnia — presente da filha única de Josh, que, morando no Japão, não pôde estar presente ao casamento.

A temperatura amena na Baixa Califórnia foi outro presente para o casal. Josh e Jordane aproveitaram o fim de semana passeando de iate, conhecendo ilhas paradisíacas e explorando as mordomias de um hotel cinco estrelas *all inclusive*. No retorno de um dos passeios, no domingo, o casal se dirigiu a uma das piscinas do *resort* e se sentou sob um guarda-sol. Josh tirou a camisa e deu um mergulho. Após umas poucas e lentas braçadas, voltou até a borda e ficou com os braços apoiados no piso emborrachado. De onde estava, Jordane podia ver a ponta da cicatriz no peito do marido. Josh notou que a esposa olhava fixamente para a marca da cirurgia. Um olhar encharcado de ternura.

— Você me deu uma segunda chance duas vezes — disse ele.

— Também estou tendo uma segunda chance, Josh. Mas não posso mentir: todas as noites penso se Christopher aprova o que estamos fazendo.

— Mas ele era doador, não era?

— Sim, era. Claro. Mas o homem que recebeu o coração está casado agora com a mulher dele. Estou feliz, juro, mas algo ainda soa estranho para mim.

— Eu entendo. Entendo mesmo. Também não posso dizer que me sinto cem por cento bem com a situação. Mas garanto que o fim desta história não me passou pela cabeça quando bati à sua porta.

Josh saiu da piscina e se sentou numa espreguiçadeira ao lado da esposa. Por alguns minutos, ambos permaneceram em silêncio sepulcral. Coube a Josh mudar o ritmo da prosa muda que os separava:

— Você nunca me disse como Christopher morreu. Já perguntei umas três vezes e você sempre deu um jeito de mudar de assunto. Por quê? Perguntei também ao Johnnie, mas ele me ignorou. Como sempre.

— Não é assunto para uma lua de mel, Josh.

— Fugindo de novo...

— Antes fosse. Não tenho como fugir disso. Também penso nisso todas as noites.

Jordane se levantou, pegou a bolsa e se retirou para a suíte. O coração de Josh se contraiu dolorosamente. Bom sinal. Para um transplantado.

O voo de retorno da lua de mel parecia um velório. Josh e Jordane trocaram poucas e inexpressivas palavras. Ao desembarque em Charleston se seguiram mais vinte minutos silenciosos num táxi espaçoso. Já em casa, Josh deixou a mala no corredor da porta e se esparramou no sofá da sala. A esposa foi à cozinha fazer um chá de camomila.

Josh buscava refúgio com o olhar marejado no teto da sala quando Jordane apareceu, segurando a xícara, que fumegava. Sentou-se numa cadeira de balanço velha. Parecia bastante constrita.

— Até hoje não entendo por que Christopher acabou com a própria vida com um tiro na cabeça — disparou Jordane, deixando Josh desnorteado e desarmado. — Era uma noite tranquila. Caía aquela chuva fina de outono e eu estava lendo uma revista na cama quando ouvi um barulho seco vindo do andar de baixo. Desci correndo e vi Christopher caído no chão da cozinha. Debaixo da cabeça dele havia uma poça de sangue, que só aumentava... Tínhamos uma vida maravilhosa, boa situação financeira, éramos muito felizes; outros casais até nos invejavam. Um disparo tolo pôs tudo a perder. Nada indicava que ele pudesse fazer aquilo. Nada. Pegou todos de surpresa.

A revelação deixou Josh bastante assustado. Mas ele preferiu engolir o sentimento ruim em seco e abraçou a esposa. Em seguida, os dois subiram para o quarto. Tentaram dormir, mas passaram a noite em claro. Cada um à sua maneira.

Na manhã seguinte, Josh fez uma proposta durante o café: que os dois alugassem a casa e fossem morar em outro bairro. Inicialmente, a ideia não agradou a Jordane, que se mostrava bem apegada à residência, na qual morava havia 37 anos.

— Pense na minha proposta, por favor. Seria realmente uma segunda chance para nós dois. E, talvez, para nós três. Desculpe, não estou conseguindo mais ficar nesta cozinha — disse Josh, retirando-se para a sala com uma tigela de cereais e leite.

As semanas seguintes foram de temperatura abaixo de zero entre o casal. Josh ficou irredutível; Jordane lutava contra o apego às suas raízes e ao que Christopher poderia pensar da proposta. Entretanto, durante um jantar fora a dois, Jordane segurou firmemente as mãos do marido, respirou fundo e, de olhos fechados, disse que ele poderia começar a procurar um novo lar para os dois. Josh se sentiu muito aliviado com a decisão e prometeu fazer a esposa muito feliz. Novamente, os filhos de Jordane foram contra. Mas ela deu de ombros.

Josh e Jordane decidiram não apenas mudar de endereço, como também de cidade. Escolheram uma casa menor e de apenas um pavimento, num bairro elegante de Charlotte, na Carolina do Norte, perto de uma igreja metodista — exigência de Josh.

Em vez de alugar, Jordane preferiu manter a casa em Charleston fechada. De lá, levou apenas roupas, sapatos e alguns outros objetos pessoais. Josh fez o mesmo. O casal comprou móveis e eletrodomésticos em lojas de Charlotte. Como Christopher, Josh rapidamente se tornou popular entre a comunidade metodista da cidade. Discutia passagens bíblicas com desenvoltura e dava aconselhamento jurídico a fiéis que o procuravam. Na esfera mundana, Josh passou a se interessar por vinhos californianos e futebol americano. Não deixava de ir a uma feira de vinhos na Carolina do Norte e em estados vizinhos e não perdia um jogo do Carolina Panthers. A esposa cuidava da casa, integrava missões evangelizadoras da igreja e, duas vezes por semana, participava de um chá com as novas amigas da congregação. Josh e Jordane eram o protótipo do casal americano feliz.

Quatro meses depois, uma amiga de Jordane foi morar em Charlotte após uma separação sofrida, na qual acabou perdendo a guarda dos filhos mais novos. Madeleine, que não gostava de tocar no assunto, acabou acolhida com carinho e compaixão pela amiga e por Josh. Os dois se imbuíram da missão de reerguê-la financeira, emocional e espiritualmente. A novata na cidade começou a frequentar os cultos da igreja metodista e, em poucas semanas, despertou o interesse de um fiel viúvo. Jordane decidiu, então, marcar um jantar na sua residência a fim de aproximar definitivamente Madeleine e Phil.

O jantar transcorria com harmonia e entusiasmo. Madeleine e Phil mostraram algumas promissoras afinidades. Josh se exibia como um bom anfitrião e discorria sobre características e sutilezas dos vinhos da Califórnia, sobre os quais manifestava uma grande e surpreendente paixão.

— Fico pensando na satisfação que Jesus teria se pudesse transformar a água em vinho da Califórnia — brincou ele, dividindo o prazer da mesa com tacos apimentados.

— Josh, não diga blasfêmia! Que coisa! — repreendeu Jordane. Mas, logo, todos estavam rindo do comentário levemente alcoolizado do dono da casa. Por diferentes razões, mas rindo.

Em determinado momento do jantar, Josh interrompeu Phil, que falava sobre seu trabalho como professor universitário, pediu licença ternamente e foi ver TV. Não podia perder o jogo dos Panthers contra os Vikings. Vestiu a camisa oficial do time do coração, pegou uma taça de vinho quase transbordando e se sentou diante do televisor de 55 polegadas.

Absorto nas viris manobras no campo de futebol, Josh sequer se virou para se despedir das visitas. Apenas ergueu a mão esquerda, em aceno discreto. A direita segurava a taça de vinho, precisando de um refil.

Em encontro no dia seguinte para discutir novas estratégias das missões evangelizadoras, Jordane e Madeleine conversavam sobre o agradável jantar. Sem rodeios, a anfitriã perguntou o que a amiga achara de Phil.

— Olha, Jordane, na verdade eu gostaria de falar sobre outro homem.

— Outro?!

— Sim, mas calma. Eu gostaria de falar sobre o Josh.

— Josh?!

— Calma, eu já disse. Não é o que você está pensando, por favor!

— Mas o que tem o Josh, Madeleine?

— Bom, eu a conheço há muito tempo, né? Adorava estar com você e o Christopher. Dividimos muitas histórias, viajamos juntos, vivemos bons momentos em Charleston...

— Peraí, você andou falando com meus filhos?

— Não! Não falei com eles.

— Mas então o que é? O que você está querendo dizer? Diga logo! Diga logo!

— Tudo bem. Calma, Jordane. Não quero me meter na sua vida, mas tenho estado apreensiva em relação ao Josh. Quando o ouvi falando sobre vinhos durante o jantar, bateu um *déjà-vu*. Era como se eu estivesse ouvindo Christopher. Ele adorava falar sobre vinhos. Conhecia todas as marcas, todos os tipos de uva, falava sobre os detalhes de cada safra. Era incrível. Quando percebi que Josh tinha o mesmo desembaraço com o tema, fiquei pasma. Pareciam até as mesmas frases ditas pelo Christopher. Sem falar que à mesa estavam lá os tacos. Christopher adorava tacos apimentados, né?

— Sim, mas... Isso é paranoia. Coisa de filme.

— Pode ser. Claro, pode ser. Mas fiquei ainda mais intrigada quando ele se levantou da mesa e foi assistir ao jogo dos Panthers na TV. Exatamente como Christopher fazia. Juro, eu me arrepiei.

— Ora, todo mundo em Charlotte ama os Panthers. É supernormal. Não vejo nada extraordinário nisso.

— Não sei, Jordane. Receio haver algo estranho. Torço até para que seja apenas uma cisma minha. Mas... Quer ver outra coisa? Reparei na garagem de vocês. Qual é o carro que está lá?

— Um... um Mustang.

— Pois é. O carro preferido de Christopher, que, coincidentemente, Josh acabou de comprar. Fico pensando se esse transplante não...

A conversa terminou abruptamente quando Jordane ouviu a buzina do Mustang GT 86 do marido, estacionando na frente da igreja, e se despediu apressadamente.

— Me liga, Jordane! Me liga!

— Esqueça isso — disse ela, indo ao encontro de Josh.

Jordane se afastou de Madeleine, que havia, por sua vez, engatado um breve namoro e um noivado meteórico com Phil. Em resposta aos insistentes telefonemas da amiga, ela pedia ao marido que dissesse que estava ocupada. Aos poucos, Madeleine foi desistindo. Encontravam-se na igreja, mas se limitavam a cumprimentos triviais. Josh abordou a situação aparentemente belicosa, mas a esposa preferiu não entrar em detalhes.

Os meses seguintes foram de muita tranquilidade para o casal. Sentindo-se invencível, Josh deixou de fazer os exames de acompanhamento da cirurgia, mas ocultou de Jordane a posição tomada. Esquecia-se de tomar os remédios frequentemente e acreditava piamente que eles não estavam fazendo falta. A certeza do "milagre" o fazia crer que, muitas vezes, estava diante de meros placebos a serviço de uma indústria poderosíssima. Jordane mal via os filhos. Quando viajavam a Charleston, passavam mais tempo na igreja do que em qualquer outro lugar. Nas redes sociais, Jordane postava várias fotos da cicatriz do marido juntamente com versículos bíblicos. Um deles era usado com frequência: "Sou a ressurreição e a vida. Aquele que crê em mim, ainda que morra, viverá."

No aniversário de um ano de casamento, Josh e Jordane foram à Europa. Visitaram a Espanha, a Itália, a Croácia e a Grécia. Tudo beirava a perfeição. Durante um cruzeiro a Mikonos, um pensamento pousou na mente relaxada de Jordane: era a viagem que Christopher tanto sonhara fazer. Ele chegou a montar um quebra-cabeça com a imagem singular da Acrópole de Atenas. Entretanto, uma paisagem deslumbrante diante dos olhos de Jordane bastou para o pensamento no finado Christopher evaporar no escaldante verão grego. Ela se aconchegou nos braços avermelhados de Josh e repousou a cabeça sobre o coração do marido, gesto que fazia com regularidade, principalmente à hora de dormir. Sentia-se muito segura.

Na volta, o casal fez uma escala de dois dias em Nova York. Resolveram aproveitar a extrema felicidade potencializada pelos ares europeus e prolongar a segunda lua de mel. Incansáveis, caminharam pelo Central Park, visitaram a Estátua da Liberdade, passaram numa igreja metodista, foram à Broadway, assistiram ao *Fantasma da Ópera*, depois a um show num bar do Greenwich Village em tributo a Ella Fitzgerald, jantaram num restaurante fino, fizeram amor. *Script* de filme romântico com final feliz.

Ao retornar a Charlotte, os dois já tinham planos: em uma semana, viajariam a Oakland, na Califórnia, onde aconteceria uma feira internacional de vinhos. A felicidade era cantada em verso, prosa e versículos. Josh e Jordane chegaram em casa por volta das 18 horas. Ela foi direto para o chuveiro. Ele ficou sentado numa poltrona na sala abrindo a correspondência.

Durante o banho quente, Jordane ainda relembrava os maravilhosos momentos vividos nos últimos dias e estendia os planos para além da feira californiana. Se havia duas pessoas em Charlotte aproveitando a vida, sem se afastar de Deus, eram ela e Josh.

Um som abafado e distorcido pelo volume de água que descia do chuveiro, no entanto, fez o corpo de Jordane gelar.

— Josh! Josh!

Não houve resposta. Ela aumentou o volume da voz nervosa:

— Josh! Josh!

Novamente sem qualquer manifestação do marido. Jordane saiu do boxe nua e correu para a sala. Algumas contas e cartas estavam abertas sobre a mesa, mas nenhum sinal de Josh. Ela voltou a gritar o nome dele. Uma, duas, três vezes. Ao chegar à cozinha, finalmente encontrou quem procurava. Josh estava caído no chão. Sob a cabeça, uma poça de sangue que não parava de crescer. Josh se despedira da vida sem qualquer explicação, exatamente como Christopher. Método bizarramente repetido. O coração dos dois silenciou no chão frio de uma cozinha. Atravessado pelo chumbo fumegante do destino.

★ ★ ★

Jordane ignorou o fato de Josh ter se transformado em doador de órgãos após o casamento e decidiu enterrar o marido com o coração de Christopher. O velório foi curto. O funeral, mais ainda. A viúva decidiu regressar a Charleston. Para a mesma casa. Cinco meses depois, conheceu na igreja metodista um homem de 66 anos, divorciado pela terceira vez. Ela se encantou e resolveu se dar mais uma chance. O empresário parecia perfeito para ela: era frio, calculista e insensível. Sem coração.

ADEUS, STALIN

"Só se ama o que não se possui completamente."
Marcel Proust

A noite se apressava em suas últimas horas em São Petersburgo. O vento gélido tentava se espremer pelas minúsculas frestas das janelas e se refugiar dentro de um bar na zona portuária da imponente cidade russa. Num canto pouco iluminado, Igor sorvia a última gota de vodca cara no copo barato. Acenou ao garçom e pediu outra dose. Dupla. Estava com dinheiro no bolso, após vencer um processo contra a empresa de distribuição de energia elétrica que fornecia o serviço a uma pequena parte da cidade, depois de cinco anos de insana batalha judicial.

— Viva o capitalismo! — gritou Igor, erguendo o copo trazido pelo garçom.

A frase pareceu estéril naquele ambiente enfumaçado. Os outros clientes do bar não deram a menor importância a ela. Eram homens de poucas palavras e muitas doses, geralmente das bebidas mais baratas. E também homens de cigarros contrabandeados. Outros não desgrudavam os olhos da TV acima do balcão, que exibia uma novela mexicana dublada em russo. Com dinheiro no bolso, Igor se sentiu superior a cada um deles.

— Não é o máximo eu poder me sentir diferente de todos vocês? — continuou Igor.

Desta vez, entretanto, dois homens, em mesas diferentes, tiraram os olhos dos seus copos e fitaram Igor com o mesmo desprezo com que eram tratados por ele naquela noite gelada. Um deles, que também fumava, chegou a balbuciar algo, mas suas palavras nicotinadas não conseguiram alcançar o homem que bebia vodca cara. E que não estava disposto a parar:

— Que Stalin e Lenin continuem ardendo no inferno por mais mil anos! — esbravejou Igor, antes de descer goela abaixo, num só gole, todo o líquido transparente. — Ei, garçom, pode me trazer a garrafa! — acrescentou, fazendo-se ainda mais superior ao lançar um demorado olhar de desdém aos demais clientes do bar. Foi prontamente atendido.

— Só lamento pelo meu pai, que morreu quando esta cidade ainda se chamava Leningrado. E querem saber como ele morreu? Na verdade, vocês sabem, né? Duvido que exista algum de vocês que não tenha ao menos um parente que tenha sido destroçado pela foice e pelo martelo dessa dupla nefasta. Quantos de vocês não perderam entes queridos de pneumonia ou tuberculose num *gulag*?

Sem fazer alarde, um homem de quase dois metros de altura e corpo robusto de estivador, que estava sentado a uma mesa na entrada do bar, levantou-se e foi na direção de Igor. Na segurança dos seus passos não se revelava qualquer efeito da vodca que ingerira. Ele parou diante de Igor, ainda sentado, como um moinho desafiando Dom Quixote.

— Se você não calar essa boca suja agora, garanto que ela vai sentir falta de alguns dentes nos próximos segundos — disse ele, com calma dissonante.

Igor não era homem de se intimidar, ainda mais com as finanças revigoradas. No seu 1,78m de altura, grafou nas linhas do rosto traços de audácia e valentia.

— Ora, ora... Temos aqui mais um comunistazinho truculento que sente falta do Muro de Berlim! Vejam vocês! — retrucou Igor, levantando-se da cadeira com decisão.

— Seu burguês filho da puta! — respondeu o homem, cerrando os punhos largos e sedentos de sangue e cuspindo no chão.

Um passo para trás deu a Igor o segundo de que precisava para se armar. Rapidamente, pegou a garrafa que o garçom lhe trouxera e golpeou com ela uma das quinas da mesa. A garrafa se partiu em duas. Na mão direita de Igor, ficou a parte maior, com afiadas pontas translúcidas.

— Burguês é o cacete! Vocês é que se acostumaram a ser escória, por décadas e décadas. E querem que todos sejam escória! — gritou Igor, apontando a garrafa destruída ao Golias do porto e disparando olhares pelo bar. — É deprimente. Vocês ficam bebendo essa vodca podre, saída do esgoto, e tendo surtos nostálgicos. Que vocês todos virem carvão para manter aceso o inferno! — completou, em fúria histriônica.

O rival gigantesco não parecia disposto a ceder e ameaçava fazer Igor engolir as agressivas palavras. Quando se preparava para encarar o risco de ser retalhado pela garrafa de vodca cara, o estivador foi detido por um homem atarracado, que saíra de uma porta atrás do balcão. Ele envergava uma pistola Glock 380 e não parecia disposto a fazer concessões.

— A noite acabou para vocês dois — disse ele, apontando a arma ora para Igor, ora para seu rival. — Você deve seis doses e uma garrafa de Pyatizvyozdnaya. E você pode deixar 95 rublos na mesa e dar o fora — emendou, referindo-se às contas dos dois homens em conflito.

Igor tirou do bolso várias notas de 50 rublos e jogou sobre a mesa. Não as contou, em mais uma exibição de fartura. O brutamontes diante dele teve mais dificuldade para juntar os 95 rublos devidos. Vasculhou um bolso do casaco surrado, explorou outro, foi a um terceiro, até chegar ao valor. Igor largou a arma sobre a cadeira e foi o primeiro a deixar o bar. Na saída, olhou de forma desafiadora para o desafeto e outros clientes cuja sobriedade ainda os permitia acompanhar o entrevero. Escarrou no chão e se retirou.

★ ★ ★

As ruas de São Petersburgo eram castigadas por uma terrível frente fria que avançava pelo Báltico. Igor apertou os passos até seu velho Lada Samara, estacionado a cerca de cem metros do bar. O carro estava com o sistema de aquecimento quebrado, mas certamente era o melhor refúgio naquela situação. Para esquentar o corpo definitivamente, Igor não via melhor alternativa do que seguir para a casa da namorada, Elena, uma mãe solteira 16 anos mais jovem e que dava duro como caixa na loja de departamentos Svetlanovsky para sustentar a mãe, deficiente física, e criar o filho de cinco anos.

Igor tocou o interfone. Uma, duas vezes. Elena demorou a atender.

— Você tem ideia de que horas são, Igor?

— Estou congelando aqui, abre logo.

— Você está louco? Preciso dormir! Daqui a pouco tenho que levantar!

— Ah, Elena, me deixa entrar. Amanhã compro um vestido para você e a gente pode... Elena... Elena!

A namorada já não estava mais lá. Inconformado com a rejeição naquela noite gelada, Igor foi até o meio da rua e começou a gritar o nome da amada. A luz se acendeu em vários apartamentos do edifício operário construído na era soviética. Mas o apartamento de Elena continuava mergulhado na escuridão. Um homem ousou abrir a janela:

— Vá para casa, porra! Se ela não abriu é porque não o quer. Vá para casa, idiota!

— Cale a boca e não se meta onde não é chamado, seu gordo imbecil!

Em seguida, uma sinfonia de vozes disparou impropérios variados contra Igor. Um morador chegou a jogar na direção dele um balde com água, a maior tortura possível àquela altura da madrugada. Ao intruso no sossego alheio só restou bater em retirada.

Na manhã seguinte, Igor ligou para Elena. Os dois marcaram um encontro para almoçar. Pouco depois do meio-dia, ele deixou a peixaria em que trabalhava às margens do rio Neva. Quando chegou ao restaurante, a namorada já estava sentada, bebendo um refrigerante de limão.

— Desculpe a demora, amor. Vim o mais rápido que pude. Olha, eu queria me desculpar pelo que...

— Igor, não dá mais.

— Sim, claro, nunca mais farei aquilo. Prometo. Foi uma estupidez e...

— Igor, vou repetir: não dá mais.

— Garçom, uma dose de Pyatizvyozdnaya.

— Você anda bebendo muito.

— Mas agora estou bebendo Pyatizvyozdnaya. Você tem ideia do que é a Pyatizvyozdnaya, Elena?

— Não faz a menor diferença.

— Claro que faz. Agora estou cheio da grana! Vou a um bar, vou a um restaurante e peço Pyatizvyozdnaya. Sei que estou fedendo a peixe, mas olho para o garçom e digo: traga uma garrafa de Pyatizvyozdnaya! E não demore!

— Que coisa mais patética!

— E, quando você sair do trabalho, vamos passar no Galeria e comprar um vestido para você. E sapatos também!

— Isso é ainda mais patético. Acabou, Igor. Acabou. Não dá mais.

— O que você está querendo dizer?

— Você deve estar brincando, não pode ser tão idiota assim. Igor Menchikov, eu-não-que-ro-mais-fi-car-com-vo-cê. Fui clara?

— Mas você não pode me deixar assim.

— Posso e estou deixando. E, se você me bater novamente, desta vez vou chamar a polícia.

Elena se levantou decidida. Igor a segurou por um braço e gritou:

— Só acaba quando *eu* decido que acaba!

Ainda segurando o braço de Elena, Igor tomou um gole longo de vodca. Com os lábios umedecidos, lançou um olhar furioso contra a amada e, após alguns segundos de silêncio desafiador, a liberou.

— Pyatizvyozdnaya! Pyatizvyozdnaya! — bradou ele, erguendo o copo vazio.

★ ★ ★

Igor chegou cedo para trabalhar no dia seguinte. Ao colocar o avental, foi abordado por Evgeny, que trabalhava com ele havia três anos na peixaria.

— O que deu em você ontem para não voltar ao trabalho depois do almoço? Liguei direto, mas só caía na caixa postal. O que aconteceu, Igor?

— Fui almoçar e perdi a hora.

— Perdeu a hora?! Você acha que essa explicação besta vai colar? Dmitry está furioso! Disse até que já tinha achado um substituto para você.

— Quando ele chegar, eu me acerto com ele. Não se preocupe.

Pouco depois das dez horas, o gerente Dmitry chegou à peixaria sem esconder a expressão contrariada ao dar o bom-dia aos subordinados. Mal colocou o avental, foi ter uma conversa reservada com o funcionário faltoso. A vontade de Igor era mandar Dmitry ao inferno e se livrar daquele indefectível odor de peixe. Mas ele se conteve, alegou um problema de saúde do pai e prometeu andar na linha. Dmitry lhe concedeu a última chance.

Nas horas seguintes, Igor ligou várias vezes para o celular de Elena. Não foi atendido e cogitou ir até o trabalho da amada. Pensou em dizer que o estado de saúde do pai piorara, mas preferiu agir com prudência. Estava com dinheiro no bolso, mas ainda dependia do emprego. Para continuar comprando vodca cara e mimos para Elena por um bom tempo. Almoçou sozinho num quiosque especializado em *goulash* que ficava próximo da peixaria. Retornou antes da hora prevista. Queria mostrar serviço. Fabricou um bom humor de bolso.

— E aí, Evgeny, teu cunhado que ficou preso na chaminé naquele assalto já conseguiu emagrecer? Ou desistiu da carreira?

O colega de trabalho estava com a fisionomia fechada. Fitou Igor com gravidade e comentou:

— Precisamos conversar.

— Cara, relaxa, já me acertei com o Dmitry.

— Não quero falar do Dmitry. Quero falar da Elena.

— Da Elena?! Aquela vaca falou alguma coisa para você?

— Não chame a Elena de vaca.

— Eu chamo, porra, ela é minha mulher!

— Era, Igor. Era.

Evgeny tirou o avental e se dirigiu para fora da peixaria. Foi seguido.

— Espere aí, o que está acontecendo? — perguntou Igor.

— Ela me contou o que aconteceu no almoço ontem.

— E daí?

— E daí que foi a última vez que você encostou a mão nela.

Igor colocou uma das mãos sobre os olhos, massageando as sobrancelhas, pensativo. O que se viu depois foi uma explosão:

— Seu merda, quem você pensa que é para dizer o que tenho e o que não tenho que fazer com minha mulher? Você está louco?

— Ela não é mais sua mulher, Igor. Estamos juntos. E o que ela falou da polícia é sério.

— Não estou acreditando nisso. Você é meu amigo! Como pode estar comendo minha mulher?

Evgeny deu as costas a Igor, atravessou com os dedos os cabelos fartos e inspirou profundamente. Antes de expirar, ouviu a voz de Dmitry:

— Ei, vocês dois, o que está acontecendo? O expediente ainda não acabou! Voltem ao trabalho!

Ao se virar para Igor, Evgeny foi atingido por um potente soco de direita e caiu para trás, numa poça cheia de escamas. O duro golpe quebrou seu nariz e provocou intenso sangramento.

— Seu filho da puta! Aquela mulher tem dono! Já ouviu falar em propriedade privada? Seu merda! Seu merda!

Sem tirar o avental salpicado de sangue e cego de fúria, Igor entrou no Samara enferrujado e desapareceu na névoa de óleo queimado que se espalhou pela rua. Preocupado, Evgeny ligou para Elena e relatou o ocorrido. Pediu que ela se cercasse de cuidados. Mas nenhum sinal de Igor foi registrado na Svetlanovsky ou nas imediações do prédio onde a amada morava. Após ser atendido num hospital, Evgeny foi dormir no apartamento de Elena. Apesar dos justificados temores, a noite foi tranquila. Com muito anestésico.

Logo cedo, acompanhada de Evgeny, Elena saiu de casa, deixou o filho na escola e foi trabalhar. O expediente transcorreu sem sobressaltos. O celular de Elena não registrou qualquer chamada de Igor, que não apareceu na peixaria. Evgeny falou com Elena por telefone algumas vezes ao longo do dia, repetindo que tudo estava "estranhamente quieto demais". Para ele, Igor estava arquitetando alguma coisa.

— Calma, Evgeny. Calma. Eu conheço bem o Igor. Ele é explosivo, impulsivo. Se fosse fazer alguma coisa contra a gente, já teria feito. Ele não pensa, faz. Explode.

Um suspiro e o arremate:

— Eu só quero ser feliz. Você vai me fazer feliz?

A paixão que unia Elena e Evgeny tinha sido despertada de forma tremendamente avassaladora. Uma noite bastou para ajeitar a trama do cupido com flechas cirílicas. Antes de sair com amigos para beber, Igor pediu que Evgeny passasse na casa de Elena e entregasse a ela um envelope com dinheiro, que seria usado para pagar o aluguel do apartamento dela. Como morava perto de Elena, que ele nunca havia encontrado, o companheiro de trabalho de Igor decidiu atender ao pedido sem qualquer resistência. Entretanto, o que seria realizado num minuto ou, no máximo, numa xícara de café demorou quase duas horas. A empatia foi instantânea, e os dois conversaram durante todo o tempo, enquanto o filho de Elena assistia a desenhos animados na TV. Eles passaram a se falar e se ver diariamente. Em uma semana, acabaram na cama. Nos lençóis vagabundos do pequeno apartamento de Evgeny, os amantes escreveram com suor a derrocada de Igor.

O receio de Evgeny tinha fundamento. Desarmada e sedenta para reencontrar o novo companheiro, Elena se despediu das colegas de trabalho e foi na direção do ponto de ônibus que a levaria até o apartamento de Evgeny. Havia combinado que uma vizinha buscaria o filho dela na escola e o deixaria com a mãe. Ao passar por uma rua tranquila, Elena foi surpreendida por Igor à sua frente na calçada. Barba por fazer, olheiras medonhas e olhar humanamente diabólico. Ela tentou desviar. Igor a impediu.

— Com pressa? — disse ele, segurando o braço direito de Elena. — Aonde você está indo? — acrescentou.

— Não lhe devo satisfação.

— Claro que deve. Você me deve muitas coisas. Eu me matei de trabalhar por você naquela peixaria. Fiz bico como motorista de táxi nas madrugadas. Paguei seu aluguel, comprei a prótese para sua mãe, os brinquedos do seu filho... Investi no meu amor por você. Você tem que me dar um retorno. No capitalismo é assim. Quando é que as pessoas vão entender isso?

— Você fez porque quis. Nunca pedi nada.

Transtornado, Igor apertou com mais força o braço de Elena. Atravessando o hálito etílico, suas palavras se tornaram mais duras:

— Vai chamar a polícia, sua vadia? Vamos lá! Grite! Seu super-herói com o nariz quebrado vai vir aqui socorrê-la? Aquele merda...

— Me solta!

— Não posso.

Com labaredas nos olhos, Igor soltou o braço de Elena por um instante e, num movimento bem ágil, abriu a sacola que segurava e tirou um pote de metal. Antes que a amada pudesse se esquivar e fugir, o algoz abriu o pote e jogou todo o conteúdo no rosto de Elena. A ação do ácido sulfúrico foi implacável. Elena caiu no chão, contorcendo-se em dores lancinantes, o rosto delicado automaticamente desfigurado. Igor ficou parado diante dela.

— Quem vai te querer agora? Eu, Elena. Só eu.

★ ★ ★

Igor tinha razão. Evgeny fez uma visita a Elena no hospital. E só. Meses depois, ela ficou sabendo que ele estava namorando a cozinheira do quiosque de *goulash*. Igor foi preso e condenado a trinta anos. Acostumou-se a dizer que era uma tradição familiar ser enviado a um *gulag*. Mas não era forçado a trabalhar. Recebia até visita íntima. E estava tranquilo: nenhum outro detento manifestava qualquer atração por Elena. Só ele a queria e a tinha. O aluguel do apartamento estava salvo. Graças ao amor capitalista e à companhia de abastecimento de energia elétrica. De vez em quando, Igor conseguia uma garrafa de Pyatizvyozdnaya, mas fazia questão de socializar a vodca cara com os camaradas carcereiros.

O TERNO DA NOIVA

"Sinto-me feliz por não ser homem, porque, se o fosse, teria de casar com uma mulher."
Madame de Staël

Michel estava indeciso: o terno preto lhe caía muito bem, mas o modelo azul-marinho combinava mais com seus olhos turquesa. Trocou as peças várias vezes. Porém o espelho não dizia qual deles era o mais bonito. Não era uma fábula. Então, como última alternativa, ele pediu a opinião do vendedor, que, por claro instinto comercial, argumentou:

— Se eu fosse você, levaria os dois.

— Hahahahaha! Simples assim?

— Ué, o senhor ficou muito bem nos dois ternos. E o precinho está espetacular. Não dá para perder a oportunidade. Liquidação passa rápido. E se arrepender pode sair mais caro.

— Não posso, não posso. O dinheiro da pensão está contadinho para terminar o mês. Já estou até abusando vindo aqui a esta loja cara para comprar um terno. Semana passada gastei uma fortuna com esta tatuagem tribal — disse Michel, levantando uma das mangas da blusa de gola olímpica do Miami Heat para mostrar o desenho no braço direito. Em seguida, apontou para o terno azul-

-marinho e entregou ao vendedor o cartão de crédito. Tinha decidido, finalmente.

Aquela era a primeira vez que Michel saía de casa após uma delicada cirurgia e um longo tratamento hormonal. Os pelos faciais, as veias, os músculos mais saltados e a calça jeans frouxa haviam sepultado de vez a velha Michelle da certidão de nascimento. Alguns meses depois de se separar de James Ramsey, com quem ficara 17 anos casada, Michelle decidiu se submeter à operação de mudança de sexo num hospital do Mississippi. Voltou para Fort Lauderdale, na Flórida, três semanas depois, sem os seios e com um preenchimento no nariz com ácido hialurônico. Os traços finos no rosto lhe davam pesadelos e a dona de casa planejava novas intervenções estéticas.

O regresso à Flórida, porém, não ocorreu com a calmaria que Michelle esperava. Na verdade, ela já podia se identificar como Michel, após ganhar na Justiça o direito de ter o nome masculino na carteira de motorista. E foi procurando por Michel que o oficial de Justiça lhe entregou um documento o convocando para uma audiência na vara de família de Fort Lauderdale no mês seguinte. Danny Fernández, advogado de Michel, apresentou um recurso e o cliente ganhou tempo para pôr as emoções em dia. Quando não havia mais escapatória legal, o jeito foi encarar o ex-marido diante de um juiz.

O pesadelo judicial começou quando James recebeu um telefonema bombástico de uma vizinha da casa em que a ex-esposa morava no excelente bairro de Lauderdale-By-The-Sea. A ampla residência de cinco suítes havia testemunhado o início e o fim do casamento de conto de fadas entre o empresário bem-sucedido do setor de calefação industrial e a filha de imigrantes ilegais mexicanos.

— Senhor Ramsey, não gosto de me meter na vida dos outros. O senhor bem sabe que durante todos esses anos me mantive discreta, mesmo morando ao lado da sua casa. Olha, suas filhas fizeram muito bem escolhendo morar com o senhor. Sua casa aqui virou filial do inferno. Deus me livre! Pouca-vergonha! Na rua não se fala em outra coisa — comentou a octogenária ao telefone.

— Mas o que aconteceu, dona Ruth?

— O fim do mundo, senhor Ramsey, o fim do mundo! O senhor acredita que a sua querida Michelle... Oh, eu via como vocês eram felizes nos primeiros anos... Ela simplesmente não existe mais.

— Como assim, não existe mais? A senhora está bem, dona Ruth?

— Perfeitamente bem! Quem não está nada bem é a Michelle. Aliás, Michel. É assim que ela é chamada agora: Michel.

— O que a senhora está falando, dona Ruth?

— O marido é sempre o último a saber mesmo. Que coisa! Senhor Ramsey, a sua esposa...

— Ex.

— Que seja! Michelle não é mais Michelle. Ela agora se chama Michel. Um conhecido meu, que é da polícia, viu a carteira de motorista dela. Dele, sei lá...

O acordo de divórcio deixou Michelle com a bela casa em Lauderdale-By-The-Sea. James foi morar com as filhas na vizinha e reservada Coral Springs, a 32 quilômetros de distância. As adolescentes, de 15 e 13 anos, não suportaram o motivo da separação. Num fim de tarde ensolarado, ao voltar do escritório mais cedo para se arrumar e ir ao teatro com a esposa, James ouviu de Michelle a revelação: ela estava apaixonada por outra mulher.

Alegando sofrer *bullying* na escola católica, as filhas decidiram se distanciar da mãe e mudar de colégio. Michelle achou que seria apenas uma fase de rejeição temporária e que em breve reconquistaria as filhas. Não cogitou que a cirurgia de mudança de sexo pudesse dificultar seu caminho. Mas os próprios pais de Michelle, agora Michel, cortaram impiedosamente as relações com a filha.

"Eu pari uma menina em Tampico. Uma linda menina. Minha maior alegria na vida. Não reconheço essa pessoa que está aí na frente da tela do computador", escreveu a mãe num longo e-mail de desaprovação com várias citações religiosas. A mensagem contundente provocou sofrimento na filha, mas nenhuma ponta de arrependimento.

Além de ficar com a casa em Lauderdale-By-The-Sea, Michelle ganhou na Justiça o direito a uma pensão mensal de 4,8 mil dólares. James estava pagando a quantia sem atraso todo santo mês. Até que o telefonema de dona Ruth o fez repensar e consultar seu advogado.

— Veja bem, eu estava pagando pensão para Michelle. Certo? Michelle. Achei alto o valor estabelecido pelo juiz, mas decidi não apelar. Você até tentou me convencer a recorrer, lembra? Mas eu não quis. Tudo bem, vida que segue. E ela seguiu, eu me recuperei, fiquei com as meninas. Só que essa tal Michelle para quem devo pagar a pensão todo mês não existe mais. Vi com meus próprios olhos, quando saía de um supermercado. E doeu. Michelle Ramsey virou Michel Cardozo. Cardozo é o sobrenome de solteira dela... Dele.

— Hummmm. James, nunca vi ou li a respeito de um caso semelhante. Acho que não existe jurisprudência — disse Bernard Williamson, o mesmo advogado que fizera o acordo nupcial de James e Michelle e estava morando na Pensilvânia.

— Quero que você vá até as últimas consequências. Já passei muita vergonha depois que minha mulher, depois que ela... Você sabe. Perdi alguns negócios por causa disso. Fui ridicularizado, fizeram piadas. Você não faz ideia. Bem, agora não quero ficar conhecido como o idiota que paga pensão para um homem. Seria a morte — desabafou o cliente, visivelmente aturdido com as péssimas lembranças.

— Tudo bem, James. Vou me debruçar sobre as leis da Flórida para ver por onde sairemos neste caso. Confesso que estou bem curioso. Adianto que não será fácil, mas estou estimulado. Enquanto isso, faça o depósito da pensão em juízo. É o mais prudente. E os juízes costumam apreciar o gesto.

★ ★ ★

Demorou quase seis meses até que a primeira audiência do inusitado processo fosse marcada. Após as manobras legais do advogado de Michel, seu cliente e James ficaram finalmente cara a cara numa sala pequena diante de um juiz com reputação de conservador. A repercussão que o caso tivera na imprensa tirou James de um anonimato sem volta. Vários grupos de defesa de gays e transgêneros se colocaram na frente da corte estadual. Até a Peta decidiu aparecer e realizar um protesto contra o uso de coelhos como cobaias pela indústria dos cosméticos. Dois seguidores da fundamentalista Igreja Batista de Westboro também se juntaram ao grupo de pessoas do lado de fora. "Deus odeia bichas", exibiam eles em cartazes feitos à mão. Repórteres experientes de emissoras e jornais da Flórida e de outros estados relatavam o clima de diversidade à espera de novidades no caso. Sem falar nos curiosos de plantão, que se revezavam atrás de alguma migalha insossa, e pessoas realmente interessadas nos valores — legais, morais e religiosos — que estavam em jogo. E ficou claro que Michel estava em desvantagem na torcida.

— Acho que James deve parar de pagar essa pensão. Michelle já entrou no casamento sabendo exatamente o que era. Agiu com falsidade desde o começo. Mas, por pressão social, ela resolveu se casar e manter essa união de fachada. De fachada para ela, porque, pelo que me contaram, James a amava muito. Talvez não tenha se dado conta de que seu casamento fosse uma mentira desde o primeiro minuto. Desde o primeiro segundo! Na verdade, Michelle é quem tem que pagar uma indenização ao ex-marido. Ela foi uma fraudadora. Uma golpista! — disse, ao repórter de uma TV de Boston, Mary Ann Porter, funcionária de uma agência do US Postal Service, que aproveitara a hora do almoço para dar uma passadinha no tribunal.

— O senhor Ramsey aceitou pagar pensão para a ex-mulher. Acho muito justo isso. É seu dever. Só que ele não tem mais uma ex-mulher. Michelle agora é um homem! Forçar o senhor Ramsey, um heterossexual, a pagar pensão a um homem é absolutamente ridículo. É uma perversão! — afirmou a professora primária Christine Jackson à repórter de uma emissora de rádio local.

— No aspecto moral, acho que James não deveria dar nenhum dinheiro para a ex-mulher. Mas, legalmente, não há nada que possa anular o pagamento da pensão. Não há qualquer linha nas leis da Flórida que faça um juiz dar ganho de causa a James. O advogado dele foi um aventureiro. Caso perdido para James. Infelizmente, este é o mundo em que vivemos — manifestou-se, a um jornal de Nova York de grande circulação, Cameron Brooks, que preferiu omitir sua profissão.

— As leis da Flórida dizem que a ex-esposa deve receber pensão. Mas para ser ex-esposa você precisa ser mulher, não é mesmo? Michelle é mulher? Vi a foto dela da carteira de motorista. É mais homem do que muitos homens que conheço. O juiz tem que bater o martelo e mandar essa salafrária para casa sem um centavo! — desabafou, a uma TV de Fort Lauderdale, Anette Gomez, dona de casa como Michel.

— Pagar pensão para uma mulher, para uma mulher que virou homem ou para um homem é errado. Não vivemos mais no século 17. Um adulto ser obrigado a sustentar outro adulto é uma terrível afronta à sociedade moderna! — comentou um homem que optara por não se identificar ao repórter de um site de notícias de Coral Springs.

Dentro da sala do tribunal, James não olhou para Michel durante toda a audiência. Em alguns momentos, Michel lançava um breve olhar ao ex-marido, que se manteve cabisbaixo a maior parte do tempo. Os advogados das duas partes puderam fazer perguntas aos envolvidos na disputa pela pensão. Bernard Williamson foi o primeiro.

— Senhorita Cardozo, tenho uma pergunta que na verdade é uma dúvida de muitas pessoas lá fora: quando se casou com o senhor Ramsey, a senhorita se definia como uma heterossexual? — perguntou ele.

— Você não precisa responder — interveio o advogado de Michel.

Mas seu cliente preferiu dar uma resposta:

— Não tem problema, posso responder. Acho que sempre fui o que sou. Mas, quando me casei, não tinha consciência disso. Na maior parte do casamento fomos muito felizes. Deixei de estudar para cuidar da família. Eu me sacrifiquei. E não me arrependo, tivemos duas filhas lindas.

— Mas a senhorita pensou nessas duas filhas lindas quando trocou um casamento por uma relação homossexual e decidiu se transformar em homem? — continuou Williamson.

Nova intervenção do advogado de Michel:

— Meritíssimo, isso não está sendo julgado aqui. Solicito que a pergunta seja retirada dos autos. Não há a menor relevância nela.

O pedido foi deferido. O inquiridor se desculpou. Mas era apenas uma formalidade. Williamson, então, voltou-se automaticamente para James e perguntou:

— Senhor Ramsey, o senhor reconhece nesta sala a pessoa com quem se casou?

— Eu me lembro muito bem do dia em que nos casamos. Escolhemos o mesmo dia do casamento dos pais dela. A capela em Boca Raton estava lotada. Eu estava muito feliz e disse quase gritando diante do padre: "Eu, James, aceito você, Michelle, como minha legítima esposa." Eu queria que todos ouvissem em alto e bom som.

— O senhor a reconhece ou não?

— Ela usava um lindo vestido branco. E o vestido era bem sexy, deixava as costas à mostra. Fiz questão de que ela escolhesse um modelo de grife da loja mais cara de Fort Lauderdale. Era a mulher mais bonita do mundo e eu acho que...

— E essa mulher está presente aqui nesta sala?

— Não. Só vejo homens de terno.

— A pergunta pode parecer idiota, mas aquele homem de terno azul-marinho é sua ex-mulher?

— Não, de jeito nenhum.

— Obrigado, senhor Ramsey. Ficou bem claro.

Em seguida, Williamson apresentou sua tese. Segundo ele, o casamento era definido legalmente como a união entre um homem e uma mulher. Da mesma forma, continuou, o divórcio deveria ser entendido como um ato envolvendo representantes dos dois sexos. Portanto, todas as decisões tomadas teriam que ser anuladas, visto que a mulher do seu cliente havia se tornado legalmente um homem.

— A pensão decorrente do acordo de divórcio celebrado à luz das leis da Flórida inexiste, pois um homem não pode pagar pensão a outro homem — concluiu ele. O advogado acrescentou que o fato de pagar pensão a outro homem havia se tornado uma "impiedosa humilhação pública" para James.

Chegou a vez de Danny Fernández entrar em cena como protagonista.

— Senhor Ramsey, acho que o senhor pode estar sofrendo de amnésia — disse ele, levantando-se da cadeira e abotoando o paletó.

— Protesto, meritíssimo — declarou Williamson.

— Protesto aceito. Aonde o senhor quer chegar, doutor Fernández? — afirmou o juiz, franzindo a testa. — Por acaso o doutor tem algum laudo que ateste amnésia? Exijo moderação das duas partes.

— Perdoe-me, meritíssimo. Farei de outra forma. Senhor Ramsey, o senhor não reconhece nesta sala a pessoa que na noite de 14 de abril de 2001 salvou sua vida durante um enfarte? Não está nesta sala a pessoa que lhe fez massagem cardíaca até que os paramédicos chegassem e o removessem a um hospital? Massagem cardíaca esta que os próprios paramédicos disseram ter sido fundamental para salvar sua vida. O senhor não está vendo esta pessoa aqui na sala?

Novamente cabisbaixo, James ficou em silêncio por alguns segundos.

— Senhor Ramsey, o senhor entendeu minha pergunta? Quer que eu repita?

— Sim, entendi. Não precisa repetir. Bem, a pessoa que me socorreu naquela noite se chamava Michelle e era uma mulher. Não existe uma mulher nesta sala. E, pelo que consta, seu cliente se chama Michel. Um homem.

— O senhor esteve casado com Michelle Ramsey por 17 anos. Na maior parte desse tempo, na verdade, praticamente todo esse tempo, ela lhe deu algum motivo para que o senhor pensasse em se separar dela? Ela não desempenhou o papel de esposa perfeita que foi bastante conveniente para o senhor e para seus negócios? Digo isso porque tenho aqui uma mensagem que o senhor escreveu para suas funcionárias no Dia da Mulher de 2003. Vou lê-la, porque...

— Protesto, meritíssimo. A autenticidade dessa mensagem eletrônica não foi comprovada legalmente.

— Indeferido. Prossiga, doutor Fernández.

— Obrigado, meritíssimo. Bem, lendo a mensagem a que eu me referia: "'Não há nada mais belo do que ser tão querido da tua mulher, que te tornas querido de ti mesmo (Sêneca).' Para minha doce e querida Michelle, meu porto seguro e a guardiã do meu futuro, e todas vocês da família Ramsey Co., um feliz Dia da Mulher (James Ramsey)." Abaixo do texto, uma bela figura com acácias, as flores preferidas de Michelle. A pessoa da mensagem não está nesta sala, senhor Ramsey?

— Não. Sinceramente, não a vejo aqui.

— Não é possível vê-la estando cabisbaixo o tempo inteiro, senhor Ramsey — afirmou Fernández, dando as costas para James.

— Protesto, meritíssimo. Isso não passa de puro e cruel constrangimento contra meu cliente.

— Deferido. Doutor Fernández, modere-se e conclua.

Sem mais perguntas, o advogado de Michel partiu para sua tese de defesa:

— Vamos lá. Apesar de o nobre colega insistir, não existem duas pessoas. Michelle e Michel são rigorosamente a mesma pessoa. A mesma pessoa que foi casada com o senhor Ramsey por longos 17 anos. Aquela que o salvou durante um enfarte. Houve imperfeições? Houve, claro! Como não haver? Estamos falando de relação humana, não é mesmo? Michelle descobriu no fim do casamento que gostaria de se relacionar com outra mulher e pediu o divórcio. Foi além: decidiu que gostaria de ter o aspecto de um homem e, corajosamente, submeteu-se a um tratamento com hormônios e a uma cirurgia de mudança de sexo. Não é uma decisão fácil. Nada fácil. A Justiça concedeu a essa pessoa aqui ao meu lado o gênero masculino. Está na nova carteira de motorista dela. Michel. E, apesar do terno... Diga-se de passagem, um belo corte. Bem, apesar do terno e da barba por fazer, Michel ainda é ex-mulher do senhor Ramsey. Meritíssimo, essa pessoa já é alvo de muito preconceito lá fora. Será que vamos fazê-la sofrer ainda mais cortando o que ela já conquistou na Justiça?

Em seguida, o juiz determinou o fim da audiência e marcou uma nova data, quando proclamaria sua decisão. James e Michel deixaram a sala sem se olhar, cada um amparado pelo otimismo do seu defensor. Dois meses depois, diante dos advogados, de James e de Michel, o magistrado disse, de forma lacônica:

— Analisadas todas as situações apresentadas neste tribunal, concluo que a cirurgia de mudança de sexo pela qual o senhor Michel Cardozo foi submetido não provocou nenhuma mudança significativa na interpretação da legislação vigente no estado da Flórida sobre divórcios. Assim, está mantida a pensão de 4,8 mil dólares paga mensalmente pelo senhor James Ramsey ao senhor Michel Cardozo. O valor do benefício estará sujeito a revisão na forma da lei. Acrescento que o pagamento da referida pensão cessará se a beneficiária contrair novo matrimônio.

Michel foi o primeiro a deixar o tribunal. Deparou-se com um batalhão de repórteres de vários sotaques, mas, preocupado com as filhas, decidiu não falar. Com dificuldade, conseguiu entrar num carro onde uma mulher o esperava ao volante.

— Não vamos nos casar. Algum problema? — perguntou Michel no carro à companheira, que apenas sorriu e fez um carinho no seu rosto.

Preocupado com os mesmos repórteres, James se manteve na corte por algumas horas, para deixar a poeira baixar. Um funcionário da empresa lhe trouxe uma bolsa com peças de roupa, e ele conseguiu deixar o tribunal sem ser assediado pelos poucos jornalistas que resistiam à longa campana.

— Abutres — balbuciou ele, escondido pela camisa de flores havaianas e o boné azul-marinho do Club Med das Bahamas. Williamson, que odiava ser derrotado, tentou convencer James a apelar da decisão, mas não obteve sucesso.

— Chega, não quero mais tocar na porra desse assunto. Já basta ter que me lembrar dele todo mês.

Na semana seguinte, James resolveu ir morar com as filhas em Orlando e deixou um irmão mais novo no comando da Ramsey Co. Mas David Ramsey fez jus à fama de pavio curto e acabou preso após agredir um homem que lhe perguntara num bar de Fort Lauderdale:

— Você não é irmão daquele idiota que paga pensão para outro homem?

James decidiu que era a hora de se desfazer do lucrativo negócio. E de deixar Fort Lauderdale definitivamente para trás.

★ ★ ★

Passados alguns meses, Michel e James voltaram a se enfrentar. Dessa vez, o pano de fundo era a eleição para governador da Flórida. Ironicamente, Michel apoiou o candidato republicano, um veterano da Guerra do Golfo que exibia um ácido discurso messiânico e combatia ferozmente o casamento gay. James, do outro lado, preferiu abraçar o candidato democrata, cuja plataforma tinha como ponto nevrálgico a legalização do casamento entre homossexuais. Traumatizado, James cravou no jardim da casa em Orlando um mastro com bandeira arco-íris. Michel ficou sabendo por uma vizinha indiscreta que tinha parente na região. E achou frescura.

A LISTA DE MARIJA

> *"Se me indagar um qualquer*
> *Repórter:*
> *'Que há de mais bonito*
> *No ingrato mundo?'*
> *Não hesito;*
> *Responderei:*
> *'De mais bonito*
> *Não sei dizer. Mas de mais triste,*
> *— De mais triste é uma mulher*
> *Grávida. Qualquer mulher grávida.'"*
> Manuel Bandeira, no poema "Entrevista"

No chão de tábua corrida e desgastada da quitinete na periferia de Belgrado repousavam um par de sandálias rasteiras de couro, uma saia vermelha de material sintético, uma calcinha branca de algodão e uma caixa de teste de gravidez vendido em farmácia. Sentada no vaso sanitário, Marija contemplava um copo barato com urina até a metade e uma fita descansando no líquido amarelo. Não demorou muito para a confirmação da suspeita de Marija desde que a menstruação atrasara: duas riscas na fita. Estava grávida.

Aos 22 anos, era a primeira vez que Marija pensava em prosseguir com uma gestação. Levantou-se do vaso sanitário, abriu a cortina de plástico poroso e foi para o chuveiro. Deixou a água cair sobre a cabeça e os ombros magros, enquanto olhava fixamente para os azulejos amarelos unidos por cimento branco e gordura. Sua expressão era mais de alívio que de felicidade.

O banho quente e demorado trouxe certo relaxamento, mas Marija não conseguiu pregar os olhos durante toda a noite. Virou-se de um lado para outro da cama de solteira, trocou o travesseiro, cobriu-se, descobriu-se, ligou a TV, desligou, pensou em ligar de novo, desistiu, apelou para um calmante leve, mas o sono não deu o ar da graça. Acordada, o dia demorou bem mais para raiar. Mas o céu da capital sérvia ficou claro logo depois das seis horas. Ela tinha que se levantar. Quando tomava café com torradas, ainda de *baby-doll*, numa mesa pequena colada à única janela da quitinete, Marija pensou: "O dia de hoje vai ser complicado." Levantou-se e começou a se vestir para sair. Ao pôr uma blusa, olhou-se no espelho e teve a impressão de que a barriga já tinha crescido consideravelmente.

★ ★ ★

A primavera de Belgrado estava amena. O rigoroso inverno já era sepultado por flores e folhas que povoavam a copa das árvores de grande parte de uma das maiores cidades balcânicas. De uma janela no vestiário de um dos mais renomados hospitais de Belgrado, Marija admirou a paisagem enquanto punha o uniforme de enfermeira. Estava completando sete meses de trabalho no hospital. Perdeu mais tempo observando a cidade e pensando na vida do que deveria. Uma colega chamou a sua atenção:

— Marija! Marija! Vamos! O que deu em você? Você está bem? Está parecendo um zumbi.

— Desculpe, eu... Eu não consegui dormir esta noite.

— Algum problema?

— Por enquanto, não.

A outra enfermeira fez o movimento labial de quem retrucaria, mas acabou inibida pela expressão de distanciamento de Marija. Achou que não valeria o esforço àquela altura da manhã. As duas tomaram corredores diferentes e se dirigiram aos seus andares. Apesar da pouca experiência, Marija estava lotada no Centro de Tratamento Intensivo. A posição era invejada por algumas colegas, que não se cansavam de elaborar teorias para explicar a rápida ascensão e a confiança depositada na jovem. Todas elas envolviam sexo. O fato de ser bósnia, nacionalidade que muitos sérvios julgavam desprezível, dava mais combustível às teorias apimentadas. Com 1,71m de altura, corpo esguio, traços faciais finos, olhos castanhos amendoados, longos cabelos negros e lisos presos num coque caprichado e andar sensual, Marija era bastante cortejada no ambiente de trabalho.

No mesmo dia, durante o almoço, Marija convidou outro enfermeiro para se sentar com ela no refeitório do hospital. Anton tinha 43 anos e era divorciado. O casamento não gerara filhos. Ele não lamentava.

— Hummmm... Comendo só salada? — perguntou ele, desfiando uma costela de porco com bastante molho.

— É, preciso me cuidar. Alimentação saudável é fundamental agora.

— Agora!? Alimentação saudável é fundamental sempre, Marija.

— Eu quis dizer agora que estou grávida.

A declaração foi sucedida por um longo e tenebroso silêncio de três segundos. Anton começou a balançar as pernas freneticamente.

— Como assim, grávida?

— Grávida, Anton. Mulheres transam e ficam grávidas. Você é enfermeiro e não sabe disso?

— Mas... mas... o filho é meu?

Marija enfiou uma folha de alface na boca e encarou Anton enquanto mastigava o vegetal insosso.

— Desculpe pela pergunta, mas é que... é que... foi só uma vez. E você disse que estava tomando pílula.

— Estava. Mas pílula não é cem por cento garantida. Não preciso dizer isso a você, né?

Anton olhou para os lados, receando que alguém pudesse estar ouvindo a conversa. Diminuiu o volume da voz:

— Marija, me diga logo: eu sou o pai?

A pergunta fez Marija se levantar da cadeira. O enfermeiro pensou que ela estivesse ofendida e tentou remediar:

— Por favor, sente-se. Eu não quis ofender.

— Não me ofendeu. Só perdi o apetite. Coisa de grávida.

Marija ergueu a bandeja e deu três passos na direção da saída do refeitório, mas decidiu voltar. Aproximou-se de Anton e disparou em tom amistoso, fitando o colega:

— Não sei se você é o pai.

★ ★ ★

Depois do almoço, Marija passou na Unidade Coronariana. Cumprimentou friamente duas enfermeiras no local e foi direto à sala do doutor Boris Grujic, um respeitado cirurgião de Belgrado, cujo pai fora médico exclusivo do ditador Tito. Pelas frestas das lâminas de uma cortina, Marija notou que ele não atendia ninguém e entrou sem bater. Ele estava ao telefone. Boris se mostrou surpreso e desconfortável com a presença da enfermeira. Acenou para ela entrar e fechar a porta rapidamente. Desligou o telefone, interrompendo visivelmente a conversa.

— Você é louca? Eu disse para não vir aqui!

— Calma, doutor Grujic. Sou apenas uma enfermeira do CTI que tem um paciente cardíaco e quer tirar uma dúvida sobre um procedimento. Qual o problema?

— Não pode fazer isso por telefone?

— Estava ocupado. Preferi vir pessoalmente.

— A pior decisão possível.

— Será? Bem, não tenho muito tempo. Vim pessoalmente dizer que estou grávida.

Marija se sentou à espera da reação ao seu estilo fulminante de fazer revelações. Mas, diante da boca aberta, da voz congelada e do olhar desesperado do doutor Grujic, ela decidiu se levantar, dar as costas e sair. Ao fechar a porta, deu a última olhada: o cirurgião, casado com a filha de um senador, parecia mumificado numa expressão de terror. Atrás dele, numa estante cheia de livros de medicina e alguns clássicos gregos, a esposa sorria candidamente numa foto num porta-retratos de marfim.

Quando verificava a sonda uretral de um paciente no CTI, Marija recebeu a visita do doutor Grujic. Ele disfarçou, demonstrou interesse no homem sedado, fez um comentário tolo sobre seus batimentos cardíacos e entregou um pedaço de papel a Marija. Passou por outros leitos, trocou palavras com enfermeiros e outros médicos e saiu do CTI a passos largos.

Grujic estava sentado no banco do motorista de um confortável e luxuoso Chrysler 300 no estacionamento do hospital. Marija não demorou. Abriu a porta do carona e entrou. O cirurgião ouvia Stravinsky no aparelho de CD do veículo. As pernas agitadas não acompanhavam o ritmo plácido da composição.

— Olha só, conheço um lugar em Pancevo onde você vai poder resolver isso com toda a segurança — disse Grujic. — Fique tranquila. Conheço bem o médico que cuida da clínica. Tudo muito limpo e discreto. Você não terá que pagar nada. Vou ligar para ele agora e...

— Não vou a lugar nenhum, Boris.

— Calma, vamos conversar. Quanto você quer para mudar de ideia e ir a Pancevo?

— Em dólares ou em euros?

— O que você quiser. Eu dou um jeito. Ainda hoje mesmo.

— Quanto você acha que vale meu silêncio? Me diga.

— Não sei... Cinquenta mil? Euros... Oitenta mil?

— Engraçado, na cama você me prometeu presentes bem mais caros.

— Cem mil! No fim da tarde.

Marija deu uma gargalhada. A música de Stravinsky havia acelerado.

— O todo-poderoso cirurgião sérvio se ajoelhando diante de uma mera enfermeira bósnia. Milosevic deve estar se contorcendo de ódio no túmulo — disse ela, abrindo a porta do carro. Grujic tentou detê-la, mas não pôde com a determinação de Marija.

— Não vou resolver isso em Pancevo, Boris. Em sete meses serei mãe.

★ ★ ★

Após completar seu turno de 12 horas, Marija saiu do hospital e foi ao apartamento de um casal amigo, que morava perto do centro de Belgrado. Revelou a eles estar grávida e confessou não saber quem era o pai. Milinka sugeriu que Marija procurasse a direção do hospital, mas Nikola, que trabalhava na cenografia de uma TV local, apresentou outra e mirabolante ideia. As palavras de Nikola foram abrindo um clarão no pensamento confuso de Marija. Ao mesmo tempo que sentia medo, ela também se estimulava com o que o amigo dizia. Algumas lembranças dolorosas saltaram à sua frente, bastante vívidas, enquanto ouvia Nikola.

Marija nasceu em Tepelene, uma pequena cidade no interior da Albânia. Chamava-se Elira, a caçula de sete irmãos. Desde os seis anos ajudava o pai, um muçulmano nascido na terra, e a mãe, uma cristã que passara boa parte da infância e da adolescência na Bósnia, a cuidar de uma pequena horta no quintal da casa simples. Era o que os sustentava. O desemprego assolava grande parte da população albanesa, cujos rendimentos estavam sendo destroçados com a ruína das pirâmides financeiras. Ter o que comer cultivado no quintal já era uma bênção naqueles anos difíceis.

Fluente em albanês, língua em que fora alfabetizada, e em servo-croata, idioma que aprendera com a mãe, Elira frequentava a casa de um idoso que lutara na Segunda Guerra e que a ensinava francês. Ela acreditava que, quanto mais línguas falasse, mais chance teria de deixar Tepelene para trás. Aos 16 anos, Elira recebeu permissão do pai para morar com uma tia em Tirana, a capital do país, a fim de melhorar os estudos, tão precários em sua cidade natal.

Além de estudar, Elira trabalhava como garçonete num hotel no centro de Tirana. Em meio expediente, servia bebidas e comidas e praticava seus idiomas. Sem autorização do pai, resolveu ir morar na Riviera Albanesa, às margens do mar Adriático. Conseguiu emprego de recepcionista num *resort* nas proximidades de Himare, frequentado basicamente por italianos, gregos, montenegrinos e macedônios, atraídos pelos preços baixos e pela água turquesa. Logo, ela começou a se entender com a língua inglesa depois que se tornou constante a hospedagem de funcionários de uma multinacional. Uma noite, entretanto, a vida de Elira mudou radicalmente. Após sair do hotel ao fim do expediente, a jovem foi abordada por dois homens que estavam num velho Trabant 601. Chovia muito, e Elira, que estava sem guarda-chuva, não podia perder muito tempo com os estranhos, que desejavam informação sobre uma rua. Disse desconhecer o logradouro e apertou o passo. Uns cem metros à frente, o carro novamente emparelhou com Elira. Dessa vez, o homem que estava no banco do carona saiu do Trabant armado e forçou Elira a entrar no carro. Foi aí que ela se deu conta de que havia um terceiro homem no veículo. Sentado no banco de trás, ele pressionou um pano com clorofórmio contra o rosto de Elira, que desmaiou.

A recepcionista foi levada para um casebre num vilarejo na fronteira com a Macedônia. Foi mantida amordaçada e amarrada a um cano de ferro numa parede esburacada. Mal comia. Dois dias depois, foi novamente posta num carro. Na mala de um sedã japonês, com as mãos e os pés amarrados, uma fita adesiva vedando a boca e um saco na cabeça, Elira entrou na Macedônia. O carro seguiu por dezenas de quilômetros até uma propriedade rural nos arredores de Prilep. A vítima foi deixada num quarto sem janela, onde já estavam outras duas adolescentes. Uma era romena e a outra, ucraniana.

Na manhã seguinte, Elira ouviu um homem de voz rouca falando albanês em outro cômodo da casa. Ele comentou que havia conseguido comprador para as três jovens raptadas. Dois dias depois, Elira foi colocada na caçamba de uma picape e coberta de caixas de frutas. Ficou lá por várias horas e centenas de quilômetros. Foi deixada numa chácara no Tirol, na Áustria. Poucas horas depois, Elira estava sentada apenas de *lingerie* num sofá *king-size* de couro, ao lado de outras cinco jovens igualmente vestidas. À espera de clientes. Por ser virgem, valia mais que as demais. Foi abordada por alguns homens, que se assustaram com o preço. Quase no fim da noite, um homem de cerca de sessenta anos, impecavelmente vestido, aceitou pagar 100 mil euros e desvirginou a albanesa numa suíte com champanhe e caviar de esturjão do mar Cáspio. Nos dias seguintes, Elira virou artigo comum. Ela fazia programas com mais frequência, algumas vezes dez sessões por noite.

Depois do Tirol, Elira foi levada para uma temporada num bordel nos alpes italianos. Em seguida, a rede albanesa de prostituição recebeu um chamado de auxílio de prostíbulo em Bursa, na Turquia, que sofria com a escassez de mão de obra. Elira entrou no grupo de meninas que foram resgatar os lucros do sócio local da quadrilha. Após dois meses na cidade turca, aproveitou um descuido dos guardas e conseguiu escapar. Entrou numa mata vizinha, caminhou durante toda a madrugada seguindo o rastro da lua cheia e se escondeu numa gruta por dois dias. Numa parada na estrada que seguia para Istambul, conheceu um caminhoneiro que estava indo para a Grécia. O inglês aprendido no *resort* a salvou. Insinuante, convenceu o caminhoneiro rude a levá-la até território grego. Os dois combinaram o pagamento e a jovem viajou num fundo falso sob a boleia do caminhão. Quase ficou desidratada, mas atingiu o objetivo. Elira e o caminhoneiro passaram o dia num motel de beira de estrada. O turco viril se serviu do corpo da frágil albanesa de várias maneiras, várias vezes. Era o pagamento.

Nas semanas seguintes, Elira trabalhou, com a recomendação do caminhoneiro, num restaurante turco no aconchegante balneário grego de Kavala. Precisava fazer dinheiro para seguir viagem. Voltar para casa na Albânia seria suicídio. Ficar na Grécia, arriscado demais. Um dia, já em Tessalonica, conheceu um funcionário de um banco local. Começaram um namoro e ela engravidou. Um dia após descobrir a gravidez, a albanesa pegou suas roupas e desapareceu. Abortou o bebê e decidiu que nunca mais seria uma albanesa. Com uma quadrilha de falsificadores, conseguiu um passaporte bósnio, com ascendência sérvia. Aliviada com a nova identidade, pensou no próximo passo: evitar a todo custo ser recapturada pelos traficantes de mulheres. E onde os albaneses são mais odiados na face da Terra? Prontamente, ela apontou um mapa-múndi numa livraria de Atenas: Sérvia. O destino final da sua odisseia.

Como entrar na Sérvia pela Macedônia seria muito arriscado, Marija resolveu ir pela Bulgária, onde os guardas da fronteira tinham fama de ser facilmente corrompíveis. Ela tinha reservado bons euros para a missão. Em dois dias já estava em Belgrado, com bem menos dinheiro do que partira. Alugou uma quitinete, comprou documentos de conclusão do ensino médio falsificados e se matriculou num curso de enfermagem. Pagava as mensalidades se prostituindo, sem cáften.

Passado o trauma da guerra nos Bálcãs, o governo sérvio, mais liberal, tentava cortejar a União Europeia abrindo vagas de trabalhadores para bósnios com ascendência sérvia. Perfeito. Formada, Marija conseguiu emprego num hospital da capital.

— E aí, Marija, você topa? — perguntou Nikola, ansiosamente.

★ ★ ★

Na tarde seguinte, levada por Nikola, Marija estava diante das câmeras do programa *Mais valia*, uma atração sensacionalista noturna bastante popular na TV de Belgrado. O apresentador, Filip Lazovic, anunciou o caso de Marija como o primeiro "Big Father" do mundo.

— Amigos telespectadores, vocês sabem que o mundo anda de pernas para o ar. Não é mesmo? Bem, essa jovem que está para entrar no palco estava literalmente de pernas para o ar. A história dela vai pegar a todos de surpresa. Querem apostar? Seja bem-vinda, Ana! — exclamou o astro da TV.

Além do nome falso, Marija estava protegida por um biombo colocado no fundo do palco. Os telespectadores só viam sua silhueta magra, sentada num banco de madeira.

— Ana, você tem 22 anos e é daqui de Belgrado, correto?

— Sim, correto.

— Meu amigo, minha amiga fiel de todas as noites, nossa convidada é uma enfermeira de um importante hospital de Belgrado. Ela tem uma história que vai certamente deixá-los de cabelo em pé. De cabelo em pé, eu garanto! Mas, antes, vamos aos comerciais. Não saia daí!

Durante o intervalo do programa ao vivo, Lazovic foi ao encontro de Ana atrás do biombo.

— Estamos tentando localizar o Anton. Mas está difícil. Você não pode nos dar outros nomes?

— Melhor não. Se alguém for falar, esse alguém é o Anton. Pode confiar.

Quando o programa recomeçou, Lazovic estava separado da silhueta de Marija por alguns centímetros.

— Amigos, é um prazer tê-los de volta aqui no *Mais valia*, sua polêmica e corajosa companhia de todas as noites. A coisa vai esquentar. A coisa vai esquentar! Bom, é o seguinte, sem mais delongas: essa mulher aqui atrás do biombo está grávida. Grávida. Vai ser mamãe. Que coisa linda a maternidade, não é mesmo? Você confirma que está grávida, não é, Ana?

— Sim, fiz o teste da farmácia e o exame de sangue. Estou com eles aqui.

— Hahaha! Você trouxe até a fitinha que colocou no xixi, Ana?

— Trouxe, sim.

Lazovic apertou o nariz com a ponta dos dedos indicadores e a plateia gargalhou.

— Muito bem! Olhem só que moça prevenida. Mas, Ana, quem é o pai do bebê que está crescendo aí na sua barriga? Você pode dizer a mim e ao meu querido público?

Um silêncio combinado com a produção do programa. Ao fundo, música de suspense.

— Gostaria de dizer. Mas... Não sei, Lazovic.

— Como assim? Você não sabe quem é o pai?

— Não sei. Estou na dúvida.

— Na dúvida entre dois homens, Ana?

Novo silêncio, de acordo com o *script*.

— Não. Entre vinte...

O auditório, em uníssono:

— Oooohhhh!

— Espera, espera. Ana, você não se enganou com o número? Você pode repetir?

— Vinte homens.

Novamente no auditório:

— Oooohhhh!

— Amigos, achei que nada pudesse superar o "Oooohhhh" de vocês quando eu trouxe aqui aquele rapaz de Loznica que tinha se casado com uma cabra e queria adotar uma criança. Eu me enganei.

— Vagabunda! — gritou uma mulher de uma fila intermediária na plateia.

— Opa, opa... Não vamos ofender nossa convidada. Ana merece nosso respeito — retrucou o apresentador, recebendo no ponto eletrônico a notícia de que o *Mais valia* estava disparado na briga pela audiência. O número batia facilmente o do episódio sobre o rapaz e a cabra.

— Ana, mais da metade do país está diante da TV agora assistindo à sua incrível história. Não é sensacional? Obrigado a você por me deixar entrar na sua casa. Ana, Ana, Ana... Eu ia dizer vinte vezes, mas cansei — comentou sarcasticamente Lazovic, com um leve sorriso e esfregando as mãos enquanto olhava fixamente para a lente de uma de suas cinco câmeras. — Ana, desinibida Ana, captei a pergunta que vários telespectadores desejam fazer: "Você dormiu com esses vinte homens num período de quantos dias?"

— Nove.

— Nove dias!?

— Sim, meu período fértil é muito irregular. Não dá para saber o dia exato. Não aparece nenhum sinal no corpo que denuncie que aquele é o dia certo.

— Uau!

Outra mulher no auditório se manifestou:

— Essa aí não é enfermeira, não! A profissão dela é outra, a mais antiga de todas!

Palmas efusivas deram apoio à intervenção da mulher.

— Senhora, tenha calma, sente-se. Não estamos aqui para julgar a Ana. Não julgar para não ser julgado. Quem foi que disse isso mesmo?

Lazovic foi até um canto do palco e bebeu um longo gole d'água. A plateia estava inquieta. Ele amava aquilo. Gostava de provocar os instintos. Voltou até onde estava a enfermeira em passos falsamente vacilantes:

— Ana, quem são esses vinte homens?

— São todos do...

— Ana, você vai nos contar depois dos comerciais. Certo? Eu não disse que a coisa iria esquentar, meus amigos? Voltamos já!

O apresentador passou para o outro lado do biombo.

— Ana, conseguimos falar com o Anton. Mas ele disse que não a conhece e que vai nos processar. Acreditamos em você, mas...

— Anton ladra mas não morde. Ele vai acabar falando com você. É vaidoso e explosivo. Insista.

A sequência de comerciais foi longa. Horário nobre explodindo de vendas. Na volta, Lazovic repetiu a pergunta deixada no ar. Respondida sem rodeios:

— São todos do hospital. Todos os vinte. Médicos e enfermeiros.

— Jesus! Mas, Ana, você não é adepta do sexo seguro? — perguntou o apresentador, arrancando apupos da plateia.

— Sim, mas não existe um método cem por cento seguro.

— E o método (ou foram métodos?) falhou com esses vinte funcionários do hospital? E repito: um importante hospital de Belgrado. Você aí de casa já deve ter se consultado lá.

— Acontece.

— É, acontece, Ana. Aconteceu vinte vezes. Um telespectador nos mandou uma mensagem por e-mail dizendo que, fazendo sexo com vinte homens em nove dias, houve dia em que você foi para a cama com pelo menos três homens. É uma matemática assustadora... Esse hospital é animado, né?

— Eu estava carente.

— Carente?! Será que acredito? Será? Será que vocês aí na plateia acreditam? Vocês de casa acreditam nela? Infelizmente, a matemática está contra você, Ana. Além de desinibida, ao que parece, é insaciável!

Lazovic fez uma pausa. O diretor se comunicava com ele pelo ponto eletrônico. Trocaram algumas poucas palavras e o apresentador deixou um sorriso escapar por um canto da boca.

— Amigos, estamos na linha com um dos vinte amantes de Ana! Era Anton, disfarçado de Mirko.

— Boa noite, Mirko. Seja bem-vindo ao *Mais valia*.

— Péssima noite! Péssima!

— Imagino. A revelação também o pegou de surpresa?

— O que você acha? Quando essa desgraçada me contou que estava grávida mas que não sabia se eu era o pai, pensei em mais um cara. Até desconfiava de um, mas... Vinte!?

— Realmente, o número impressiona. Você fez sexo com Ana sem usar camisinha, Mirko?

— Sim, fui um estúpido. Fiquei cego de tesão. Acho que você sabe como é. E achei que ela não fizesse isso com qualquer um.

— E o Mirko achava que não era qualquer um... Coitado! Foi durante o expediente?

— Foi. E também deve ter sido com os outros.

— Mirko, você tem ideia de qual é seu número nessa incrível conta sexual?

— Sei lá! Só tenho a dizer que você levou ao seu programa uma puta! Espero não ter pegado uma doença!

A plateia foi ao delírio, ecoando enraivecida o "puta!". Lazovic interveio e pediu moderação a todos. Anton desligou e não atendeu mais ao telefone.

— Bem, perdemos o contato com Mirko. Vamos continuar tentando restabelecê-lo. O depoimento dele é muito importante. Produção, não vamos desistir! Não vamos! Intervalos comerciais...

Atrás do biombo, Marija tirou o microfone e se levantou do banco em que estava sentada.

— Aonde você vai, menina? — perguntou um produtor.

— Para casa. Acabou o espetáculo.

Percebendo a movimentação, Lazovic se aproximou.

— Ei, o que está acontecendo aqui?

— Ela disse que vai embora.

— No meio do programa? Pirou?

— Nem era para eu ter vindo aqui. Foi uma idiotice.

Furioso, Lazovic segurou firmemente Marija por um braço e esbravejou:

— Você tem ideia do que está fazendo, sua vagabunda?

Quando o apresentador partia para uma posição ainda mais hostil, alguém da produção gritou:

— Dez segundos para voltar!

Lazovic se recompôs, enfiou um sorriso no rosto. Estava novamente no ar. Olhou de relance para o biombo no palco e disse:

— Infelizmente, amigas e amigos do *Mais valia*, Ana passou mal e precisou ser levada para a enfermaria da emissora. A situação não está nada fácil para essa enfermeira. Não é mesmo? E também não deve estar fácil para quem levou Ana para a cama. Conhecemos um deles, Mirko. E os outros 19? Aguardemos os próximos capítulos. Ana, você tem muito a explicar. Ah, tem! Bem, a seguir vamos receber no palco um homem de Novi Sad que diz ter provas de uma experiência com extraterrestres...

★ ★ ★

Marija já estava na terceira dose de uísque barato. A seu lado, à mesa do bar no centro de Belgrado, estavam Nikola e Milinka.

— Você não devia ter feito isso, Marija. Que história é essa de vinte caras? Você só tinha falado em um enfermeiro e um médico para a gente. Como apareceram esses outros homens? — perguntou Nikola. Marija não respondeu, mantendo o olhar cravado no copo em forma de cubo. — Você inventou isso tudo, né? — continuou o amigo.

— Vamos, Marija. A gente quer respostas! Você já tinha o cachê, não precisava ter inventado aquilo. Tudo bem que o Lazovic pague a muita gente para mentir, mas... — disse Milinka.

— Eu não menti.

— Não?! — questionou Nikola. — Como não?

— Não fui à TV por cachê. E fui mesmo para a cama com vinte homens. Um deles é o pai do meu bebê.

— Puta que o pariu! — exclamou Nikola.

— Fui à TV para me vingar, para jogar merda no ventilador.

— Mas se vingar de quê? — perguntou Milinka.

— Do que a gente sofre por ser bósnia nesta porra de país. Ou você acha que eles nos respeitam? A gente não passa de escória! Nos deram uma esmola, nos deixaram ficar aqui. Mas até quando? Até um louco nacionalista voltar ao poder e fazer um novo Srebrenica num terreno baldio da periferia? Acordem! Que garantia vocês têm de ficar aqui? Nenhuma!

— E você achou que dar para vinte caras faria de você uma sérvia? — indagou Milinka.

— Não, mas garanti aqui na minha barriga o sangue sérvio. Meu filho será sérvio. Com pensão alimentícia sérvia. Não precisarei mais me preocupar com um novo Milosevic.

— Meu Deus, não estou acreditando nisso. Você enlouqueceu — rebateu Nikola.

— Então você fez uma maratona de sexo em nove dias para garantir que algum desses homens a engravidaria? — arguiu Milinka.

Marija ficou muda. Os amigos dela se levantaram e foram embora. Milinka foi a única que olhou para trás ao sair do bar. Sem correspondência.

★ ★ ★

No dia seguinte, Marija aproveitou a folga no hospital, ignorou os chamados no celular feitos por Anton e foi procurar um advogado ligado à comunidade bósnia. Jornais de Belgrado noticiavam com reserva o caso revelado no *Mais valia*. Uma colunista social chegou a dizer que médicos bem-casados e de renome nacional estavam em polvorosa.

Marija contou todos os detalhes ao experiente Darko Pancev, mas se fez de vítima: "Uma jovem e frágil bósnia humilhada por sua nacionalidade e obrigada a dormir com vários homens sérvios para garantir o emprego."

— A velha e podre história se repete. Só temo por uma coisa, Marija: a quantidade de possíveis pais do seu bebê. Vinte é realmente um número impressionante. Você tem certeza disso?

A cliente tinha lágrimas nos olhos. Sem sal.

— Absoluta. Aqui está a lista com os nomes de todos eles. E os dias em que tivemos relação sexual.

O advogado deu uma rápida lida nos nomes.

— Conheço pelo menos dois deles. Por favor, chega de *Mais valia*. Combinado?

Logo após o encontro, Pancev cancelou compromissos e foi direto ao hospital onde Marija trabalhava. Recebido pelo administrador, o advogado eliminou os rodeios comuns à profissão:

— Minha cliente, que trabalha aqui como enfermeira, alega que engravidou de um funcionário do hospital.

— E...?

— Acontece que ela não sabe exatamente quem é o pai da criança.

— Ah, ouvi uma história parecida no rádio quando vinha para cá e... Espera aí, estamos falando da mesma coisa, senhor Pancev?

O advogado apenas fez um gesto afirmativo com a cabeça.

— Meu Deus... — suspirou o administrador.

— Olha, minha cliente e eu queremos resolver isso o mais rapidamente possível. E sem alarde. Marija reconhece que foi um erro ter ido à TV. Não queremos mais nenhum tipo de exposição. Imagino que vocês queiram o mesmo. Da mesma forma que os vinte homens envolvidos. Correto?

— Sim, claro. Eu... Eu... Precisamos resolver isso quanto antes. E em sigilo.

— O sigilo vai depender de vocês. Nesta lista estão os vinte nomes. Tudo o que queremos é que sejam feitos exames de DNA em todos eles. Não vamos esperar o nascimento, queremos os exames durante a gravidez. Minha cliente já está na nona semana de gestação, já podemos coletar material biológico do feto. Quando identificarmos o pai, assunto encerrado para o hospital. Trataremos apenas com o pai do bebê.

O administrador começou a ler os nomes constantes da lista de Marija. Espantou-se com alguns deles:

— O doutor Grujic?! Ela tem certeza? Petar Milijas?! É nosso melhor anestesista, bem-casado, filhos lindos, várias palestras no exterior... Deve haver algum engano.

— Não há qualquer engano. Minha cliente tem fotos comprometedoras. Vocês coletam o material para os exames de DNA e voltamos a conversar. Em uma semana.

— Uma semana?!

— Nem um dia a mais.

★ ★ ★

Para não levantar suspeitas, Marija continuou trabalhando normalmente. Conversava com as companheiras de trabalho mais chegadas e não se esquivava quando o assunto era a tal enfermeira que não sabia quem era o pai do bebê que carregava. Chegava a dissimular:

— Nossa, li no jornal. Será que ela é daqui? Se é que tudo isso seja realmente verdade, né?

No outro corredor, enfermeiras cochichavam, olhando para Marija:

— Deve ser aquela vagabunda. Sempre desconfiei dela. Uma cadela!

Cinco dias depois, Marija foi chamada à sala da enfermeira chefe. Fato raro. Ao chegar, encontrou a superiora conversando com dois homens, sentados à sua frente.

— Marija, esses senhores querem falar com você. São da polícia.

A enfermeira chefe se retirou da sala, deixando a subordinada sentada na sua cadeira. O lugar lhe apetecia, mas ela sentiu um arrepio preocupante.

— Boa tarde, Marija — disse cordialmente um dos policiais, alisando o bigode volumoso.

— Boa tarde, Elira — emendou o outro agente da lei, bem menos cordial.

★ ★ ★

Marija havia mexido num vespeiro. Envolvera-se com gente graúda, gente que vivera os anos de Guerra Fria e ainda tentava se acostumar com os ventos da democracia. Não foi difícil para que investigadores da polícia recebessem de um informante tudo de que precisavam para desmascarar a albanesa. Sentindo-se enganado, Pancev abandonou o caso. Ninguém dava falta de Marija. Ela nem existia mais. No hospital, a enfermeira chefe contou aos subordinados que a funcionária tinha voltado para o vilarejo em que nascera na Bósnia a fim de cuidar da mãe, que estava doente. Sem alarde, Elira foi deportada para a Albânia. Filip Lazovic chegou a tocar na história de Ana novamente no programa:

— Onde terá se metido essa menina levada? Alguém tem notícia?

Mas não foi muito longe. Faltava Ana. Faltava Marija. Faltava até Elira.

Mesmo após o sumiço da albanesa, os exames de DNA foram feitos. Nenhum dos vinte médicos e enfermeiros da lista era o pai do bebê de Elira. Tudo voltou ao normal num dos maiores hospitais de Belgrado. Na chegada a Tirana, Elira reconheceu no saguão do aeroporto um rosto familiar e temido: ela estava na lista dele desde uma noite de lua cheia na Turquia.

AS MENINAS DE TACNA

> *"Amor, amor, amor — o braseiro radiante que me dá, pelo orgasmo, a explicação do mundo."*
> Carlos Drummond de Andrade, no poema "Para o sexo a expirar"

A quase 4 mil metros acima do nível do mar, Puno enchia de orgulho Consuelo Piedad. O céu azul, sem qualquer risco de nuvem, parecia encomendado para a ocasião. A vereadora falava com extrema satisfação sobre a privilegiada posição geográfica da cidade peruana a um grupo de investidores chineses que estava na região avaliando a possibilidade de abertura de fábricas. Uma guerra havia sido deflagrada com Arequipa, mais próxima do Pacífico, pelos dólares comunistas de Pequim.

— Estamos mais próximos do céu do que a maior parte das cidades do mundo. Puno é uma das cidades mais altas do planeta. E, na minha modesta opinião, a mais bela — disse Consuelo aos chineses. Ela contava com a preciosa ajuda a tiracolo de uma simpática intérprete.

O grupo estava visitando as ilhotas flutuantes de Uros, no lago Titicaca, criadas artificialmente com blocos feitos com raiz de totora, planta herbácea aquática comum em regiões pantanosas da América do Sul, e habitadas pela mesma comunidade desde a época pré-colombiana. Consuelo explicou todos os detalhes de como as ilhotas eram construídas.

— O Titicaca é um dos maiores orgulhos e um dos maiores patrimônios do Peru. E essa brava gente que vive aqui há centenas e centenas de anos é um exemplo da incrível força do povo peruano. Um povo resistente e talhado para trabalhar, para servir, para produzir — comentou a vereadora, afagando o cabelo de uma criança, que tinha a pele do rosto e das mãos já bastante castigadas pelo sol.

Seguindo o protocolo, cuidado com esmero por assessores de Consuelo, um morador de uma das ilhotas entregou a Zheng Xin, o líder da comissão oriental, um tapete bordado pela esposa. O chinês pegou o objeto, curvou-se diante do nativo e sorriu.

— Minha mulher vai ficar bastante feliz. Ela coleciona artigos exóticos — disse Zheng. — Sempre levo alguns para ela quando viajo.

Para Consuelo e os moradores de Uros, exótico mesmo eram a China, os chineses e o mandarim. Mas nada a respeito precisava ser dito àquela altura.

— Estou impressionado com estas ilhas. Um trabalho simples e notável de arquitetura e empreendedorismo — continuou Zheng, tocando o chão.

— Determinação, senhor Zheng. Determinação! É nossa garantia — replicou a vereadora.

★ ★ ★

Após deixar os chineses num hotel no centro de Puno, Consuelo foi até o gabinete do prefeito, Juan Martín Noboa, um político de nítidos traços incas que era um dos nomes em ascensão da direita fujimorista no sul do Peru.

— Pronto, já estão no hotel. Ficaram encantados com Uros — disse a vereadora, que era da oposição, sentando-se numa poltrona.

— Ótimo! Ótimo! Precisamos fazê-los ir embora com a melhor das impressões. Temos alguém no hotel 24 horas com eles?

— Sim, a intérprete também está hospedada lá. E pus um assessor meu no mesmo andar. Eles só estão reclamando um pouco da altitude.

— Normal. Temos que fazer todas as vontades deles. Todas. Entendeu? Arrume um jeito de oferecer, sem parecer ofensivo, aquelas meninas fogosas de Tacna. Lembra? Aqueles alemães do Banco Mundial adoraram, né?

— Parece que sim. Pelo que eu soube, eles até pediram bis.

— Deus seja louvado! Bebe alguma coisa, Consuelo?

A vereadora não respondeu imediatamente. Ela se levantou e caminhou até o prefeito, que estava confortavelmente sentado saboreando um *pisco sour*.

— Não quero beber. Quero conversar sobre aquele nosso assunto.

— Que assunto?

— Você sabe, meu projeto de lei. Aquele projeto...

— Meu Deus, você ainda não desistiu disso?

— Claro que não! Por que você acha que estou ajudando com os chineses? Por que acha que ajudei com os alemães? Pelos seus lindos olhos de raposa? Tudo tem seu preço, Juan Martín. Meus colegas de bancada já estão pensando em me expulsar do partido. Preciso do apoio dos seus vereadores para aprovar essa lei.

— Mas é o projeto mais bizarro, mais esdrúxulo que já apareceu por estas bandas! Tem certeza de que você estudou sociologia?

— Escuta: você quer ou não quer que os chineses instalem as fábricas aqui?

— Quero, você sabe. Mas...

— Não tem "mas", prefeito. Você vai me apoiar ou não? Preciso de uma resposta simples. Amanhã vou apresentar o projeto.

O prefeito pôs as mãos sobre o rosto e respirou fundo. Consuelo aumentou a carga:

— E então? Posso chamar as meninas de Tacna?

Noboa relutou, olhou para os lados, mas afirmou:

— Pode.

★ ★ ★

A socióloga Consuelo Piedad passou a maior parte da vida na área mais cosmopolita de Lima. Cansada da agitação da capital, aposentada, divorciada e com os dois filhos encaminhados, resolveu fixar residência em Puno. Sua tese de doutorado havia versado sobre o papel social das mulheres nas comunidades do Titicaca. A cidade entre o lago e os Andes era uma velha conhecida dela. O sossego trouxe um tempero novo à sua vida. Porém, menos de dois anos depois, convencida por amigos, Consuelo decidiu entrar na política e acabou eleita vereadora em 2007 pela oposição. Dos 23 assentos da Câmara de Puno, apenas quatro eram ocupados por oposicionistas, de dois partidos diferentes. Um dos vereadores da bancada era Diego Huamán, ex-membro do grupo guerrilheiro maoísta Sendero Luminoso que recebera uma obscura anistia no início dos anos 1990. Consuelo era a única mulher.

Nos últimos meses, um tema vinha ocupando a maioria dos neurônios políticos de Consuelo. Depois de conversar com outros sociólogos, antropólogos, psicólogos, sexólogos e assistentes sociais de várias regiões do Peru, a vereadora decidiu se trancar em casa num fim de semana. Desligou os telefones e refletiu horas a fio sobre o projeto que cogitava apresentar na Câmara. Ao fim do período, decidiu ir em frente. E resolveu oferecer seus préstimos de anfitriã ao prefeito, que, apesar das diferenças ideológicas, achava Consuelo muito mais qualificada para a missão do que qualquer vereador da situação. "Todos broncos", dizia sem constrangimento.

Chegou o tão esperado dia. Consuelo havia trabalhado em sigilo com seus dois assessores e se sentia preparada para enfrentar seus pares. Colocou um vestido novo e subiu à tribuna da Câmara, dominada por políticos conservadores, logo após um vereador discursar em defesa do aumento das taxas da limpeza urbana. Estava tensa, mas pôs no rosto a máscara da serenidade no alto do seu 1,59m de altura, resultado de pai asturiano e mãe descendente de incas.

— Senhores vereadores, boa tarde — disse Consuelo, sem angariar muita atenção no plenário. — Estou aqui hoje nesta importante Casa para apresentar mais um projeto. Um projeto audacioso, sem dúvida. Seis anos atrás, fiz parte em Lima de uma comissão federal para estabelecer os direitos fundamentais do nosso povo. Entre figuras notáveis e pessoas comuns de várias classes sociais e de vários segmentos da sociedade, todos analisaram as mais diferentes situações da vida social e privada dos peruanos. Foi um belo trabalho. Mas, alguns anos depois, eu me dei conta de que um assunto muito importante não havia sido abordado por aquela comissão. Estou falando do direito ao orgasmo!

Naquele momento, todos os vereadores interromperam as conversas que deixavam Consuelo falando praticamente em vão e dirigiram o olhar curioso à tribuna.

— Boa tarde a todos — debochou ela, tornando-se instantaneamente mais segura. — Bem, como eu ia dizendo: o direito ao orgasmo. Estou me referindo, obviamente, ao orgasmo feminino. Quantos dos senhores já pararam para pensar que nós, mulheres, temos o mesmo direito que vocês na cama?

O veterano vereador Manuel Bustamante, sentindo-se ultrajado, ajeitou a gravata com força, levantou-se de forma barulhenta e disparou:

— A democracia nos obriga a isso! Uma senhora sem ter o que fazer decide do nada ocupar nossos ouvidos com uma sandice! Gostaria de lembrar que ainda está em vigência um compromisso público chamado decoro parlamentar, cara colega vereadora.

— Exigir o orgasmo vai contra o decoro parlamentar, nobre colega? O orgasmo é uma necessidade e um direito de todo cidadão. Todo cidadão! Seja ele de Puno, de Lima ou da China.

— As necessidades do cidadão são escolas decentes, hospitais funcionando, transporte efetivo, segurança pública, coleta de lixo, salários dignos, senhora vereadora. A senhora não é paga pelos cofres públicos para fazer gracinha na tribuna desta Casa! Exijo respeito! — replicou Bustamante, cujo pai, coronel do Exército, havia auxiliado a junta militar que governara o Peru de julho de 1962 a março de 1963.

— Curioso o nobre colega falar de todas essas coisas. Coisas também importantes, obviamente. Mas, em quatro mandatos consecutivos, o que o senhor fez por esses direitos do povo?

— A senhora me respeite! Tenho uma história aqui em Puno! Minha vida política não tem uma mácula sequer! É completamente ilibada!

Diego Huamán, o ex-guerrilheiro de barba espessa e cabelo agitado, entrou no tiroteio:

— Sem tempo para se dedicar à causa pública, senhora vereadora, e nós bem sabemos por quê. É esse lixo de projeto que a senhora, a primeira vereadora da cidade, tem coragem de nos apresentar? Que fisiologismo barato! Que coisa estapafúrdia!

— Não paro de me surpreender aqui hoje. O ex-guerrilheiro ateu acudindo o ruralista cristão cujo pai já saiu para caçar membros do Sendero na selva!

O presidente da Câmara interveio:

— Senhores, por favor, mantenham a ordem. Ofensas não serão toleradas. A democracia tem limites!

— Mas essa mulher é uma ofensa, senhor presidente! Exijo que ela respeite a memória do meu pai, um homem honrado que trabalhou por este país com muito amor e patriotismo! — rebateu Bustamante.

— Documentos provam o que eu disse. Estão disponíveis em Lima a quem quiser pesquisar.

— Falácia! — gritou Bustamante.

— Senhora vereadora, peço que retorne à apresentação do seu projeto, caso ainda existam considerações a ser feitas. Caro colega Bustamante, por favor, não interfira na apresentação da nobre vereadora ou terei que tomar medida mais enérgica. Minha paciência também tem limite — argumentou o presidente, que era bastante ligado ao prefeito e tinha grande interesse em atrair os investidores chineses.

— Obrigada, senhor presidente — disse Consuelo. — O tema é realmente acalorado. Por sua natureza, obviamente. Não vou demorar, prometo. Fiz 23 cópias do projeto. Meus assessores já enviaram à sala de cada um de vocês. Sendo bem sucinta, meu projeto propõe que os homens desta cidade sejam obrigados por lei a satisfazer sexualmente suas mulheres, namoradas ou companheiras. Estudos apontam que quase sessenta por cento das mulheres não chegam ao orgasmo no mundo. Grande parte dos seus parceiros não dá a mínima para esse fato desolador. Apenas se satisfazem e viram para o lado. Não podemos consertar as coisas no mundo, eu sei. Mas podemos fazer algo pelas mulheres de Puno, que pagam seus impostos, cada vez mais altos, e querem ter direito ao orgasmo. Meu projeto estipula ainda o número de orgasmos semanais a que as mulheres têm direito, de acordo com a faixa etária. Está tudo bem detalhado no texto encaminhado aos senhores. A forma de obtenção desses orgasmos é de foro íntimo, podendo ser acertada pelos parceiros envolvidos. Os que não cumprirem sua obrigação serão punidos com o rigor da lei que trata dos direitos humanos. E podem ficar até inelegíveis. Muito obrigada e uma boa tarde a todos.

Consuelo deixou o plenário aos gritos mais variados dos colegas parlamentares, transtornados e exaltados: "Sua louca!", "Idiota!", "Vai lavar roupa!", "Demônio!", "Messalina!", "Mal-amada!"... A vereadora ignorou todos. Não queria briga e precisava passar no hotel dos chineses e levá-los a um encontro com o prefeito.

No jantar na residência de Noboa, foram servidas iguarias tipicamente peruanas. Além do tradicional *ceviche*, uma variedade de pratos da culinária *chifa*, com grande influência da cozinha chinesa. O prefeito havia pensado em tudo para seduzir os "chinos". E eles gostaram da experiência gustativa.

Antes de se reunir no escritório com os chineses a fim de discutir negócios e fumar charutos cubanos, Noboa teve uma discreta conversa com Consuelo.

— Soube da confusão na Câmara. Você não pode se exaltar dessa maneira — comentou ele, de olho nas visitas ilustres.

— Só me defendi daqueles porcos chauvinistas. Ou, como você prefere, broncos chauvinistas.

— Tudo bem. Mas moderação nunca é demais. Certo? Ah, e as meninas de Tacna?

— Ihhhhh... Esqueci.

— Puta merda, Consuelo!

— Eu ia ligar, mas fiquei envolvida com a apresentação do projeto e acabei me esquecendo. Desculpa.

— Não temos um plano B?

— Não consigo pensar em nada.

— Se a gente perder essa briga por causa dessas meninas de Tacna, sua carreira política vai acabar no fundo do Titicaca!

★ ★ ★

No dia seguinte, sem ter experimentado o sabor agridoce das meninas de Tacna, o grupo de chineses viajou de volta a Lima e, algumas horas depois, decolou rumo a Pequim. O anúncio da cidade escolhida para o estabelecimento das fábricas seria feito em dois meses. Com os vereadores nas mãos, Noboa conseguiu votar em caráter de urgência um projeto que ampliava a isenção fiscal a empresas chinesas que desejassem investir em Puno. No plenário da Câmara, apenas a voz dissonante de um vereador do Partido Comunista. O ex-guerrilheiro não aparecera para a votação.

A notícia rapidamente chegou ao Oriente. O prefeito estava muito confiante. E radiante. Aproveitou para caminhar nas ruas entre o povo, dizendo que uma chuva de empregos e oportunidades de negócios se aproximava da cidade. Uma "frente quente", brincou ele, distribuindo sorrisos e afagos nas calçadas, antes de entrar num restaurante de comida chinesa no Centro, propriedade de um peruano, que andava praticamente às moscas.

— Isto aqui vai ferver! Prepare-se, Manuel! — exclamou o prefeito, servindo-se de uma quantidade generosa de yakisoba.

O regozijo político de Noboa só foi quebrado quando Consuelo voltou ao seu gabinete três semanas após ter apresentado o projeto sobre o direito ao orgasmo.

— Prefeito, o senhor precisa fazer alguma coisa urgentemente. Meu projeto está emperrado na Câmara. O presidente não está com a gente? Mas ele não está se mexendo. Outro dia vi o idiota do Bustamante conversando com ele num corredor. Só o Bustamante falava. O presidente, cabisbaixo, só concordava com a cabeça. Saiu constrangido da conversa. Acho que ele já era. Esse filho da puta do Bustamante conhece podres de todo mundo lá. Deve estar jogando pesado. Típico dele.

— Calma, Consuelo, as coisas vão melhorar. Eu disse que seu projeto era barra pesada, que não seria nada fácil. Puno é uma cidade conservadora. Mas pode deixar que vou fazer uma visita amanhã a alguns vereadores mais influentes. Muitos me devem bons favores.

— Que bom. A situação não está fácil, tenho recebido muitas ameaças. Até um padre me ligou, dizendo para eu voltar para Lima porque minha alma não tem salvação aqui. Meus assessores também têm sofrido. Mas algumas mulheres da comunidade têm me apoiado. Uma delas, de 65 anos, chegou a perguntar por e-mail a quantos orgasmos teria direito por semana. Eu me emocionei. De verdade. Senti que a vida pública valia mesmo a pena.

— Vale, sim. Imagino quem seja esse padre. As mulheres, não sei. Relaxa, vou dar um jeito nisso.

— Espero. Ansiosamente. Por falar nisso... Ansioso pela resposta dos chineses?

— Bastante, bastante. Mas acho que já vencemos esse páreo com Arequipa. Mandei um informante para Pequim. Sai caro, mas não tenho recebido más notícias. Estava agora mesmo fazendo umas contas.

— Fantástico. Depois, rumo ao governo do estado?

— Isso! Só paro quando entrar pela porta principal do palácio presidencial de Lima! Ovacionado pelo povo!

— Achei que você fosse mais ambicioso e sonhasse acabar na Casa Branca! Ovacionado em inglês.

★ ★ ★

A resposta dos chineses demorou dois dias além do previsto. Arequipa acabou saindo vencedora. Um acordo com a prefeitura de Arica, cidade chilena na fronteira com o Peru, fez com que a concorrente se tornasse mais vantajosa para os chineses. Eles poderiam usar o porto ariquenho, com boa infraestrutura e benefícios alfandegários. A estrada entre as duas cidades também agradou aos chineses, que a acharam menos sinuosa e com o asfalto de boa qualidade. Eles poderiam até fazer uma parada em Tacna, para conhecer umas tais meninas fogosas.

Noboa ficou desolado. Numa conversa com um consultor contratado especialmente para ajudar na parceria com os chineses, o prefeito soltou os cachorros ao ver o sonho de chegar a Lima mais distante:

— Você é um merda! Por que fui ouvir o governador? Eu não devia tê-lo contratado! Você foi minha desgraça!

— Prefeito, fiz o que estava ao meu alcance. Várias vezes eu disse que a altitude poderia pesar contra. Não foi?

— Arequipa também fica nas alturas!

— Noboa, Noboa... Mil e quinhentos metros abaixo de Puno.

— E daí? Disseram que você fazia mágica! E conseguiu! Fez desaparecer meus sonhos! Puno é pequena demais para mim! O que faço agora, seu mágico de araque?

— Os chineses já não são como antigamente. Eu também disse isso. Eles começaram a se preocupar com o meio ambiente, porque perceberam que remediar sai muito mais caro. Eu disse para você apresentar um projeto que garantisse que o Titicaca não seria afetado pelas fábricas. E o que você fez? Apenas convenceu a população de que tudo estava sob controle e disse aos chineses que as totoras seriam capazes de absorver toda a sujeira. Ou seja: tudo para debaixo do tapete do Titicaca! É sua mágica, prefeito?

Já era o bastante. Noboa desligou o telefone. Deixou Puno nas mãos do vice-prefeito e foi se recuperar do grande golpe relaxando por duas semanas num *resort* na Martinica. Sem a esposa e os filhos. Pensando no futuro, fez bons contatos com jovens caribenhas dispostas a faturar no exterior.

Passados dois meses, o projeto do orgasmo obrigatório foi arquivado, sob pressão do prefeito, que já não era mais visto nas ruas. Ele também não tinha mais que aturar a "excêntrica" Consuelo. Pelo menos até a próxima tentativa de atrair investimento estrangeiro. A política dá voltas. A vereadora, por sua vez, seguiu os conselhos de Bustamante e apresentou projetos nas áreas de educação e saúde.

O cacique direitista até que tentou, mas, constrangido, não teve como dificultar o andamento dos projetos. A caixa de mensagens de Consuelo continuou cheia. O padre ainda insistia que ela deixasse Puno, "cidade de cristãos resignados", mas muitas mulheres frequentemente relatavam que, mesmo sem o projeto de lei, estavam sendo presenteadas em casa com inéditos orgasmos semanais. Uma das mulheres, que assinava com o pseudônimo de Firstlady, desconfiou a socióloga, era a esposa do prefeito, que, de acordo com as más línguas, usava o motorista em desvio de função.

O CAMINHO DA PERDIÇÃO

*"O marido enganado é um homem que se engana
a respeito da mulher que o engana."*
Stanislaw Ponte Preta

A central de atendimento do serviço 9-1-1 de Provo recebeu, num fim de tarde de outono, uma chamada de emergência originária de um dos poucos telefones públicos que restavam na terceira maior cidade de Utah. O localizador apontou para uma avenida no Centro. A atendente seguiu o procedimento padrão e falou de forma bem segura:

— Você ligou para o 9-1-1. Qual é a sua emergência?

Do outro lado da linha, o silêncio só era quebrado pelo motor e pela buzina dos carros. Durou alguns segundos. A atendente repetiu a pergunta, no mesmo ritmo:

— Você ligou para o 9-1-1. Qual é a sua emergência?

Dessa vez, a mulher identificou uma respiração ofegante, além dos tradicionais ruídos urbanos registrados diariamente àquela hora. Se ela se esforçasse um pouco mais poderia ouvir as retumbantes batidas do coração de Robert Smart.

Imediatamente, a atendente acionou a polícia, que, por precaução, enviou a viatura que estava mais próxima do local. Quando os policiais chegaram ao ponto em que estava localizado o telefone público, numa praça bem arborizada, não havia qualquer sinal suspeito. Todos passavam apressados, falando ao celular ou imersos no mundo paralelo proporcionado pelos fones de ouvido. Um dos agentes chegou a reconhecer um vizinho que atravessava a avenida acompanhado dos dois filhos pequenos e o cumprimentou com um aceno. Tudo normal, nada mais cotidiano. Os policiais observaram a cena por alguns minutos, reportaram por rádio a situação à central de polícia e foram embora. A tarde ensolarada partia e o frio aumentava vertiginosamente.

Robert já estava distante dali, a caminho de casa, em sua barulhenta picape japonesa a diesel. Alguns quilômetros adiante, estacionou o automóvel na garagem de casa, numa rua tranquila e totalmente residencial. Em vez de usar a passagem que dava para o interior da residência, preferiu sair pela entrada da garagem e abrir a porta da frente. Antes de entrar, lançou um olhar que misturava fúria e temor para a casa do vizinho à esquerda.

Ed Black tinha 56 anos e era divorciado. Deixara a polícia dois anos antes em circunstâncias nebulosas. Acabou reformado, mas conseguiu levar o salário quase integralmente. Chegou a trabalhar como segurança de um bispo da Igreja de Jesus Cristo dos Santos dos Últimos Dias, o bastião da fé dos mórmons, mas não passou de três semanas no serviço. Não era visto na rua, à exceção de quando levava seu buldogue para passear, geralmente tarde da noite. Era um vizinho que destoava completamente da família da casa à direita, os acessíveis e simpáticos Parsons.

A mulher de Robert estava assistindo a um noticiário na TV quando ele entrou. Ainda sentada no sofá da sala, ela se virou para o marido sem dizer uma palavra.

— Tudo em ordem? — perguntou ele, com a expressão ligeiramente apreensiva.

Grace diminuiu o volume da TV e respondeu, sem olhar para o marido:

— Acho que sim. Não senti nada anormal o dia inteiro. Foi tranquilo.

— Graças a Deus.

Robert se curvou sobre a mulher, deu-lhe um beijo na testa e foi direto para a cozinha. Lá, encheu um copo com água da torneira da pia e sorveu o líquido bem devagar, olhando fixamente para a casa de Ed Black pela janela.

— Hoje parece que está mais tranquilo que de costume.

— O quê, Robert?

— Você sabe.

Antes de deixar a cozinha, Robert se aproximou da janela e deu uma última espiada na casa à esquerda. Não viu qualquer luz acesa. Ao retornar para a sala, encontrou a esposa em lágrimas, ainda sentada no sofá. Ele se ajoelhou diante dela, desligou a TV e abraçou ternamente a trêmula companheira.

— Isso vai acabar, prometo.

★★★

Na manhã seguinte, Robert acordou cedo, antes da hora habitual. Levantou-se da cama cuidadosamente, para não acordar a esposa, vestiu-se, preparou um chocolate quente, tomou a bebida lendo a primeira página do *Daily Herald* e, em seguida, pegou a maleta 007, entrou na picape e seguiu para o trabalho.

No canteiro de obras do condomínio, que a empresa para a qual trabalhava estava construindo, no subúrbio de Provo, Robert encontrou os operários já a todo vapor, apesar de o sol ainda estar acordando e do frio cortante, que atravessava o local quase diariamente. Por causa de um embargo judicial, que fizera os operários ficarem de braços cruzados por três semanas, a obra estava atrasada e todos precisavam correr para evitar uma enxurrada de processos dos futuros moradores. Para complicar, o inverno se avizinhava e as condições ficariam bem piores nas semanas seguintes.

Robert era o engenheiro responsável pela obra e era bastante pressionado pela empresa a acelerar o andamento da construção. Por isso, estava tendo problemas com alguns operários, que julgava pouco esforçados para atender às exigências da firma. A proximidade dos dias congelantes o deixava ainda mais estressado. Cinco dias antes, ele havia dispensado dois homens. Com autorização da companhia, contratou outros quatro. Um deles, entretanto, estava dando dor de cabeça. Robert foi alertado pelo engenheiro auxiliar, que o vira bebendo uísque numa pequena garrafa de metal durante o serviço. O operário foi chamado ao escritório de Robert.

— O que está acontecendo? — perguntou o engenheiro, deixando de lado uma planilha.

— Não sei do que o senhor está falando — respondeu ele, sem tirar os óculos escuros.

— Então serei bem claro, senhor Mendez. Trabalho não é local de bebida. O que o senhor faz fora daqui não me diz respeito, é entre você e Deus. Mas neste local, onde o senhor ganha o pão da sua família, não dá para ter uma vida mundana a ponto de comprometer seu desempenho e a segurança dos outros.

— Mas eu...

— Não acabei ainda. E, por favor, tire esses óculos.

Foi atendido, a notório contragosto. Mas não fazia diferença.

— O senhor está vendo essa corda no meu pescoço? Está vendo? Tem uns homens lá fora que querem puxá-la. O nó está cada vez mais apertado. O senhor vai ajudá-los? Ou vai andar na linha e ajudar a salvar meu pescoço? O senhor é casado?

— Sim, pela segunda vez.

— Esse é o caminho da perdição.

O operário, que permanecia de pé, abriu ligeiramente os braços à espera de uma explicação do engenheiro. Mas ela não veio.

— Senhor Mendez, vou lhe dar mais uma chance. Nada de bebida no trabalho, certo?

— Mas eu não...

— Volte ao trabalho. Já perdemos muito tempo aqui.

★ ★ ★

Na hora do almoço, Robert foi até o Centro da cidade. Estacionou numa rua próxima à praça do dia anterior. Caminhou até o mesmo telefone público. Pegou o fone e discou o primeiro número: 9. Abortou a missão. Tenso, Robert atravessou a rua e comprou um cachorro-quente e um refrigerante de um ambulante na calçada. Devorou o sanduíche com a mesma velocidade com que seus neurônios cruzavam o cérebro de maneira desordenada. Voltou à cabine e, sem vacilar, discou o 9-1-1 num golpe rápido.

— Você ligou para o 9-1-1. Qual é a sua emergência?

A praça era a mesma, o telefone público era o mesmo, mas a atendente parecia ser outra. Com a voz mais grave. Robert reproduziu o silêncio do dia anterior. A pergunta foi repetida. E, mais uma vez, não foi respondida. As palavras estacionaram na garganta de Robert, que tentava fortemente se libertar delas. Apesar do frio, algumas gotas de suor desciam pela testa do homem com a corda no pescoço.

— Foi engano, desculpa — disse ele, dando passagem a palavras totalmente imprevistas.

Robert deu as costas ao telefone e se puniu esmurrando fortemente a cabine por não ter tido coragem para responder à atendente. Pensou em ligar novamente, mas precisava retornar à obra. No caminho, as palavras retidas na garganta foram libertadas.

— Meu Deus, esse pesadelo tem que acabar! Quem esse desgraçado pensa que é para destruir meu casamento celestial?

A polícia tem que fazer alguma coisa! Eu e minha mulher não aguentamos mais essa violência toda! Onde vamos parar? Não aguentamos mais! Deus, salve-nos de Satanás! Esse ardiloso Satanás! Deus...

As palavras foram abruptamente sufocadas quando a picape de Robert saiu da estrada e quase atingiu uma árvore frondosa. O triz de salvação foi o bastante para que o motorista se concentrasse na direção e afastasse os pensamentos que açoitavam sua alma agitada. Conseguiu voltar ao trabalho sem novos sustos no caminho. Foi direto ao escritório, onde o engenheiro auxiliar o esperava para discutir alguns detalhes do acabamento dos banheiros das residências.

A tarde transcorreu perfeitamente. Robert caminhou pelo canteiro de obras e notou a dedicação de todos, inclusive de Mendez, para recuperar o tempo perdido. Para se manter concentrado e não sair perigosamente da estrada, Robert chegou a ajudar alguns operários a carregar vasos sanitários para dentro de residências. Quando a noite começou a se manifestar, o engenheiro pegou a maleta e decidiu voltar para casa. O trabalho prosseguiu, sob a supervisão de outro auxiliar. Não havia tempo a perder.

Robert regressou pela mesma estrada. Ao passar pela árvore que quase acertara com a picape horas antes, seu corpo foi atravessado por um longo arrepio. "Obra do mal", balbuciou ele, agarrando firmemente o volante. A sensação ruim provocou nele a certeza de que não poderia mais adiar uma conversa com os homens da lei e a lei dos homens. Desviou-se do caminho de casa e só parou ao avistar o prédio do Departamento de Polícia de Provo.

— Já estamos fechando, senhor. Se for alguma emergência, o senhor pode acionar o 9-1-1 — disse o policial no guichê de triagem, segurando um bocejo.

— Não consigo. Já tentei antes.

— Mas o que houve?

— Não sei. Apenas não consegui.
— Que tipo de emergência, senhor?
— Grave. Gravíssima. Tenho informações importantes.

As palavras aceleradas de Robert fizeram o policial observar atentamente a expressão facial do seu interlocutor: o instinto da dúvida de um tira.

— Por favor, aguarde um instante.

O policial fechou o guichê. Pouco depois, o sargento Olson veio falar com Robert, que transbordava de visível ansiedade.

— Eu já estava de saída, mas vou atendê-lo.

Os dois foram até uma ampla sala onde havia várias mesas ocupadas por policiais, muitos deles ao telefone. Robert e o sargento se sentaram, frente a frente, a uma mesa cheia de pastas e blocos de anotação abertos.

— Desculpe a confusão, estou cuidando do caso dessas duas mortes em Rock Canyon Park.

— Uma tragédia, não?

— Sim, bem doloroso para as duas famílias.

O sargento fez uma pausa e franziu a testa, emendando:

— Por acaso o senhor tem alguma informação sobre o caso?

— Não, não. Não tenho.

— Certo. Vamos lá. Do que se trata essa sua emergência? O senhor na entrada disse ter informações importantes.

— Meu vizinho.

— O que tem seu vizinho?

— Um homem do mal.

— Um homem do mal... O senhor pode ser mais claro?

— É uma situação delicada, não é nada simples falar sobre isso.

— Só posso ajudar se o senhor decidir falar. É simples.

Robert fechou os olhos por alguns segundos e massageou as maçãs do rosto. Encarou o sargento, que começava a se mostrar impaciente.

— Já era para eu estar a caminho de casa, pensando no jantar delicioso que minha mulher sempre prepara e...

— É isso! Minha mulher!

— Não era o vizinho?

— Os dois. Ou melhor, ele. Ela é a vítima.

— Senhor Smart, não estou entendendo. Qual é o problema com seu vizinho?

O sargento deu uma olhada nada discreta no relógio prateado no punho direito. Robert olhou para os lados.

— É um tanto quanto embaraçoso falar sobre isso.

— O senhor pode ter certeza: embaraçoso não é um adjetivo que me espante aqui.

Robert respirou fundo e encheu o peito de coragem, num sussurro quase inaudível:

— Quero denunciar o meu vizinho por violência sexual.

A expressão de enfado do sargento imediatamente se transformou.

— O senhor disse há pouco que sua mulher é a vítima. É isso mesmo? O senhor confirma?

Nova olhada para os lados, mas já era um caminho sem volta.

— Sim, minha esposa é a vítima. E desconfio que não seja a única. Quem faz o que ele faz não se contenta com apenas uma mulher. Duvido muito.

— Por favor, preste muita atenção: o senhor tem certeza do que está falando?

— Absoluta. Esse homem é do mal. Não sei nem se deveríamos chamá-lo de homem. Acho que o mais apropriado seja besta. Entende? Besta. Isso já acontece há alguns meses. Desde então, minha vida virou um pesadelo. As coisas desandaram até no trabalho. Minhas obras nunca atrasaram. Sou um profissional exemplar, um marido exemplar. Mas foi esse sujeito entrar na nossa vida e tudo ficou nebuloso.

— Preciso que o senhor me conte exatamente o que aconteceu. Só assim eu...

Naquele instante, o celular do sargento tocou. O policial atendeu.

— Sim, amor, passo lá e compro duas garrafas de vinho. Não demoro para sair. Beijo.

— Nada como um casal feliz, vivendo em harmonia na sagrada segurança do lar, não é mesmo, sargento?

— Não tenho do que me queixar.

— Para um sargento da polícia é mais fácil. E mais seguro. A segurança de um Colt 357. Casados há muito tempo?

— Cinco anos.

— Só cinco?

— Sim, é meu segundo casamento.

— O caminho da perdição...

— Desculpe, o que o senhor disse?

— Estava falando do meu vizinho... Vocês precisam fazer alguma coisa! Urgente! Quantas mulheres mais essa besta pode estar atacando?

— Acalme-se, senhor Smart. Acalme-se.

— Perdão.

— Que tal o senhor me contar exatamente o que aconteceu?

— Certo, vou contar. Não tem mais volta, preciso contar. Não quero morrer sufocado e tenho que encarar a besta sem fraqueza. Bem, sargento, meu vizinho... meu vizinho violentou minha mulher.

— Quando isso ocorreu?

— Foi mais de uma vez.

— Mais de uma vez?!

— Sim, sargento. Mais de uma vez. Para ser bem preciso, nove vezes.

— Nove?! E só agora o senhor resolveu procurar a polícia?

— Tentei antes, mas não consegui. Entrava em pânico. Orávamos noite e dia para que tudo acabasse. Achávamos que um dia pararia. Mas a besta é insistente.

— Desculpe perguntar, mas vocês eram adeptos de alguma prática sexual exótica? Assim, sadomasoquismo, essas coisas, e decidiram sair fora?

— Por Deus, sargento! Somos cristãos! Somos membros fiéis da Igreja de Jesus Cristo dos Santos dos Últimos Dias. Uma pergunta como essa me ofende de uma forma dolorosa! O senhor é capaz de imaginar?

— Sentado aqui, para mim não importa que o senhor seja mórmon, católico, presbiteriano, muçulmano ou budista, senhor Smart. Meu trabalho é fazer perguntas. Algumas delas podem ser mais complicadas que outras. São os ossos do ofício. Afinal, o senhor veio nos procurar espontaneamente, não?

Esbaforido, Robert ameaçou se levantar da cadeira. Por um instante, notou alguma semelhança entre os traços faciais do sargento e os de Ed Black. Não sabia bem o que era. Intrigado, decidiu ficar, tomado por uma repentina e inesperada calma.

— Vou contar tudo, tintim por tintim, sargento. A primeira vez aconteceu quando estávamos dormindo, sete meses atrás. Deveria ser uma noite comum, mas não foi. De repente, no meio da noite, minha mulher começou a ter fortes espasmos e a se contorcer na cama. Ela suava, suava muito. Estava de bruços e mordia dois dedos. Chegou a sangrar.

— E o senhor a acordou?

— Não, ela não estava dormindo. Grace estava acordada o tempo todo e viu quando o vizinho entrou nu no nosso quarto e a estuprou.

— O vizinho invadiu a casa de vocês durante a noite e estuprou sua mulher? O senhor estava dormindo ao lado?

— Sim, ele entrou sem arrombar uma porta, sem quebrar uma janela.

— Então ele tinha uma das chaves?

— Não. Na verdade, a besta não precisaria de uma chave. Aquele corpo nu não era dele. E nem era exatamente um corpo.

— O senhor viu esse invasor?

— Não, só Grace o viu. Só Grace o vê.

— Juro, não estou entendendo nada, senhor Smart.

— Grace tinha arranhões nas costas. Vários. Levantei a camisola e vi as marcas. E as marcas da violência sexual não estavam apenas nas costas. Espero que o senhor entenda e não me faça ser ainda mais claro.

— Confesso que é muito difícil entender. Muito.

— Sargento Olson, a besta é ardilosa. Ela não precisa entrar fisicamente nas nossas casas para estuprar nossas mulheres. Aconteceu comigo e com Grace. Depois dessa noite, foram mais oito vezes. A besta sabe quem assediar, sabe que almas perturbar. Foi o nosso caso. Temos uma vida digna, uma conduta cristã exemplar, cumprimos todos os mandamentos e seguimos todos os costumes mórmons. Recebemos a recomendação do bispo para nos unirmos no casamento eterno e garantimos nossa imortalidade diante do Criador. Temos que perseverar, é claro. Nada é tão simples. O objetivo da besta é nos desviar do caminho da eternidade. O senhor entende, sargento?

O policial se levantou da cadeira e foi até um armário de metal, onde, no topo, havia uma bandeja com garrafa de café e copos descartáveis de isopor. Serviu-se de uma dose e retornou à mesa, sem voltar a ocupar o assento.

— Desculpe, não lhe ofereci.

— Não tem problema, odeio café.

— O senhor está me dizendo que seu vizinho tem uma espécie de poder que o faz violentar sua mulher mesmo sem entrar na sua casa?

— Exatamente. Exatamente!

— Olha, senhor Smart, há muitos mórmons em Provo e volta e meia alguns de vocês vêm até aqui fazer queixa. As reclamações são diversas, mas o senhor passou de qualquer limite aceitável. Com licença, minha mulher está me esperando em casa para o jantar.

Robert se levantou, decidido a impedir que Olson o deixasse.

— Sargento, tenha cuidado. Sua mulher pode ser a próxima vítima de Ed Black.

— De quem?!

— Ed Black. Ele é meu vizinho. A tal besta.

— Ed Black?! Senhor Smart, eu o aconselho a ir para casa imediatamente. Não me faça mais perder tempo com o senhor. Posso prendê-lo por falso testemunho e acabar estragando meu jantar.

— Sargento, Ed Black usa um poder telepático para a fornicação. Joseph Smith, nosso profeta, chegou a falar sobre isso em algumas pregações dois séculos atrás. É a astúcia de Satanás. Ele sabe dissimular, sabe se proteger. Por falar nisso, por que vocês protegem Ed Black?

Olson ignorou a pergunta. Pegou a chave do carro, deu as costas a Robert e foi caminhando na direção de uma das portas da sala.

— Sargento, o senhor acredita em Deus? Acredita? Que ele proteja sua mulher! E seu jantar!

★ ★ ★

Robert deixou o Departamento de Polícia e resolveu caminhar um pouco pelas redondezas. Mas o frio intenso encurtou a caminhada empreendida para esfriar os ânimos. O engenheiro entrou na picape e, após a primeira curva, emparelhou com um carro da polícia, parado em sinal vermelho. Por um instante, pensou estar diante de uma segunda chance, por obra divina. Porém, quando Robert ameaçou abrir o vidro do carona, o policial ao volante pegou o rádio e, segundos depois, acionou a sirene e partiu em disparada. Oportunidade perdida. Só lhe restou o acelerador.

Ao parar diante da porta da garagem de casa, Robert encontrou Grace o esperando no jardim.

— O que aconteceu, Grace? — perguntou ele, abrindo o vidro da sua janela.

— Você esqueceu? Temos um jantar na casa dos Parsons. E já estamos atrasados. Liguei várias vezes para seu celular, mas você não atendeu.

O marido tirou o celular do bolso e olhou a tela registrando as chamadas perdidas.

— Verdade, desculpe. Deixei no *vibracall*.

— Vamos, guarde o carro na garagem.

Os Parsons tinham uma pequena fazenda em Springville, a quarenta minutos de Provo, e todo mês ofereciam à vizinhança mórmon uma ceia com produtos orgânicos que colhiam e punham à mesa da residência. Robert e Grace eram os frequentadores mais assíduos da generosidade dos vizinhos à direita. Bastavam alguns passos para serem sempre bem acolhidos. Em algumas ocasiões, o evento tinha a presença de um bispo. Como naquela noite fria de outono.

Moroni Smith era um bispo mórmon muito respeitado em Utah por sua história de sofrimento, superação, fé e perseverança. Quatro anos antes, perdera a mulher e o único filho do casal, mortos durante um tiroteio entre a polícia e assaltantes numa loja de conveniência na periferia de Salt Lake City. Apesar da tragédia, o religioso guardou o sofrimento debaixo do travesseiro e manteve o equilíbrio em público. Moroni chegou a visitar os criminosos na cadeia. Para uma ala da igreja, o comportamento do bispo pecava pelo extremismo. Mas, do alto do seu 1,87m de altura, ele se mantinha impassível às tentações. Agraciado com o direito ao casamento eterno, decidiu honrar o sacramento e se manter distante da possibilidade de uma segunda união. O reencontro com a esposa e o filho era seu objetivo na vida. Uma obsessão disfarçada pela fala mansa.

— Amigos, por favor, um minuto da preciosa atenção de vocês — disse o bispo, deixando o prato vazio em cima de uma mesa na sala. — Aliás, dois minutos, ou um pouco mais. Mas por uma boa causa, garanto. Esta ceia de hoje não é comum. Trata-se de um evento especial para os Parsons, nossos estimados anfitriões. Conheço a família há mais de sete anos, quando se reaproximaram do Criador. Os Parsons tiveram dias turbulentos, desviaram-se do caminho, experimentaram o calafrio da sombra. Testemunhei a agonia deles. Mas superaram todas as adversidades, todas as provações, e se tornaram melhores, mais fortes, mais íntegros no amor de Deus. A fé e a devoção foram tamanhas que eles se tornaram um exemplo para nossa comunidade. Olho para os dois agora, para seus lindos filhos, e minha alma é preenchida por uma alegria incomensurável. E incomensurável, vocês bem sabem, é um adjetivo de Deus. Sem dúvida, a família Parsons é uma família de Deus, no estrito conceito que nosso profeta Joseph Smith pregava quando estabeleceu aqui, na erma e árida Utah, lá na primeira metade do século 19, nossa igreja para fugir dos que o perseguiam a ferro e fogo. Bem, amigos, não vou me alongar. Estou aqui para dizer, perante todos vocês, que tenho a enorme satisfação de comunicar que a Igreja de Jesus Cristo dos Santos dos Últimos Dias concedeu, após as duas entrevistas regulamentares, o direito ao casamento eterno aos Parsons.

Ondas de palmas efusivas atravessaram a sala onde os fiéis estavam reunidos. Os Parsons se abraçaram e o casal de filhos veio ao encontro deles. A emoção tomou conta de todos, que fizeram uma lacrimejante fila para cumprimentar os anfitriões.

— Só mais uma coisa, amigos — disse o bispo. — E é muito importante. O desafio agora é ainda maior para os Parsons. Perseverar. Eles precisarão perseverar. Manter a direção certa até o fim. Temos aqui presente nesta noite agradável outro casal, os Smarts, que têm perseverado após o sacramento. Que Deus abençoe a todos. Obrigado — terminou Moroni, acenando para Robert, que estava próximo à porta principal da residência.

— O caminho da perdição... — sussurrou Robert, retribuindo o aceno.

No segundo seguinte, num mero piscar de olhos, Robert já não estava mais ali.

★ ★ ★

A casa de Ed Black parecia vazia. Nenhum movimento denunciava presença humana no local escuro. Robert ficou observando da janela da cozinha. A mulher ainda estava na casa dos Parsons e, aparentemente, não notara a saída do marido após o discurso do bispo. O marasmo e o silêncio na casa traziam com eles alguns lapsos de sonolência. De repente, uma luz iluminou o jardim do vizinho da esquerda. Era Ed Black, saindo com o buldogue. Usava uma touca e um casaco pesado. Passou em frente às residências dos Smarts e dos Parsons e seguiu na direção de um cruzamento. Atravessou a rua e, quando passava ao lado de tapumes de uma construção, foi alvejado por trás. Três tiros levaram Ed Black ao chão.

Dois dias depois, o autor dos disparos foi encontrado pela polícia ajoelhado numa propriedade rural que invadira no condado de Jackson, no estado do Missouri, onde os mórmons acreditam que Jesus aparecerá a líderes da igreja, numa espécie de ensaio, antes da segunda vinda à Terra, quando então comandará mil anos de paz. Do outro lado da cerca de arame farpado, havia uma picape japonesa com as portas abertas colidida contra uma árvore. Dentro dela, sobre o banco do carona, um revólver Colt 357. No vidro traseiro empoeirado, uma mensagem escrita com dedo trêmulo: "O caminho da perdição."

Robert foi algemado e posto numa viatura policial sem resistência. Quando era levado para o Departamento de Polícia de Jackson, disse a um dos policiais que lhe faziam escolta no veículo:

— Perseverei, perseverei.

Duas semanas depois, Robert, que já tinha confessado o crime, foi entregue a autoridades de Utah. Milagrosamente, Ed Black conseguiu sobreviver ao ataque, o que fez com que seu agressor não fosse condenado à pena de morte.

Grace Smart decidiu cumprir os votos feitos na cerimônia do casamento eterno. Todos os dias de visita, lá estava ela na penitenciária estadual de Ogden dando apoio cristão ao marido. Perseverando. Orgulho do bispo. Robert estava cada vez mais abatido. O fato de Ed Black estar vivo o corroía por dentro. Sentia que falhara em seu compromisso flamejante com Deus. Chegou a confidenciar que estava tentando contratar alguém para concluir o que ele não conseguira, mas acabou convencido pela mulher a desistir. Para confortá-lo, a esposa dizia que nunca mais tinha tido os espasmos. Não era verdade. E Robert, no seu íntimo, sabia. Eles eram cada vez mais reais. Mesmo se recuperando dos ferimentos, Ed Black entrava pela porta dos fundos, tirava a roupa antes de subir a escada e entrava nu no quarto do casal Smart. Para agradar à anfitriã, temente a Deus, ele concordava em simular um estupro. Agia com força, com brutalidade, marcava as costas de Grace com o DNA da luxúria, deixava pela cama de Robert o rastro da sagrada perdição. Um caminho sem volta.

TRÊS CASAMENTOS
E UMA VINGANÇA

> *"O único remédio para se salvar dos arrependimentos no casamento é abrir os olhos antes de contraí-lo e fechá-los depois."*
> Giuseppe Belli, poeta italiano do século 19

Era só mais um dia de verão escaldante em Dubai. Os termômetros na periferia da capital dos Emirados Árabes marcavam desoladores 47 graus. Na orla, não era muito diferente. Moradores e turistas se juntavam nas orações pela chegada triunfante de uma brisa qualquer soprada generosamente do agitado golfo Pérsico. Em vão. Carrões possantes atravessavam as largas avenidas com o ar-condicionado no máximo. Ambientes gelados, como os nababescos shoppings, estavam lotados. O petróleo abundante realizava gentilmente esse milagre de clima alpino em pleno deserto do Oriente Médio. Ninguém se arriscava a caminhar do lado de fora. O estrito código de vestimenta não era nada convidativo a uns passos pelas ruas áridas cujas árvores, fora do seu hábitat, pareciam consternadas por estarem entregues à pior sorte climática. As areias em brasa poderiam ser, indubitavelmente, cenário do inferno de Dante. Mas o calor desenfreado estava para piorar.

À tarde, Mohammad recebeu um telefonema do futuro sogro, um homem de poucas mas agudas palavras. Estranhou a ligação, o velho Tarek não era de fazer aquilo.

— *Salam aleikum*. Mohammad, perdoe-me a ligação a esta hora da tarde. Sei que você é um homem bastante ocupado, mas o assunto é realmente urgente. Precisamos nos encontrar ainda hoje.

O futuro genro segurou no limite dos lábios a grande curiosidade que irrompia velozmente garganta afora. Em respeito ao velho, engoliu as palavras e apenas concordou em se encontrar com ele, em algumas horas, num *smoking lounge* no calçadão mais badalado de Dubai, o The Walk, no Jumeirah Beach Residence. Pouco depois, Tarek voltou a ligar, dizendo que não daria para esperar e que já estava indo ao ponto marcado para o encontro.

Quando Mohammad chegou ao restaurante, o futuro sogro já estava sentado a uma mesa ampla localizada numa sala reservada, ao fundo. A localização de Tarek denunciava a gravidade do assunto a ser tratado. O velho estava fumando *shisha*, mistura de tabaco, melado e essência de pêssego, num narguilé quando Mohammad entrou no ambiente isolado, à prova de intromissão. Notou no futuro sogro um ar de preocupante gravidade. Sentou-se, dizendo apenas o tradicional *Salam aleikum*. Religiosamente retribuído. Entre o cumprimento de figurino e as primeiras palavras do velho se passaram alguns minutos. O silêncio torturava os dois, mas Mohammad, preso a conjecturas, estava em clara desvantagem.

— Mohammad, você sabe que respeito muito seu pai, não sabe? Foi com muito gosto que acertamos seu casamento com minha filha. Minha única e preciosa filha. E você sabe que Athijah é uma menina muito especial, de um coração enorme. Você não deve ter dúvida quanto a isso. É minha palavra.

— Sua palavra vale ouro. Que Alá a mantenha assim!

— Alá manterá, manterá. Como mantenho minha fé inabalável. Bem, você sabe que nosso emirado está passando por profundas transformações. Elas são bem visíveis. A maior parte delas me preocupa, sinceramente. Mas receio que seja um caminho sem volta. Só que não podemos abrir mão dos nossos princípios. Eles são sagrados, e progresso algum nos afastará deles. Não é mesmo?

O rodeio vocabular empreendido por Tarek começou a irritar Mohammad, mas ele não demonstrou qualquer sinal de insatisfação com seu interlocutor. Tentava passar serenidade. Mas, subitamente, começou a pensar na noiva de uma forma triste e já não garantia a neutralidade da fisionomia. Sentiu um mau presságio atravessar a espinha como um bloco de gelo se desgarrando com força de um monstruoso *iceberg*. Coisas do ar-condicionado turbinado e do temor repentino e sem forma definida.

— Em breve, você estará casado com Athijah, conforme eu e seu pai acertamos um ano atrás. Antigamente, isso bastaria. O casamento seria realizado e pronto. Um acerto entre os pais dos noivos. A vida seguiria seu curso. Mas os tempos mudaram. Vejo claramente que você nutre um sentimento pela minha filha, a futura mãe dos seus filhos. São novos tempos. Há esse tal de sentimento. Coisa do Ocidente. Mas, de qualquer forma, fico feliz por conseguirmos unir o útil ao agradável. Acho que teremos mais casamentos úteis e agradáveis neste país. É claro que a mulher continuará desempenhando o papel que Alá reservou a ela. Está escrito. Minha esposa, uma cristã convertida em muçulmana, aceita isso com toda a dignidade. Mas temo que Athijah tenha herdado alguma coisa da mãe que ficou para trás. Uma sigla que se repete muito no Ocidente: DNA.

Tarek sorveu de forma constrita a derradeira tragada de *shisha*, preparando o golpe final.

— Sei que você e seu pai são homens de palavra. Você se casará com a minha filha em pouco mais de um mês. Mas Athijah, com seu enorme coração, disse que quer dividi-lo.

— Dividir o quê?

— O noivo. Você.

A revelação foi como uma lufada de vento terrivelmente cálido atravessando o deserto glacial. Tarek tentou amenizar:

— Veja bem, não foi uma exigência de Athijah. Claro. Ela apenas pediu que eu apelasse ao seu bom coração. É bem visível que ela também tem sentimento por você, Mohammad. Do contrário, não teria me pedido que viesse aqui. Com o apoio da mãe, preciso dizer.

A figura austera que Tarek imprimia socialmente a si mesmo não combinava com o homem frágil que discursava de modo trôpego. A imagem de um velho submisso a um capricho da filha surpreendeu Mohammad e o irritou ainda mais.

— Com todo o respeito, o senhor pode me esclarecer o que passa pela mente de sua filha?

— É simples. Athijah tem duas amigas na escola em que leciona. São também professoras. E boas professoras, a minha filha garantiu! Bem, essas professoras já têm mais de 35 anos. Uma delas acabou de completar 36. Athijah teme que elas não consigam se casar jamais. Algumas coisas, você sabe, não mudam por aqui. O fato é que Athijah pediu... Veja bem, pediu que você também aceite se casar com as amigas dela. As famílias já concordaram. Mas você não precisará pagar nada. Elas abriram mão.

— Abriram?! O senhor disse que era simples. Simples?! Com todo o respeito, não vejo dessa forma. O compromisso assumido foi com sua filha. Perdoe-me, mas não tenho nada a ver com essas duas outras mulheres.

— Entendo perfeitamente, meu caro Mohammad. Mas você tem uma vida muito boa, um emprego excelente na empresa petrolífera, pode tranquilamente sustentar três mulheres.

— Com todo o respeito, senhor Tarek, isso está fora de cogitação. *Salam aleikum.*

Mohammad abandonou a etiqueta e bateu em retirada, esforçando-se apenas para não golpear o chão do restaurante com os pés irados, evitando uma ofensa contra o velho.

★ ★ ★

Alguns dias se passaram e Mohammad se distanciou da família de Tarek. Suspendeu as visitas pré-nupciais e não atendia mais aos telefonemas do futuro sogro. Athijah parecia não ter outro assunto em casa. Só falava no casamento tríplice e estava ansiosa para dar uma boa notícia às professoras encalhadas.

Num fim de tarde, ao retornar para a mansão do pai, onde ainda morava, em The Palm Jumeirah, um arquipélago em forma de árvore na costa de Dubai, Mohammad ficou surpreso ao topar com Tarek, que se dirigia para o carro, estacionado em frente à residência que visitara. O futuro sogro apenas cumprimentou Mohammad com um movimento de cabeça e entrou no Bentley prateado. A expressão de saltitante confiança exibida por Tarek incomodou o morador, que ficou observando o veículo desaparecer na via de acesso ao continente. Antes de começar a desvelar as possíveis razões para a euforia do velho, Mohammad foi abordado pelo seu pai, Hassan, um homem magro, de barba grisalha e bem-cuidada, que gostava de imprimir sua autoridade sem afetação. Foi assim, com suave mão de ferro, que se tornou um dos maiores investidores do setor hoteleiro de Dubai. Muitas vezes, com somente um olhar, escrevia densos versos de repreensão.

— Precisamos conversar — disse Hassan apenas com os olhos, praticamente congelados.

Quando Mohammad entrou no escritório onde Hassan costumava receber amigos, membros da família real e homens de negócio, conseguiu traduzir a expressão de Tarek ao deixar a mansão. No imenso salão decorado com vasos Ming, quadros de Manet e esculturas romanas, estavam, além do pai, dois tios (um de Dubai e o outro de Abu Dhabi) e um xeque, o mesmo que costumava comandar a leitura do Corão uma vez por mês na luxuosa residência na palmeira flutuante. As esposas dos tios de Mohammad ficaram numa sala, na companhia da mulher de Hassan.

— *Salam aleikum* — cumprimentou Mohammad um a um todos os presentes, com grande reverência aos parentes e ao líder religioso.

O pai se sentou numa enorme poltrona de marfim e couro de zebra, presente de um ditador africano, e ordenou que o filho se sentasse diante dele. À sua direita ficaram os irmãos, tios de Mohammad, e à esquerda se posicionou o xeque, uma figura impassível que parecia observar com agudeza cada pequeno detalhe do ambiente.

— Tarek é um bom homem — disse Hassan, com a concordância dos demais presentes. O filho foi o menos enfático. — Um homem que já fez muito pela nossa comunidade e pelo nosso petróleo. Um homem de princípios firmes como uma rocha, que todo ano vai a Meca. Já fomos juntos duas vezes. Veio aqui conversar, iluminado por Alá. Ele estava preocupado com você, meu filho. O casamento se aproxima e você se afastou. Por quê, Mohammad?

— O senhor não sabe o que aconteceu?

— Queremos ouvir de você.

— Tarek veio me trazer uma mensagem da filha, minha futura esposa. Athijah insiste que eu me case com ela e com duas outras mulheres.

— É uma jovem de grande coração e vocação islâmica — disse um dos tios. — Você sabia, Mohammad, que está cada vez mais difícil um homem conseguir mais de uma esposa em Dubai? Lá pelos lados de Sharjah e de Umm al-Quwain você ainda tem boas opções. Mas, aqui, é cada vez mais raro. O que é uma pena — acrescentou o homem, que tinha duas mulheres e era dono de um shopping em Abu Dhabi.

O outro tio, o mais velho dos três, que ficara viúvo recentemente, fez coro:

— Já imaginou o que seria de mim se não tivesse me casado com duas mulheres? Tudo bem, importei uma esposa saudita, mas Alá me abençoou na escolha. Você encontrou uma preciosidade, Mohammad. Acredite neste velho homem tão desiludido com essa nova Dubai. Athijah é como ouro.

— Filho, trouxe aqui o xeque Hussain para termos certeza de que não estamos violando os preceitos mais sagrados do islã.

Por alguns longos segundos, o xeque, um homem de físico frágil e a caminho dos noventa anos, olhou profundamente nos olhos de Mohammad, que, em momento algum, desviou-se da investida exploratória do respeitado ancião.

— Pode marcar os casamentos, Hassan. Não há nada que os impeça.

O dono da mansão esboçou um leve sorriso. Mas a agonia do filho ainda o incomodava. Não deveria fazê-lo, mas quis ouvir Mohammad.

— Você tem alguma coisa a dizer, meu filho?

— Se o senhor e os senhores me permitem...

— Prossiga. Neste escritório há espaço para a nova Dubai, que tanto assusta seu tio.

— Obrigado. Não incomoda a vocês o fato de minha noiva, de forma petulante, nada condizente com a posição de uma mulher, bater o pé e me empurrar para duas outras mulheres? Geralmente, ocorre o contrário. Nós a submetemos a isso. Mas Athijah está com as rédeas do corcel. Esta não é a nova Dubai, esta é uma Dubai assustadora.

— Você não deixa de ter razão, Mohammad — disse o tio mais velho. — E, confesso, sua sensatez islâmica e seu apego aos nossos valores me enchem de alegria. Há alguns anos achei que o tivéssemos perdido. Mas você renasceu! Alá seja louvado! Agora, meu sobrinho, acredite neste homem vivido, calejado: o caminho pode ser torto, mas sua noiva está agindo com a mais límpida pureza que Alá reservou às mulheres. Você descobrirá isso com o tempo. E não tardará.

— E, convenhamos, você é um homem forte, atlético, saudável... Dará conta de três esposas facilmente — emendou o outro tio.

Naquela sala e em qualquer outro lugar de Dubai não havia escapatória para Mohammad. A resignação veio em dose cavalar.

— Gostaria ao menos de vê-las antes para preparar melhor meu espírito. É possível? — perguntou Mohammad ao pai. Hassan ficou mudo por um instante e desconversou.

— Mohammad, seguindo nossa tradição, faremos dois noivados nos próximos dias. O xeque nos orientou sobre como proceder neste caso excepcional. Você dará às suas esposas as mesmas condições e as tratará de forma igual. É inegociável aos olhos de Alá. Por isso, acabei de me desfazer da casa que comprei para você aqui mesmo em Palm Jumeirah. Amanhã comprarei três apartamentos, no mesmo andar, num edifício elegante, que acabou de ficar pronto, a uns duzentos metros daqui. O restante é com você.

★ ★ ★

À noite, Mohammad foi jogar *squash* com o primo Majid no JW Marriott Dubai. Precisava liberar energia, reformatar o pensamento e, acima de tudo, desopilar o fígado. Jogou com uma fúria jamais vista em quadra. Parecia possuído, não deu a menor chance para o adversário. Parecia querer derrubar as paredes. Uma sinfonia agitada de pancadas impiedosas na pobre bola.

— Não consigo parar de pensar no xeque Hussain, olhando para mim com aquela expressão superior, de quem tem autoridade para devorá-lo de uma só vez e sem o menor pudor para cuspir as vísceras e os ossos fraturados — disse Mohammad, a bordo da sua Ferrari 458 vermelha, ao primo, que aceitara uma carona após a partida.

— Você deveria receber mais vezes a visita do xeque Hussain. Jogou como nunca hoje. Não vi a cor da bola — rebateu o primo.

— Estava inquieto. Vou lhe dizer uma coisa, Majid: não sei o que meu pai e meus tios deviam ao velho Tarek, mas acho que acabou de ser pago. E não foi em *dirhams*, em dólares, em euros. Foi em outra moeda.

Majid não sabia o que dizer ao primo. Tomara conhecimento do tríplice casamento pelo pai, logo depois que ele saíra da mansão do tio Hassan, e chegara em casa aflito para contar a novidade. Por alguns minutos, os dois ficaram em desconfortável silêncio no bólido de luxo que ia cruzando a cidade.

Ao parar num sinal na Al Rigga Road, uma avenida no bairro de Deira, a possante Ferrari ficou lado a lado com um Porsche 911 preto, tinindo de novo. O motorista, um jovem ocidental usando boné dos Yankees, acelerou a supermáquina parada, demonstrando o incrível poderio do motor V8. O movimento do acelerador inquieto e os giros estratosféricos eram um claro desafio a Mohammad. Ele começou a entrar no jogo e pôs sua Ferrari para berrar diante da luz vermelha.

— Não faça isso, Mohammad. Chega de confusão. Não vá repetir os erros. Por Alá, ignore esse sujeito — disse o primo.

A personalidade equilibrada de Majid exercia uma boa influência sobre Mohammad desde que ele voltara de Londres, onde estudara administração de empresas na London School of Economics. Ele tivera que interromper os estudos depois de ter sido preso por causa de uma briga num *pub* próximo à Trafalgar Square. Estava alcoolizado e acompanhado de uma prostituta que conhecera numa noitada em Manchester, de quem havia se tornado cliente assíduo. Pagava sempre pela noite toda e não poupava gastos etílicos. A prisão e as informações sobre a vida desregrada de Mohammad caíram como uma bomba de fragmentação em Dubai. Hassan foi às pressas a Londres e, tendo excelente penetração no meio diplomático, conseguiu a liberação do filho, com a promessa de que o levaria de volta para os Emirados Árabes.

A notícia se espalhou entre os vizinhos e a alta sociedade de Dubai. Envergonhado, Hassan decidiu vender a mansão que tinha em Emirates Hills e se refugiar na ilha da Palmeira, tornando-se um dos primeiros moradores do local. Mohammad foi matriculado numa universidade em Dubai e passou a ser vigiado por um homem que já havia trabalhado para o serviço secreto sírio e fora contratado por Hassan para ficar no encalço do filho rebelde. Naquele mesmo ano, pai e filho fizeram a peregrinação a Meca. O motivo era mais que religioso; era uma satisfação à sociedade de Dubai. Fez com que todos soubessem da jornada pela "recuperação moral" do herdeiro. Após concluir o curso universitário, Mohammad recebeu de presente um cargo de diretor na Emirates National Oil Company. A colocação do filho significava duas coisas: sua recuperação moral e a manutenção do prestígio de Hassan.

O sinal abriu e o motorista do Porsche começou a fritar os pneus no asfalto impecável. A fumaça se espalhou rapidamente, mas não foi o bastante para seduzir Mohammad, que esnobou o convite para o embate de alta velocidade e pisou suavemente no acelerador. Vencido, o motorista ao lado formou um L de *loser*, com o indicador e o polegar da mão direita. Não demorou e, num giro de noventa graus, o gesto se tornou um revólver imaginário, disparado contra Mohammad. E o Porsche virou uma flecha metálica.

— Sei que o envergonhei. Foi terrível. Mas me pergunto se ainda tenho que pagar pelo que fiz. Tenho? Ainda vou descobrir o que há por trás do velho Tarek. Ah, vou...

— Esqueça isso, não vale a pena.

— Você sabe de alguma coisa? Sabe?
— Mohammad, esqueça isso. Jogamos novamente na quinta?

★ ★ ★

Athijah tinha mais um pedido: que fossem realizados três casamentos, em datas diferentes. O primeiro seria o dela. Uma semana depois, o da professora mais velha. Por fim, a cerimônia com a terceira noiva, após mais um intervalo de sete dias. Mohammad relutou, achou que a ousadia já havia passado do limite, mas foi convencido pelo pai a aceitar. Intimamente, pôs a culpa em Tarek.

Os três casamentos aconteceram numa propriedade que Hassan mantinha num oásis na região de Al Ain, nas proximidades de Abu Dhabi. O pai do noivo dividiu o orçamento em três partes iguais. As celebrações tiveram o mesmo número de convidados, os mesmos músicos, o mesmo menu, a bênção do mesmo xeque. Athijah, Ameenah e Maitha foram entregues ao noivo usando o mesmo tipo de *niqab*, um véu bastante tradicional que cobre totalmente o corpo e o rosto, deixando apenas os olhos à mostra. À exceção da cerimônia com Athijah, Mohammad evitou fitar os olhos das noivas. Num descuido, cruzou o olhar com Maitha, mas logo se recompôs.

Como manda a tradição, após cada cerimônia, Mohammad e a consorte foram dormir na casa dos pais dela. Em quartos separados. No dia seguinte, o casal se dirigiu, finalmente, à sua residência. É o que se pode chamar de lua de mel islâmica. O noivo mostrou inabalável paciência para repetir o ritual três vezes. Athijah viveu uma semana de monogamia, mas aguardava tão ansiosamente a chegada das vizinhas que rezou para que Alá acelerasse as horas.

Quando as três mulheres já estavam morando no edifício, Mohammad as reuniu num salão para comunicar como seria dividida a semana matrimonial: segundas e sextas seriam de Athijah; terças e quintas, de Ameenah; às quartas e aos domingos ficaria com Maitha. Aos sábados, descansaria. Em seguida, Mohammad e Maitha foram para o apartamento a fim de consumar o matrimônio. Sem perder tempo, o marido pôs uma das mãos sobre a esposa e decoradas palavras, sob a instrução do pai, ressoaram pela suíte, exatamente como fizera com as duas outras companheiras:

— Oh, Alá! Peço que me agracie com o bem que há nela e com as virtudes que lhe concedeu. E me refugio em Ti do mal que houver nela e de suas más inclinações.

E mais uma união foi consumada.

Um mês depois, Mohammad seguia todas as suas obrigações de cartilha. Sempre que ia se deitar com uma esposa, lembrava-se das tais palavras decoradas, no meio da relação sexual, e a parte das "más inclinações" ecoava na sua mente, como um verso de muitas estrofes e apenas dois vocábulos. As palavras passaram a fazer mais sentido sempre que se deitava com Maitha e experimentava certas delícias nada virginais. Aos poucos, clandestinamente, passou a dedicar também os sábados à terceira esposa. Sentia-se mais vivo, sentia-se como se estivesse novamente em Londres. Sentiu-se vingado.

VESTIDO AZUL, CASACO CÁQUI E BOTA MARROM

> *"O melhor profeta do futuro é o passado."*
> Lord Byron

Pavel acordou no meio da madrugada e percebeu em poucos segundos que havia algo errado. Muito errado. Seus olhos não estavam fechados, mas ele não conseguia enxergar praticamente nada no quarto do apartamento em Pilsen. Achou que fosse a escuridão natural de um recinto protegido por espessa cortina. Não era. Virou-se para o lado e sentiu a respiração e o leve ronco da namorada, Kristina. Mas o corpo da mulher estava sem qualquer definição, apenas uma mancha espalhada na horizontal, como uma névoa em noite sem luar. Pavel esfregou os olhos, na expectativa de que um simples movimento fosse o antídoto para o pesadelo. Nada feito. Breu e mancha feminina ressonante. Agonia. Repetiu o movimento, dessa vez com maior pressão sobre os globos oculares. O cenário imutável só servia de combustível para seu desespero. Pavel tateou o corpo desnudo de Kristina, parou por alguns instantes e um grito abafado começou a ecoar no quarto:

— Meu Deus! Socorro! Não estou enxergando nada!

Kristina acordou apavorada. Ela se sentou na cama. Ainda precisava se distanciar do sono que pairava sobre si para entender com objetividade o que estava acontecendo.

— Kristina! Kristina! Estou ficando cego!

A namorada de Pavel o abraçou com ternura, acreditando que seu companheiro estivesse apenas sob efeito de um terrível pesadelo.

— Calma, querido, volte a dormir. Vai passar, durma.

— Você não está entendendo! Estou acordado, bem acordado!

Rapidamente, Kristina se levantou da cama e foi acender a luz do quarto. Sua fisionomia era de um crescente terror.

— Continua não vendo nada?

— Meu Deus, só vejo um borrão falando comigo. E um pouco de luz ao redor. Uma lasca de parede à direita, uma lasca de armário à esquerda. Se não fosse sua voz, você poderia ser qualquer uma, não faria diferença. Meu Deus! Meu Deus!

— Mas ontem à noite você estava bonzinho. Não consigo entender.

— Muito menos eu!

Kristina se sentou na beirada da cama, perto de Pavel, que estava de joelhos, pressionando com força o colchão.

— Será que foi alguma coisa que você comeu? Alguma coisa que você bebeu?

— Será? Comi aquela linguiça que a gente sempre come. Exatamente a mesma. Com mostarda escura. Tomei duas cervejas. Você viu. Depois vim para a cama com você. Esqueci alguma coisa?

— Não, acho que não. Foi só isso mesmo. Não consigo entender, não consigo. Uma coisa terrível como essa acontecer assim de repente? Deve ser passageiro. Só pode. Assim como veio de repente, vai embora de repente. Você vai ver.

Pavel e Kristina esperaram o amanhecer na cidade tcheca para tomar alguma providência. Insones e sentados na cama com lençol revolto. Volta e meia, um deles começava a desfilar o primeiro capítulo de alguma teoria de bolso para explicar o fenômeno agonizante, mas as ideias se perdiam na escuridão e não geravam qualquer efeito analgésico. Kristina ainda acreditava que, num estalo, tudo voltaria ao normal. Seus principais aliados eram os raios de sol. Os primeiros a varrer Pilsen a fizeram levar Pavel até a janela do quarto.

— Vamos, abra bem os olhos e deixe a luz entrar. Olhe a cidade! Olhe lá a torre da catedral de são Bartolomeu!

Um borrão banhado de luz. Tudo era um borrão banhado de luz. Pavel deu as costas à paisagem que não podia ver e, tateando, retornou à cama. Sentou-se e começou a chorar copiosamente. Sem dizer absolutamente nada.

★ ★ ★

As palavras só foram libertadas no consultório do doutor Josef, um oftalmologista de renome na cidade e com clientes até de Praga. Pavel desandou a falar, vomitando todas as informações que sua memória perturbada conseguira armazenar nas 24 horas anteriores. O médico se esforçava para acompanhar o caos. Preferiu partir para o exame. Pingou um colírio e esperou alguns minutos. Apesar do esforço, não conseguiu chegar a um diagnóstico. Pavel implorou por uma solução, mas o doutor Josef disse que preferia esperar um exame mais detalhado.

No dia seguinte, Pavel e Kristina foram a uma clínica no centro de Pilsen. Lá, aguardava por eles o doutor Josef.

— Kristina, ele ainda está com aquela cara preocupada de ontem? — perguntou Pavel.

A namorada preferiu não responder e ignorou a repetição da pergunta banhada de ansiedade. Ela apenas cumprimentou o médico e disse:

— Doutor, sei que o senhor dará um jeito nisso. Tenho uma amiga que foi paciente sua e falou muito bem do senhor. Muito bem!

Infelizmente, não havia jeito. Alguns dias e exames depois, o casal retornou ao consultório do doutor Josef para ouvir a péssima notícia. O médico não fez rodeios.

— Pavel, você está sofrendo de um caso raro e grave de degeneração macular. A doença geralmente afeta idosos. Um homem de 32 anos apresentar esse quadro é muito difícil. Muito. Mas aconteceu. E seu tipo é bastante agressivo. Tentei usar laser, mas os vasos sanguíneos continuaram a crescer atrás das retinas. Sem controle. Em breve, a escassa visão periférica que lhe resta vai desaparecer, infelizmente. Não há nada que eu possa fazer. A cegueira total é questão de tempo. Só não sei precisar quanto. Sinto muito.

★ ★ ★

O tempo foi pouco generoso. Precisamente, em três semanas e dois dias, Pavel estava cego. Precisou largar o emprego de caixa de banco. Seu caso e seu futuro foram entregues a uma assistente social da prefeitura, que ficou encarregada de requalificar Pavel para o mercado de trabalho como deficiente visual.

Antes mesmo de começar a aprender braile, Pavel foi golpeado duramente no coração. Kristina arrumou suas coisas enquanto o namorado dormia após excessivo consumo de cerveja e foi embora silenciosamente. Deixou um bilhete com o faxineiro do prédio, que o leu, com seu sotaque romeno, para o morador desolado e sem fazer a barba havia dias: "Pavel, a vida ficou muito dura aqui dentro. A gente desmoronou. Tentei achar palavras melhores, mas o que na verdade quero dizer é que não vejo um futuro para nós dois. Cuide-se. Kristina."

Pavel derramou uma lágrima, agarrou o pedaço de papel com a mensagem de Kristina e disse ao faxineiro:

— Nem eu vejo.

Desolado, Pavel bateu a porta com força. Ela ficou fechada e intocável por vários dias, até que Jakub, um amigo que trabalhava no mesmo banco, resolveu fazer uma visita após suas insistentes ligações não serem atendidas. O morador relutou, estava arredio a visitas. O amigo também relutou, dizendo que só sairia dali quando Pavel abrisse a porta. Venceu o duelo.

A situação de Pavel era deplorável: barba espessa, fedor de suor e urina, cabelo desgrenhado, olheiras profundas, hálito de zumbi. A sala era um portal do caos: comida estragada em cima da mesa, mancha de urina numa parede, dezenas de garrafas de cerveja vazias e outras duas de uísque espalhadas pelo chão na companhia de livros nos estilos mais variados. Jakub começou a recolher os livros.

— Eu estava procurando alguma coisa que não tivesse lido ainda, para matar o tempo — disse Pavel, rindo de si mesmo.

— Você precisa de um banho — retrucou o amigo, dando pouca importância ao gracejo autodestrutivo do morador.

— E por que preciso de um banho?

— Ora, Pavel, você perdeu a visão, não o olfato. Ou será que já se acostumou com esse cheiro terrível?

Apesar dos protestos raivosos, Jakub, no alto do seu mais de 1,90m de altura, apelou ao seu vigor físico, agarrou Pavel e o pôs debaixo do chuveiro. O desejo de se imolar nas trevas de sua miséria era bastante forte, mas o morador foi se entregando aos poucos ao prazer tátil das gotas mornas caindo sobre a cabeça e a pele. Experimentava uma nervosa calmaria pela primeira vez em dias. Entretanto, quando ensaboava o peito, Pavel teve uma reação repentina e sôfrega: deixou o sabonete cair e agarrou com força um dos braços de Jakub.

— Não sei como, mas eu sabia que a Kristina iria embora, que ela iria me abandonar.

— Como assim, Pavel?

— Eu vi a cena. Ela passou muito rapidamente na minha cabeça. Mas passou, passou, sim. Quando acordei e percebi que não estava enxergando, entrei em desespero. Kristina estava dormindo nua do meu lado. Eu me virei para ela e apalpei o corpo. Eu queria ter certeza de que não estava tendo um pesadelo. Entende? Só que, quando toquei os seios dela, foi como se eu tivesse entrado em outro ambiente, outra dimensão.

— Você deve ter pirado mesmo.

— Não, foi real. Foi como se eu estivesse monitorando uma câmera e visse na tela a imagem da Kristina indo embora, levando uma mala. Ela usava um vestido azul até os joelhos, um casaco cáqui e uma bota de cano curto marrom. Era exatamente assim! Foi a última cena que vi claramente na minha vida.

— Você está querendo dizer que teve um momento de vidência ou algo do tipo?

— Não sei. Não sei mesmo o que pensar.

Quando o silêncio parecia dominar o pequeno ambiente azulejado, uma ideia iluminou a cabeça de Pavel:

— Hoje é quinta, né? Faz o seguinte: hoje é dia de faxina no prédio. Desce e pergunta ao faxineiro que roupa Kristina usava quando entregou o bilhete a ele. Ele deve lembrar, não foi um dia comum.

— Que coisa ridícula, não vou fazer isso! Você está ficando louco! Você já estava cego, não é? Não tinha como saber com que roupa Kristina foi embora.

— Por favor, Jakub. Não é tão complicado. Se você veio até aqui é porque queria me ajudar, não é mesmo? Por favor, pode parecer ridículo, mas faça o que estou pedindo. É a ajuda de que preciso.

Ateu convicto, Jakub não queria expor sua razão ao que julgava ser apenas um delírio do amigo, logicamente justificado pela cegueira e pelo abandono da amada. Pavel insistiu, com todas as forças.

— Vestido azul até os joelhos, casaco cáqui e bota de cano curto marrom. Por favor...

Jakub esbravejou, esperneou, mas acabou cedendo diante da fragilidade do amigo. A espera pelo seu retorno da rápida entrevista com o faxineiro foi angustiante para Pavel. A água do chuveiro ainda caía sobre seu rosto inerte quando o visitante entrou no banheiro. Olhou para Pavel e ficou em silêncio, tentando organizar o emaranhado de neurônios desconexos.

— Jakub, é você?
— Sim.
— E então, falou com ele?

Por um instante, o amigo pensou em mentir, despedir-se e ir para a agência bancária. Trataria o episódio como algo banal, apenas um delírio de Pavel, e cumpriria seu expediente regularmente. Mas não era trivial e era impossível mentir.

— Vestido azul até os joelhos, casaco cáqui e bota marrom de cano curto — disse Jakub, de forma bem pausada, digerindo com dificuldade cada sílaba.

★ ★ ★

A cegueira ainda era um duro pesadelo real para Pavel. Mas o fato de ter "previsto" com detalhes o momento da fuga da namorada serviu para ocupar sua cabeça no dia seguinte. "Será que só funcionou com Kristina?", perguntou-se ele várias vezes. Precisava de sobriedade; desistiu das cervejas.

À noite, após o expediente, Jakub apareceu no apartamento de Pavel acompanhado de uma mulher.

— Ela não é muito alta, como você gosta, mas acho que vai ajudá-lo — disse o visitante, fechando a porta.

— Não faz diferença — respondeu Pavel.

— Que bom que aquela bagunça foi removida — comentou Jakub.

— Sim, paguei para o faxineiro fazer hora extra. Queria receber bem a...

— Anna — disse ela.

— Bom, vou ficar lá embaixo — falou Jakub.

— Não, não precisa. Pode ficar sentado aqui na sala.

— Você deve ter enlouquecido mesmo! Eu não quero assistir a uma trepada sua.

— Não vai acontecer. Só quero que a...

— Anna — repetiu ela.

— Que a Anna tire a blusa e venha até mim. Não se preocupe, vou pagar o preço combinado.

— É um vestido — replicou a mulher.

— Que seja! Só preciso dos seus seios nus, livres.

— Pavel, só aceitei trazer essa mulher aqui porque achei que seria interessante para você. Para você virar a página, enterrar de vez essa desgraçada da Kristina.

— Estou enterrando.

Anna fez um sinal singelo para Jakub, demonstrando que estava tudo bem. Começou a tirar o vestido com um decote que ia até uns quatro dedos do umbigo. Estava sem sutiã. Caminhou até onde apontavam os seios firmes. Pavel estava sentado numa poltrona de couro com alguns rasgos. Sentiu a presença de Anna e despregou as costas do encosto. Primeiramente, pôs as mãos, levemente trêmulas, sobre o abdome da garota de programa. Estava explorando o terreno e, ao mesmo tempo, tentando domar sua ansiedade. Respirou fundo três vezes. Em seguida, lançou as mãos aos seios de Anna, que, profissionalmente, não exibia qualquer sinal de constrangimento. Pavel apalpou e alisou os seios por quase dois minutos. Ao fim, relaxado, falou:

— Muito obrigado, Anna. Obrigado pela compreensão. Jakub, tem dinheiro na segunda gaveta da direita na estante. Pode pagar o dobro.

— O dobro?! Por isso?! Só apalpar os peitos?!

— Pode pagar.

— Cacete, você pirou mesmo!

Contrariado e soltando impropérios, Jakub pegou o dinheiro na estante e entregou as notas em dobro para Anna. A prostituta se vestiu, deu um suave beijo na boca de Pavel e foi embora, dizendo:

— Quando precisarem, podem me chamar. Faço um desconto na próxima.

— Vamos ligar para você. Pode esperar, Anna — disse Pavel. — Antes de ir, só me responda uma coisa: você se acha uma pessoa observadora, curiosa? — indagou ele.

— Sim, bastante.

— Que bom. Sorte minha.

A situação era desconfortável para Jakub, que bufava:

— Isso é que é realmente uma mulher de vida fácil! Eu deveria ter arrumado uma garota de programa mais barata. O ridículo seria o mesmo, mas o prejuízo seria menor. Você perdeu o juízo.

— Pode ser, mas quis tirar a prova. Em cima da mesa tem um caderno e uma caneta. Por favor, anote.

— Anotar o quê?

— O que vi ao tocar os seios dela.

— Eu também vi, são bem bonitos! E você mandou a mulher embora com dois minutos de programa. Sequer pôs a boca neles!

— Por favor, Jakub, anote. Se eu acertar essa previsão, nem você, que é um incrédulo de nascença, poderá duvidar mais de que tenho algum estranho poder.

O amigo tentou resistir, mas resolveu pegar papel e caneta, convencido de que a "insanidade" de Pavel teria fim naquelas linhas finas com letras traçadas furiosamente com esferográfica azul.

★ ★ ★

Após o expediente bancário, Jakub foi até um bar perto do apartamento de Pavel. Sentou-se sozinho e pôs o celular e uma folha de caderno amassada sobre a mesa. Olhava para o aparelho e o papel com receio. Entrou na quinta caneca de cerveja quando, finalmente, decidiu ligar para Anna.

— Olha só! Achei que você demoraria a me ligar novamente!

— Pois é, Anna. Preciso perguntar uma coisa. Uma coisa bem simples.

— O que você quiser.

— Obrigado. Bem, eu só queria saber se você... se você esteve hoje, na hora do almoço, no hotel Roudna.

A prostituta ficou em silêncio por alguns segundos.

— Anna, você está aí?

— Por que você está perguntando isso?

— Mas não é uma pergunta simples?

— Não me diga que você é da polícia!

Jakub voltou os olhos para a folha de caderno que repousava sobre a mesa:

— Você foi ao hotel Roudna de táxi. Um Skoda sedã. Quando você chegou, o relógio marcava 13 horas e 28 minutos. Você olhou a hora no relógio da recepção. Não parecia atrasada. Você usava um vestido preto com as costas nuas. Sapato também preto, estilo escarpim. Meia-calça. Sem calcinha, a pedido do cliente. O cliente é um professor de Praga que veio dar uma palestra numa universidade daqui. Um homem gordo. Uns cinquenta anos, barba rala, cicatriz de cirurgia de apêndice.

— Meu Deus, você está me seguindo? Está me investigando?

— Anna, ouça bem: não sou da polícia. Trabalho num banco. Prometo que nunca mais ligo para você. Só preciso que você me diga se a descrição que fiz bate com a realidade. Só isso. Quer que eu repita?

— Alguém estava me seguindo, só pode. Aquilo ontem no apartamento do seu amigo foi muito estranho, e eu...

— Anna! Por favor! Prometo que sumo da sua vida. A descrição que dei confere com o que aconteceu hoje na hora do almoço?

★ ★ ★

Quando chegou ao apartamento de Pavel, pouco depois das dez horas da noite, Jakub já estava embriagado. Sentou-se no sofá da sala.

— Meu pai... meu pai não entende como um ateu... um ateu marxista... marxista!... ateu marxista!... trabalha num banco... um banco alemão fundado... fundado... fundado por um cristão... um filho da puta! O filho da puta é meu... meu pai... meu pai não acha ele um filho... um filho da puta, não!

Pavel ouvia o desabafo do amigo a distância. Não era novidade. Tentava encontrar nas palavras de Jakub alguma deixa para saciar sua tremenda ansiedade. Só que o amigo começou a chorar copiosamente, dizendo palavras desconexas, disformes e abafadas pelos soluços intermináveis. Minutos depois, Jakub estava dormindo no sofá. Um ronco ensurdecedor.

O morador passou a noite em claro, fazendo vigília ao corpo adormecido de Jakub. Por alguns instantes, achou que o amigo acordaria no meio da noite. Mas os sons foram apenas alarmes falsos. Por horas, quase inerte, Pavel ficou atento a qualquer ruído além do ronco. Mas nada foi capaz de devolver Jakub. Só pouco antes das sete horas ele abriu os olhos. Demorou a reconhecer o ponto de pouso. Pavel notou a movimentação e disse:

— Você acordou? Acordou?

— Acordei. Não vai dizer que você passou a noite toda aí?

— Sim, passei. Não sinto a menor vontade de dormir. Acho que é consequência da cegueira.

— É, deve ser.

Pavel pigarreou e emendou quase de imediato:

— Você deve ter algo a me dizer, né?

Jakub se levantou do sofá, deu um longo bocejo e se espreguiçou, esticando os braços para cima. Queria ganhar tempo, pegar um atalho. Mas era um caminho sem volta. Deu alguns passos na direção contrária e disse, sem se virar para o amigo:

— Antes de chegar aqui, fiquei no bar lendo o que tinha escrito naquela folha. Li tantas vezes que sei cada palavra de cor e salteado. E sabe o que me assusta? Sabe?

— Desconfio.

— O que me assusta é que tudo, absolutamente tudo em que acreditei toda a minha vida, ficou escuro de repente. O que me assusta é que cada detalhe naquela folha de papel tenha sido um retrato fiel da realidade.

★ ★ ★

A primeira cliente de Pavel foi uma colega do banco que estava tendo sérios problemas no casamento. Miroslava estava desabafando numa cafeteria quando Jakub teve a ideia de sugerir o serviço do amigo cego. Vinda de um ateu, a sugestão parecia esdrúxula e irônica. Até então, Jakub não havia revelado que a leitura do futuro seria feita nos seios da colega de trabalho. Ao ouvir a revelação, Miroslava se levantou, tirou duas notas da carteira e foi embora bufando, transtornada. Por pouco tempo. Três dias depois, na agência bancária, ela procurou Jakub dizendo que tinha chegado ao fundo do poço e que, sem alternativa visível, mostraria os seios ao estranho vidente.

No mesmo dia, depois do expediente, a dupla se dirigiu ao apartamento de Pavel. Miroslava não conseguia disfarçar o constrangimento. Usava uma blusa de manga comprida e gola rulê. Os músculos faciais entregavam toda a tensão que era transmitida ao resto do corpo. Jakub se limitava a sorrir e a dizer que a colega se surpreenderia.

Jakub tinha a chave do apartamento de Pavel. Abriu a porta e encontrou o morador sentado na poltrona de couro da sala, com as pernas cruzadas e as mãos entrelaçadas apoiando o queixo.

— Seja bem-vinda, Miroslava — disse Pavel.

— É a primeira adivinhação? — brincou ela, com um indisfarçável riso nervoso. Em seguida, sentou-se no sofá juntamente com Jakub.

— Entendo que soe estranho para você. Eu mesmo ainda estou tentando entender o que está acontecendo comigo. Por isso, você não precisará pagar pela consulta.

— Não?! — surpreenderam-se ao mesmo tempo Miroslava e Jakub. Um pagamento havia sido combinado, mas Pavel decidiu de última hora uma mudança de rota.

— Jakub, por favor, vá para o quarto. Espere lá até que tudo esteja terminado.

Os seios de Miroslava não despertavam o desejo em Jakub, mas a vontade de acompanhar em todos os detalhes o trabalho de Pavel era enorme. Ele ameaçou questionar sobre o veto à sua presença na sala, mas acabou demovido da ideia por um olhar reprovador da cliente. Foi para o quarto, balançando a cabeça negativamente.

Enfim, sós. Pavel tentou deixar Miroslava o mais à vontade possível:

— Quando você se sentir pronta me avise, tudo bem?

— É um pouco estranho. A gente se conhece do banco e nunca teve qualquer intimidade. E agora tiro a parte de cima da roupa e você apalpa meus seios? E aí você...

— É realmente esquisito. Tenho total consciência disso. Seria mais fácil usar cartas em braile, né?

Miroslava sorriu, pela primeira vez desarmada. Um silêncio pairou entre os dois.

— Bem, se você quiser desistir não tem problema. Não vou ficar chateado. Eu entendo que...

Pavel se calou ao sentir que Miroslava havia se levantado do sofá. Ela se livrou rapidamente da blusa e do sutiã. Foi envolvida por uma coragem ímpar e se postou diante do morador.

— Estou pronta, se é que isso seja possível.

Os seios de Miroslava eram flácidos e de tamanho médio. As aréolas eram claras e proporcionais. Pavel começou apalpando por baixo, sentindo o peso. Depois, passou os polegares pelos mamilos, que se tornaram eriçados. A cliente ficou constrangida e respirou fundo duas vezes, a fim de espantar a vontade de desistir da sessão. Por sorte, Pavel se demorou pouco nos mamilos e amenizou a tensão. Em seguida, o vidente apalpou cada seio pela lateral das axilas e terminou o serviço alisando suavemente toda a extensão das mamas até repousar as mãos no espaço entre elas. O coração de Miroslava batia forte.

A cliente voltou ao sofá e se recompôs em silêncio, retribuído pelo dono da casa. Já vestida, ela perguntou:

— E então? O que você descobriu além do tamanho e da flacidez dos meus seios?

Pavel se manteve mudo por alguns instantes. Seus lábios se mexiam discretamente enquanto ele repassava na escuridão o que vira.

— Bem, vi seu marido...

— Você conhece meu marido?!

— Sim, eu o conheci na festa de fim de ano do banco no ano passado. Alto, louro, olhos verdes, um sinal carnudo no queixo, fala alto, bebe muito... Confere?

— Sim, é ele.

— Então, vi seu marido caminhando abraçado com uma mulher. Eles estavam entrando num prédio ao lado da sinagoga Velká.

Cabelo castanho na altura dos ombros, nariz fino, sardas no rosto, óculos pretos. Ela usava uma blusa preta com a língua dos Rolling Stones estampada, calça jeans bem justa, uns rasgos na altura dos joelhos e All Star branco.

Miroslava gargalhou. Curioso, Jakub abriu uma fresta da porta do quarto para observar.

— Eu realmente não sei o que vim fazer aqui! Só mesmo para passar por esse constrangimento estúpido... Conheço a amante do Emil. Ela é ruiva e não usa óculos! Trabalha com ele nos Correios, só ouve música clássica e jamais usaria All Star! Só não chamo a polícia porque tenho pena de você! Muita pena!

Pisando com raiva, a cliente deixou o apartamento de Pavel e bateu a porta com toda a força que a decepção lhe impingira. Jakub saiu do quarto e se juntou ao amigo na sala. Pavel estava com as mãos espalmadas sobre o rosto e parecia olhar para um ponto fixo. Eles não trocaram palavras por alguns minutos, até que a tensa calmaria foi quebrada pelo visitante:

— Então é o fim? Posso voltar a ser ateu?

★ ★ ★

A saída intempestiva da primeira cliente fez a sensação de abandono crescer brutalmente no apartamento de Pavel. Já era o segundo dia seguido em que ele praticamente não saía da poltrona de couro da sala. A televisão ligada ininterruptamente, no mesmo canal. A janela aberta, visitada por um vento frio. A fome e a sede haviam se exilado. Raramente se levantava para ir ao banheiro, tateando pelas paredes. O telefone tocava, mas Pavel se fazia de mudo. Estava à beira da autoflagelação quando o interfone tocou. Como das outras vezes, o morador deu de ombros. Continuou sentado e apático. O interfone foi acionado novamente, dessa vez quase um grito detonado por um indicador insistente e nervoso. Nada abalava a passividade de Pavel. Com o controle remoto, ele apenas aumentou o som da TV. Alguns minutos depois, entretanto, o som que ecoava no apartamento era outro: o da campainha. Com a mesma insistência. Pavel só foi sacado do seu langor quando ouviu a voz de uma mulher.

— Pavel! Por favor, Pavel! Sei que você está aí! Abra a porta...

Era Miroslava. Seu tom de voz revelava agonia. O morador se virou, finalmente, para a porta de madeira.

— Pavel! Pavel, não me deixe aqui fora! Preciso falar com você. Vamos, abra... Dois vizinhos já abriram a porta para ver o que está acontecendo. Estou ficando constrangida.

A passos curtos, Pavel foi caminhando em direção à porta. Seu ritmo vagaroso e indolente destoava da urgência flagrante na voz e nas palavras da mulher do outro lado. Parte dele esperava que Miroslava desistisse e fosse embora. A outra parte se alimentava de uma curiosidade contida. Nesse duelo interior, Pavel chegou até a porta. A mulher não havia desistido, continuava implorando para ser recebida. O morador encostou o rosto na madeira envelhecida. Houve um silêncio dos dois lados.

— O que você veio fazer aqui? Trouxe a polícia?

— Polícia?! Não! Preciso muito falar com você.

— Já me aposentei, lamento. Por favor, vá embora.

— Pavel, me escute! Você tinha razão. Aconteceu exatamente como você tinha previsto, e eu...

O som da fechadura se abrindo interrompeu Miroslava. Ela se deparou com uma incômoda visão de Pavel: sem camisa, calça jeans surrada, descalço, barba por fazer e cabelo desgrenhado. Estava mais magro que da última vez. O morador deu as costas e voltou ao seu refúgio no canto da sala. Miroslava fechou a porta e se sentou no sofá. Cabisbaixo, Pavel disse:

— Não tenho nada para oferecer além de água. A cozinha fica ali no...

— Não precisa. Vim aqui apenas para me desculpar.

— Desculpar-se?! Estou curioso. Minha vida parou desde que você bateu aquela porta com raiva, decepcionada.

— Imagino. Mas fiquei desnorteada aquela noite. Eu tinha certeza de que Zdenka era amante de Emil. A tal ruiva dos Correios. Tudo levava na direção dela, entende? Tudo. Até uma amiga minha que também trabalha nos Correios me alertou.

— Amigos de vez em quando nos atrapalham bastante. E alguns desses amigos não são nada amigáveis. Cuidado.

Miroslava se levantou e foi até a janela aberta. A noite começava a cair e o vento esfriava rapidamente. Observou a paisagem e se voltou para Pavel. As palavras começaram a fluir à medida que a resistência da memória desagradável era vencida:

— Saí daqui naquela noite desprezando completamente o que você havia me dito. Eu me senti uma idiota se deixando levar por dois golpistas. No ônibus, chorei durante todo o trajeto. Metade era raiva de você, a outra metade era raiva de mim por ter estado aqui e ter dado meus seios para você apalpar.

— Entendo. Ver o futuro por meio dos seios não é como alisar uma bola de cristal. Não é uma das coisas mais simples.

— Nada simples.

— Pois é... Você pode fechar a janela? Está ficando frio aqui dentro.

— Claro. Você quer que eu pegue uma camisa para você?

— Não precisa. Quero que você continue.

Miroslava fechou a janela e se sentou novamente no sofá.

— Bem, apesar de estar indignada e envergonhada, uma pequena, uma mísera parte de mim queria acreditar que você estivesse certo. Perceber isso me fez chorar ainda mais. Meu marido chegou em casa e não percebeu nada; não notou meu estado, meus olhos inchados, a garrafa de conhaque pela metade em cima da mesa da cozinha. Ele entrou, deu um beijo de leve na minha boca, tomou banho, comeu um sanduíche, falou sobre um curso que faria nos Correios e foi dormir. Passei a noite na cozinha e terminei a garrafa de conhaque. Apaguei e, quando acordei, ele já tinha ido trabalhar.

— Com um blazer de camurça vinho e calça jeans clara.

— Sapato?

— Preto. Se não esqueci, preto.

— Foi exatamente desse jeito que ele saiu do prédio dos Correios na hora do almoço. Eu estava observando num café do outro lado da rua. Emil foi andando até a esquina, onde ele se encontrou com uma mulher. Nos meus piores pesadelos, eu esperava que ela fosse ruiva e classuda. Mas ela tinha o cabelo castanho, sardas no rosto, a língua dos Rolling Stones na blusa preta, calça jeans rasgada, o All Star branco. Eles se abraçaram, deram um beijo discreto e foram andando até um prédio ao lado da sinagoga. Sinagoga Velká.

Pavel sorriu, com suavidade.

— Eu lhe devo desculpas.

— Não precisa. De verdade.

— Pavel, não tenho palavras. Estou impressionada com esse... esse seu poder. É estranho, confesso, mas ele é incrivelmente preciso. A riqueza de detalhes é de deixar de queixo caído. Nunca vi nada igual. Acho que vou virar cliente assídua. Você tem ideia de como isso funciona?

— Não tenho a menor ideia. E, para ser honesto, não sei se um dia terei. Uma coisa de que desconfio é que eu precise de um vetor. Vi tudo aquilo porque você estava lá, seguindo seu marido até a sinagoga. Seus olhos eram os meus. Na sua ira, você olhou a mulher minuciosamente. Você era meu vetor. Essa me parece ser a conexão.

— Mas por que você precisa dos seios? É muito bizarro.

— De novo: não tenho a menor ideia. A mais vaga ideia.

— Se um dia você descobrir, por favor me conte. Estou curiosa. E prometo não duvidar! Bem, eu precisava vir aqui e contar tudo.

Devia isso a você. Vou indo. Ah, estou morando temporariamente na casa de uma amiga. Pedi o divórcio. E descobri que a tal ruiva é lésbica. Ela mora com uma mulher que vai sempre ao estádio de futebol com o Emil.

★ ★ ★

A explicação para o toque nos seios foi elaborada após Pavel receber convite para participar de um popular programa de entrevistas numa TV em Praga.

— Pavel, todos estão muito curiosos. Já vimos muitas pessoas lendo o futuro por meio das mãos. Aqui mesmo na esquina ficam umas ciganas doidas por mãos desprevenidas. Só desaparecem no inverno, porque as pessoas costumam andar com as mãos nos bolsos. Até pesquisei e descobri um homem no Sri Lanka que prevê o futuro lendo as pupilas das pessoas. O tal homem dá a elas uma substância para que as pupilas dilatem e faz a leitura. Outro, no México, usa as rugas do rosto para exercer sua vidência. Mas seios realmente são, disparados, o local mais inusitado. Como é possível extrair o futuro apalpando seios? Como eles conversam com você? — perguntou a entrevistadora, Radmila.

— Olhos seriam mais simples, certamente. Mas, como sou cego, preciso do tato. E não me imagino enfiando os dedos nos olhos das pessoas. Antes de mais nada, eu gostaria de dizer que já apalpei peitorais masculinos, mas não obtive sucesso.

— Eu também não, Pavel. Só vi o presente mesmo. Alguns mais interessantes que outros.

O convidado riu do gracejo e continuou:

— Radmila, os seios têm linhas semelhantes às das palmas das mãos, e essas linhas revelam muito do caráter e do destino das pessoas. Desenvolvi uma sensibilidade tátil para percorrer essas linhas e ler o que elas reservam. É um código braile secreto. As mamas, obviamente, crescem com a chegada da puberdade. Em algumas mulheres, elas crescem mais, em outras se desenvolvem menos. Essas diferenças não devem ser encaradas apenas como uma questão estética. Elas abrem as portas da imensa variedade da natureza feminina. Elas dizem muito sobre como as pessoas são e sobre o caminho que vão percorrer. E, é claro, o que o futuro lhes reserva. Os cientistas dizem que o verdadeiro objetivo evolucionário de as mulheres terem seios é atrair os machos da espécie. Outros sustentam que os seios são um complemento estético, na parte da frente, às formas das nádegas. E eu digo: os homens não são atraídos apenas pelos formatos ou pela harmonia estética, mas pela leitura que eles fazem, de forma inconsciente, das mamas. Os seios, Radmila, guardam o DNA da alma e do futuro das mulheres.

Pavel não acreditava piamente naquilo, mas havia treinado tanto o discurso teórico em casa que começou a crer que suas palavras poderiam abrigar algum sentido mundano salpicado de ciência e esoterismo.

— Muito interessante, muito mesmo. Você pode falar mais sobre as formas dos seios e o que elas representam? Posso dizer que as mamas são capazes de desenhar um perfil psicológico ou de comportamento de uma mulher?

— Sim, pode. Perfeitamente. Como nenhuma outra parte do corpo. Por exemplo: seios com a forma de pera, firmes e com mamilos proporcionais indicam que a mulher é carismática, dinâmica, otimista e criativa. Já seios volumosos, com média consistência, pertencem a uma mulher fiel, paciente e realista. Mamas realmente fartas e com mamilos grandes e bicos proeminentes apontam para uma mulher com tendência à dominação e com reações intempestivas.

— Então, pelo que entendi, dá para um homem ou uma mulher escolher o exato tipo de parceira que deseja analisando os seios das candidatas em potencial?

— Teoricamente, sim. Mas, muitas vezes, na prática da vida, somos atraídos pelo perigo, pelo desafio de domar alguém cujo perfil naturalmente nos repele. E nos atiramos de olhos fechados nessa aventura estimulante. Mas preciso dizer uma coisa, uma coisa muito importante aos seus telespectadores: não se iludam com decotes. Eles podem contar várias mentiras sobre uma mulher.

— Pavel, você acabou de nos dar uma aula, uma aula sensacional de mamologia, de peitologia.

Era apenas um tratado baseado em minucioso trabalho de observação às escuras e análise estatística, que Pavel estava aprimorando com esmero e surpreendente avanço. Com a agenda lotada, ele chegava a atender vinte mulheres num único dia. Jakub largou o trabalho no banco e passou a ser secretário e empresário do "maior vidente do Leste Europeu". A fama se espalhou por cidades vizinhas. Logo chegou a outros países. Teve uma cliente que viajou de Tel-Aviv para consulta em Pilsen, em meio a uma nevasca que se estendia até a Polônia. Satisfeita, retornou meses depois confirmando a previsão e trazendo uma amiga jornalista cansada de ser amante de um magnata russo. Chegou a apalpar sem qualquer constrangimento os seios da esposa de um ministro tcheco, que acabaria renunciando após envolvimento num escândalo de pedofilia previsto por Pavel. Tudo era feito no mesmo apartamento da primeira e dolorosa previsão. Sem qualquer luxo, apesar de a conta bancária estar engordando a olhos vistos.

Pavel não temia fracassar fazendo previsões em outros locais. Ele se sentia cada vez mais forte e seguro no seu estranho dom. O que ele queria, ao fincar os pés naquele apartamento, era alimentar a esperança de ver passar pela porta da sala certa mulher usando vestido azul, casaco cáqui e bota marrom. E recuperar aquela vida medíocre de caixa de banco, frágil e sem futuro.

O GALÃ DE LOCH NESS

"A ambição é um sonho com um motor V8."
Elvis Presley

Era uma noite bem fria, mas Diane tremia mais do que os termômetros da pacata Elgin sugeriam. Ela chegou em casa pouco depois das 20 horas, cumprimentou rapidamente os pais, que estavam na sala assistindo a um programa de calouros na TV, e foi diretamente ao único banheiro do apartamento de classe média. Trancou a porta e ficou uns instantes encostada a ela, respirando fundo, de olhos fechados, preparando-se para o que estava para fazer. Alguns minutos depois, abriu a porta com entusiasmada urgência e passou como uma flecha pela sala, saindo de casa.

— Filha, já vai sair de novo? Que coisa! Aonde você vai, Diane? Fiz bolo de chocolate! — gritou a mãe, voltando nos segundos seguintes a se entreter e gargalhar com uma caloura de voz esganiçada.

No caminho, Diane ligou para uma amiga, apressou os passos por ruas vazias e chegou a um *pub* no Centro da cidade escocesa. Sentada ao balcão de madeira centenária, a jovem agitava as pernas ininterruptamente. Mostrou a carteira de identidade e pediu uma caneca de cerveja preta. Tomou duas Guinness em menos de dez minutos. Linda, a amiga, chegou com atraso suficiente para mais uma caneca.

— Onde você estava, Linda? Você mora aqui ao lado!

— Desculpe, tive que levar o cachorro para dar uma voltinha rápida.

— Não podia ser depois?

— Ah, quis me livrar logo disso. Você sabe que odeio esse cachorro da minha mãe.

— Quem? O novo namorado dela?

— Idiota!

— Desculpe.

— Vamos, o que você tem de tão importante para me dizer? Espero mesmo que seja importante! Estou cansada.

Diane olhou para os lados, certificando-se de que ninguém a observava. Tirou da bolsa a haste que havia mergulhado na urina quase uma hora antes e a mostrou para a amiga.

— O que é isso? — perguntou Linda.

— Não banque a santa! Vai dizer que nunca viu um desses?

— Não me lembro.

— Cacete, Linda, é um teste de gravidez!

— De quem?

— Meu, porra! Vou ficar andando com essa porcaria molhada com o xixi de outras por aí? Você deve estar muito cansada mesmo. Está vendo esse traço azul e esse traço vermelho aqui? Eles são o passaporte para largar o meu emprego de merda e ter uma vida melhor longe de Elgin!

— O pai é o David?

— Que David, nada! Enlouqueceu? Eu lá quero ter filho com esse imbecil? Não contei que conheci um cara no Facebook? Um cara de Glasgow. Lembra?

— Ah, sim, lembro.

Diane pediu ao *barman* mais duas canecas de cerveja, mas Linda dispensou a bebida.

— Obrigada, não estou com dinheiro.

— Relaxa, é por minha conta. Na verdade, na conta dele.

— Dele?

— Nathan, o tal carinha do Facebook. Ele tem muito dinheiro! Você não faz ideia! Vida de magnata. Não estou acreditando!

★ ★ ★

No dia seguinte, Diane ligou bem cedo para Nathan e disse que precisava vê-lo urgentemente. A resposta não era a que ela queria, mas aumentou a certeza de que o pai do bebê que começava a carregar no ventre era um homem bem de vida. Nathan disse que estaria a trabalho em Londres por uma semana. Na volta, prometeu que telefonaria para Diane. Na despedida, ele disse estar com saudade, muita saudade. Diane suspirou e acariciou ternamente a própria barriga.

Os sete dias se passaram de forma arrastada. Diane pediu demissão na lanchonete e mentiu aos pais, dizendo que havia sido dispensada, pois o dono precisava reduzir os custos. A gravidez foi mantida em sigilo. Ela queria que o primeiro a saber da novidade fosse Nathan.

O dono da sua passagem para longe de Elgin, entretanto, não telefonou ao retornar de Londres, como prometera. Diane decidiu ligar para ele, mas não foi atendida. Insistiu. Nada. No dia seguinte, uma mensagem da operadora de telefonia dizia um fatídico "número inexistente". Diane correu para a casa de Linda.

— O que faço? Entrei no Facebook e o perfil dele foi apagado — disse Diane, aflita e roendo o pouco que restava das unhas com traços de esmalte vermelho.

— Seus pais já sabem?

— Não tive coragem.

— Não tem outro jeito, vai ter que contar.

Diane desmoronou num choro copioso.

★ ★ ★

Para quem tinha pouco crédito familiar, não era nada fácil revelar a gravidez. Principalmente para Ronald Reid, um homem seco e rude, com quem raramente Diane tinha diálogo, mesmo para as coisas mais triviais. Uma noite, porém, quando os pais estavam mais uma vez hipnotizados pela TV, Diane se sentou numa poltrona da sala e começou a chorar. A mãe veio ao seu resgate. Após a revelação da gravidez, Marion explodiu em lágrimas angustiadas. O pai se levantou com fúria e esmurrou uma parede, provocando sangramento na mão.

— Por favor, não fiquem assim. Só vão me deixar pior. Pelo menos o pai do meu bebê tem dinheiro. Semana passada ele estava em Londres a trabalho. Londres, vocês ouviram? E gosto dele!

— Mas desapareceu, né? — gritou Ronald, dando novo murro na parede e apontando o indicador para a filha.

— Calma, meu bem, precisamos de calma — interveio a mãe.

— Eu sabia que isso iria acontecer quando essa menina decidiu largar os estudos! Sabia! Um desgosto! É só olhar para as garotas com quem ela anda. Só na lanchonete duas apareceram grávidas! Que merda! Que merda!

Logo nas primeiras horas da manhã seguinte, Diane foi acompanhada do pai a uma delegacia em Elgin. Ronald era amigo de um policial havia muitos anos e foi diretamente falar com ele.

— Senhorita Diane, preciso que me conte todos os detalhes. Todos, todos — disse Adam, abrindo um bloco de anotações.

A primeira reação de Diane foi o silêncio. Ela fechou os olhos ao perceber que desnudaria sua intimidade na frente do pai. Coração disparado, mãos suadas.

— Vamos, desembucha! — gritou Ronald, cerrando o punho da mão direita.

Ao olhar para a atadura na mão ferida do pai, Diane, acuada, convenceu-se de que a sua situação não tinha volta. Com a voz embargada, ela começou:

— Um dia eu estava no Facebook e o Nathan...

— Que a gente nem sabe se é Nathan mesmo! — comentou Ronald, encarando a filha.

— Por favor, Ronnie. Deixe sua filha continuar — disse Adam.

Diane respirou fundo.

— Ele puxou conversa dizendo que tinha nascido em Inverness e havia passado férias na casa da família de um amigo em Elgin, acho que uns cinco anos atrás. Nathan falou coisas boas da cidade. Aquilo me surpreendeu, e eu disse que parecia que ele tinha conhecido outra Elgin e que eu não via a hora de ir embora daqui.

— Ingrata — murmurou o pai, repreendido por Adam apenas com um olhar.

— Ficamos amigos no Facebook e conversávamos sempre que eu tinha um intervalo de descanso no trabalho, na hora do almoço, e à noite quando eu chegava em casa... Sempre que podia. Ele disse que estava morando sozinho em Glasgow, num apartamento muito grande para ele. Comentou que era em Dowanhill, perto do jardim botânico e de uma rua com muitos bares, restaurantes, lojas... Pesquisei o lugar no Google e achei lindo, agradável, movimentado. Eu me vi morando ali.

— Ele disse a rua? — perguntou o policial.

— Não. Nunca perguntei. Saber que era em Dowanhill me bastava. Ele disse também que tinha um escritório no distrito financeiro.

— E o que ele disse que fazia?

— Nathan disse que era empresário de jogadores de futebol.

— Ele citou algum especificamente?

— Quando falamos por telefone, sim. Mas não me lembro dos nomes. Não era muito ligada em futebol. O que eu lembro é que ele trabalhava para o Celtic. E que já tinha viajado por vários países para trazer jogadores para o clube. Falou sobre vários lugares na Argentina, na África do Sul, na Nigéria, na Colômbia, no México, na Eslovênia, na... Foram tantos lugares que nem lembro direito. Pouco antes de sumir, ele disse que ia para Londres negociar alguns jogadores. Lembro que um deles era de um alguma coisa Rangers...

— Queens Park Rangers?

— Exatamente! Ele até comentou que não gostava do nome, pois era o do inimigo mortal do Celtic. Eu passei a me interessar mais por futebol por causa dele. Ah, ele falou que tinha ido também ao Egito. Fiquei louca para conhecer as pirâmides de tanto que ele falou delas.

— Idiota — disse baixinho o pai.

— E como foi que vocês se conheceram? Quando se encontraram pela primeira vez? — perguntou Adam.

Diane tomou um longo gole de água e olhou de soslaio para o pai.

— Você prefere falar a sós comigo sobre isso? — indagou o policial.

— Prefiro.

— De jeito nenhum! — esperneou Ronald.

— Sinto muito, Ronnie. É um procedimento que deve ser respeitado. Por favor, espere do lado de fora. Depois conversamos.

Ronald se levantou e olhou com fúria para a filha, que evitava se virar para o pai. Tentou ainda convencer o policial de que ele deveria ficar na sala, mas acabou vencido e isolado num corredor.

O relato foi retomado:

— Bem, ele disse que iria a Inverness para um jogo do Celtic num sábado. E perguntou se depois da partida eu queria vê-lo. Eu disse: "Claro que sim! Quero muito!" Ele me dizia coisas lindas, pelo telefone e pelo Facebook. Ele citava Shakespeare e outros de quem eu nunca tinha ouvido falar. Gostei muito de uma frase de Neruda. O senhor conhece Neruda?

— De nome.

— Eu não conhecia nem de nome. Era mais ou menos assim o verso: "Negue-me o pão, o ar, a luz e a primavera. Mas não me negue teu sorriso, porque eu morreria." Não é lindo?

Adam não opinou. Preferiu ouvir o relato do encontro.

— Depois do jogo, ele foi de carro até Elgin. Marcamos em frente à catedral. Nathan chegou num Aston Martin prata. Eu não sabia que era um Aston Martin. Ele que me disse que era o carro do James Bond. Aí reconheci. Fiquei de queixo caído. O carro era lindo! Ele só podia ter muito dinheiro, né?

— E depois?

— Entrei no carro, claro. Nunca tinha estado num carro do 007. Paramos numa rua perto da catedral e conversamos por alguns minutos. Ele disse que estava apaixonado, que não via a hora de me encontrar e, então, a gente se beijou pela primeira vez. Dentro do carro. Foi lindo. Então ele me convidou para ver o pôr do sol no Loch Ness. Nathan disse que o lago era uma lembrança boa da adolescência dele. E aí fomos. Achei romântico. E foi lá que a gente... a gente... o senhor sabe. Dentro do Aston Martin.

— Imagino. Não usaram proteção?

— Não. Era a última coisa em que a gente pensava.

— Lembra-se da placa do carro?

— O senhor deve estar brincando.

★ ★ ★

O clima na residência da família Reid ficou pesado nos dias seguintes. Diane se entrincheirou no quarto. Fazia lá até as refeições, quando a falta de apetite dava uma trégua. A insônia passou a ser sua fiel companheira. No restante do apartamento, Ronald, que estava desempregado, tentava se distrair com TV e jornais para driblar a ansiedade da dura espera de notícias vindas da delegacia. Volta e meia discutia com Marion sobre a educação da filha, acusando a esposa de ser liberal demais.

Quatro dias depois da ida à delegacia, o celular de Ronald tocou. Era Adam, e ele tinha novidades. Ansioso, o pai de Diane quis saber logo sobre o tal Nathan, mas o policial se limitou a dizer:

— Não existe Nathan algum.

Ronald entrou no Fiesta velho e foi cantando os pneus carecas rumo à delegacia. Assustada com a movimentação, Diane saiu do quarto de pijama e foi encontrar a mãe à porta de casa.

— O que houve, mamãe?

— Não sei. Ele recebeu uma ligação e saiu em disparada.

— Quem ligou?

— Não sei, ele não me disse nada.

★ ★ ★

Na mesma disparada, Ronald entrou na delegacia e foi direto à sala de Adam. Abriu a porta sem bater, mas empacou. O policial, que estava ao telefone, fez um sinal com uma das mãos para que o amigo entrasse e Ronald foi logo se sentando.

— E então? O cara é um salafrário? — perguntou Ronald assim que Adam terminou a ligação.

— Vamos com calma, Ronnie. Aceita um café?

— Calma?! Como posso ficar calmo, Adam? Só penso nisso nos últimos dias. Mal tenho conseguido dormir. Voltei até a fumar.

— Eu também voltei depois do corpo esquartejado daquela menina que encontrei no Cooper Park. Lembra?

— Sim, todo mundo lembra. Bem, mas e o caso da minha filha? Você me chamou aqui para falar dele, não?

— Claro, claro. Olha, Ronnie, sua filha relatou que no primeiro encontro que teve com o rapaz ele estava dirigindo um Aston Martin.

— Um Aston Martin?! Então o cara tem grana mesmo?

— Não, não tem. Esse Aston Martin havia sido roubado em Inverness no mesmo dia do encontro. O carro pertence a um empresário da região. De uma família importante, com ligações com o Palácio de Buckingham.

— Malditos ingleses.

— O carro foi encontrado de madrugada numa estrada de Cromdale.

— E como se chama o desgraçado?

— John. John Williams. Ele tem 27 anos e mora em Arbroath. Trabalha lavando barcos na marina da cidade.

— Ou seja: um joão-ninguém! E a Diane dizia que o cara, o Nathan, tinha muito dinheiro!

Ronald soltou um riso nervoso e completou:

— Tem muito dinheiro, sim. Dos outros. Dos iates dos outros. Da vida boa dos outros... Que cafajeste! Que filho da puta! Minha filha grávida de um marginal...

Nesse momento, Adam se levantou e foi pegar um chá na bandeja acomodada no alto de um gaveteiro de ferro.

— Sua filha não foi a única, Ronnie.

— Como assim?

— John já foi Nathan, Jeremy, Richard, Paul... Deixa olhar aqui no bloco. Ah, também Norman, Dave e Stan. Stan, aliás, foi o nome que ele mais usou.

— Que desgraçado!

147

— O mesmo *modus operandi*: John conhecia as vítimas pelo Facebook e as seduzia. Ele sempre escolhia jovens de cidades pequenas. Investia nas que mais tinham problemas com os pais. Ficava sabendo no bate-papo pela internet e a vítima logo estava nas suas mãos. Ele já vinha sendo procurado em várias localidades na Escócia. Conversei com colegas da polícia, que fizeram relatos semelhantes. John deixou estragos em Kelty, Lochgelly, Minigaff, Carsethorn, Rochester, Ingram, Carron, Aberlour, Madcuff, Rosemarkie e, finalmente, Elgin.

— O que você chama de estragos, Adam?

— Bem, como eu disse, sua filha não é a única. Não é a única grávida.

— Meu Deus!

— Dois bebês já nasceram. Um tem cinco meses e o outro tem três. Exames de DNA confirmaram a paternidade.

— Que pontaria!

— E pode não ter parado por aí. Estamos investigando se há mais crianças com o DNA do sujeito. Ah, uma coisa curiosa: ele gostava de levar as jovens para ver o pôr do sol no Loch Ness.

— Incluindo Diane?

— Sim. Ela foi ver o pôr do sol no lago.

— Mas ela odeia aquele lugar!

— Pode ter agora mais um motivo para odiar. Pelo que sua filha contou no depoimento aqui, John fez progressos nessa arte de seduzir pela internet. No início, as cantadas eram bem esquisitas. Anotei em algum lugar... Aqui! Esta foi uma das pérolas que John usou para deixar uma das suas vítimas suspirando diante da tela: "Mais de um milhão de espermatozoides entram no útero. Mas na viagem do amor apenas um deles a fez, isso faz de você a mais especial." Terrível, não? Outra: "Sou o ponteiro das horas e você, o dos minutos: na hora exata a gente vai se encontrar." Há algumas cantadas bem picantes, mas acho que não preciso lê-las, não é mesmo?

— Obrigado.

— Mas, na pele de Jeremy e Nathan, ele decorou passagens da obra de Shakespeare, recitou Baudelaire e Neruda, refinou a estratégia.

— Conheço Shakespeare. Os outros nem imagino quem sejam.

— Poesia, amor, sedução... Essas coisas.

— Sei... O desgraçado está preso?

— Está, mas não por ter seduzido moças pela internet. As vítimas, se é que podemos chamá-las de vítimas, eram todas maiores de 18 anos. Mas John cometeu um deslize: uma delas mentiu a idade. Tinha 15 quando engravidou. Ela também foi ver o pôr do sol no Loch Ness. Estamos investigando ainda um possível aborto. Além disso, ele está devendo pensão alimentícia para as mães dos dois bebês.

— E, provavelmente, essas mães e Diane vão ficar sem ver a cor do dinheiro dele, né? Simplesmente porque ele não existe.

— É verdade. Ele mal tem condições de se sustentar lavando barcos em Arbroath. Agora, Ronnie, prepare-se. A imprensa já sabe do caso. Um repórter falastrão de um tabloide de Londres está chamando John de o Galã de Loch Ness. Ele vai atrás da Diane.

Adam retirou uma foto de um envelope branco e a entregou a Ronald.

— Este é o homem. A foto do Facebook que sua filha tinha guardado passou pelo Photoshop — disse o policial, entregando a foto ao amigo.

Ruivo, cabelo espetado, orelhas de abano, nariz adunco, discreto estrabismo e sardas espalhadas pelo rosto: era o retrato fiel do Don Juan com toque de James Bond e pai do futuro neto de Ronald.

John tinha conseguido emprego na marina de Arbroath depois de cumprir quatro anos e dois meses de prisão por tráfico de drogas. Sua ficha na polícia incluía uma detenção por dirigir alcoolizado aos 19 anos e outra por uma briga num *pub* de Glasgow, quando feriu um homem com um taco de sinuca. Morava sozinho numa quitinete e não tinha amigos. Não via os pais desde que fora mandado para a penitenciária.

Durante quase dois anos, John se fez passar por executivo de empresa de telefonia, diplomata, filho de banqueiro suíço, médico obstetra e empresário do Vale do Silício recrutando jovens talentos no Reino Unido. Mas o disfarce mais comum do galanteador foi o de empresário de jogadores de futebol. Na verdade, John chegou a integrar as categorias de base do Dunfermline Athletic, clube decadente que viveu seu apogeu nos anos 1960. Porém, um grave acidente de carro nas proximidades de Dundee fez com que os joelhos de John, que tinha 18 anos, não suportassem as exigências do futebol profissional. Após várias cirurgias fracassadas, ele foi obrigado a desistir do sonho de um dia vestir a camisa do Celtic e derrotar as potências londrinas em Wembley. Sonhava com um gol de bicicleta em Old Trafford, calando os fanáticos torcedores do Manchester United. Nos acréscimos do segundo tempo.

Ao fim das investigações, a polícia descobriu que Diane fora a décima primeira jovem a engravidar em série do artilheiro amador e dublê de empresário John Williams. Meses depois, ele tinha gerado um time completo de futebol, com um reserva. Uma das fáceis presas do galã de orelhas de abano dera à luz gêmeos. Ruivos, ligeiramente estrábicos. Mas a carreira de Nathan, Jeremy, Richard, Paul, Norman, Dave e Stan terminou por aí. Precavido, o diretor da cadeia onde John cumpria três anos e meio de reclusão mandou às favas os direitos humanos e decidiu proibir visitas íntimas. Os outros detentos chegaram a jurar John de morte por causa disso, mas um gol feito por ele na decisão do campeonato interno, a poucos segundos do fim da partida, após driblar cinco adversários debaixo de chuva torrencial, redimiu o escocês para sempre. Ele passou a ser chamado por todos de Ness, o Monstro. Era a glória, enfim, para o rapaz com joelhos bichados. Quase como sonhara. Perpétua.

ROCKY BALBOA

"Todas as famílias felizes são mais ou menos diferentes; todas as famílias desgraçadas são mais ou menos iguais."
Vladimir Nabokov

O sistema de som do aeroporto de Heathrow anunciava a última chamada para um voo da British Airways a Cingapura. Com a imensa mochila nas costas, Zoe varou um corredor cheio de passageiros como se estivesse numa frenética corrida de 110 metros com barreiras. Ofegante e suada, chegou a tempo ao portão de embarque. Apresentou o passaporte, o bilhete e entrou com o pé direito no *finger* que levava à aeronave. Por causa de um engarrafamento em Camden Town, quase perdeu o voo mais aguardado de sua vida. A mãe insistira em levá-la de carro ao aeroporto de Londres, embora a filha achasse muito mais rápido o sistema de transporte público.

— Deve ter sido um acidente, só pode. Está tudo parado. Consegue ver? — disse Ruby, ao volante do carro compacto, com a cabeça para fora da janela.

— Mãe, acho que vou descer aqui e pegar o metrô — retrucou Zoe, roendo as unhas pintadas de azul-claro.

— De jeito nenhum!

— Mas, mãe, olha só esta merda de engarrafamento! Vai longe!

— Vai melhorar, minha filha, tenho certeza. Calma! E não perco seu embarque por nada neste mundo. Certo? Está ansiosa?

Zoe cuspiu o pedaço de unha que arrancara de um polegar e olhou para a mãe com o pouco de ternura que a ansiedade ainda não havia destroçado naquele veículo que ficava mais apertado a cada metro percorrido.

— Muito, mãe. Muito — disse ela, com lágrimas nos olhos.

Ruby se inclinou na direção da filha e lhe deu um abraço.

— Esperei 21 anos para conhecer meu pai. Não tem como não ficar ansiosa, né? — falou Zoe, aconchegada nos braços da mãe.

— Vai dar tudo certo, filha. Seu pai é um homem maravilhoso. A gente não funcionou muito bem juntos, mas ele sempre foi um cara especial. Éramos muito jovens e fiquei meio descontrolada quando descobri a gravidez. Eu o enxotei da minha vida. Ele tentou voltar, mas eu não queria mais. Já conversamos sobre isso, né?

— Sim. Obrigada por ter me contado a verdade.

— Você me perdoou mesmo?

— Fiquei arrasada quando soube, arrasada mesmo. Mas passou. Não foi fácil descobrir que chamei de pai por tanto tempo alguém que não era meu pai. Quero dizer, meu pai biológico. Porque o Harold é meu pai também. No fundo, acho que tenho até sorte: vou ter dois pais. E, como você diz, dois homens maravilhosos.

— Você vai ver. Daqui a pouco, Londres vai ficar para trás. O voo é longo, vai demorar um pouco, mas você vai ver. Vai valer a espera.

★ ★ ★

O Boeing 777 já estava a caminho de Cingapura, onde faria a primeira conexão rumo à maior cidade da Nova Zelândia, quando Zoe abriu a bolsa e sacou entre as folhas de um livro de Harlan

Coben uma foto do pai, tirada quando ela ainda não tinha nascido. Ao lado dele, estava Ruby, no início da gravidez. Quando a mãe lhe dera a foto, alguns meses antes, comentou emocionada:

— Talvez tenha sido nosso último momento feliz.

Zoe olhou minuciosamente para a foto, um gesto repetido à exaustão nas semanas anteriores, e voltou a imaginar como Frank estaria agora, aos 45 anos. Ainda manteria a boa forma, com músculos bem desenhados e a vasta cabeleira negra? Ou estaria barrigudo e ostentando uma cruel calvície? Mais de duas décadas de vida seriam condensadas num único instante quando Zoe visse pela primeira vez o pai em Auckland. A expectativa galopava, mas o serviço de bordo fez a inglesa momentaneamente deixar de lado a foto e se dedicar ao estômago.

— Senhora, com licença. Carne ou frango? — perguntou a comissária de bordo, com aquele sorriso plastificado nas alturas.

Quando revelou a verdade a Zoe, Ruby teve que aceitar uma verdadeira sabatina conduzida com atropelos pela filha, que acabara de completar 21 anos. Na medida do possível, ela respeitou a linearidade do tempo. Os dois haviam se conhecido em 1985, em Londres, na festa de casamento de um amigo em comum. A empatia e a atração foram instantâneas e arrebatadoras. Após a comemoração, Ruby e Frank voltaram para casa juntos de metrô. Na tarde seguinte, foram a um cinema em Piccadilly Circus assistir a *De volta para o futuro*. Ao som de "The Power of Love", de Huey Lewis & The News, deram o primeiro beijo.

— Ele era forte, gostava de exibir os músculos, tinha tatuagens nos braços e nas costas. Parecia um garanhão italiano, tinha cara de macho. Tipo Rocky Balboa, sabe? E era como os amigos chamavam seu pai: Rocky Balboa — relembrou Ruby.

Frank trabalhava como motorista de caminhão frigorífico e, muitas vezes, precisava ficar muitos dias fora de Londres. Fazia rotas longas, indo até o extremo norte da Escócia e Belfast. Apesar da ausência, a relação floresceu e, em quatro meses, eles decidiram morar juntos, num apartamento simples no modesto Bexleyheath, um distrito com fama de violento na periferia de Londres. Para sustentar a casa e dar mais conforto a Ruby, Frank aceitou pegar mais rotas. Naturalmente, sua ausência de casa aumentou, gerando os primeiros atritos com a companheira. Como a vizinhança não era muito confiável, Ruby, que trabalhava num hotel no distrito financeiro, sentia-se presa e abandonada no pequeno apartamento durante suas folgas. Os problemas conjugais eram atenuados esporadicamente quando Frank voltava de uma longa jornada de trabalho e exibia dois bilhetes de viagem ou uma reserva de hotel. Logo após um fim de semana prolongado em Portugal, Ruby sentiu repetidos enjoos. A gravidez veio pouco depois de dois anos com Frank.

As constantes brigas e a natureza do trabalho de Frank deixaram Ruby insegura com a gestação. O pai, ao contrário, mostrou-se radiante com o resultado do exame de sangue e imediatamente começou a pensar em nomes para o bebê. Prometeu que procuraria outro emprego para não se ausentar de Londres. Porém, enquanto não surgia uma nova oportunidade de trabalho, Frank acabou tendo que se dedicar ainda mais à boleia do caminhão frigorífico. Os retornos para o apartamento em Bexleyheath foram ficando cada vez mais raros e turbulentos. Uma noite, Frank entrou em casa com um buquê de flores e foi recebido com uma garrafa de uísque atirada por Ruby. Alcoolizada, ela soltou xingamentos e as mãos com unhas afiadas no rosto do companheiro. Era o começo do fim.

Frank dormiu fora de casa novamente. Dessa vez, forçado. Retornou ao apartamento pela manhã, mas Ruby estava irredutível, com novas doses de fúria e impropérios.

— Não quero mais você aqui, seu filho da puta! Eu e o bebê estamos nos virando sozinhos, não precisamos de você! Que inferno! Sai daqui! — esbravejou Ruby, exibindo preocupantes olheiras e um jarro de vidro pronto para ser atirado.

Apesar de duramente repelido, Frank tentou se reaproximar algumas vezes. Sempre com o mesmo resultado negativo. Para não comprometer a gravidez de Ruby, preferiu se manter distante, acreditando que os dias difíceis seriam amenizados com a proximidade do parto. Passou a morar em hotéis baratos à beira de estrada, enquanto esperava um sinal de que poderia regressar.

O sinal não veio. No sexto mês de gravidez, Ruby conheceu Harold, um pequeno empresário de Manchester, 15 anos mais velho, que estava hospedado no hotel em que ela trabalhava. Foi o surpreendente começo de uma nova vida.

★ ★ ★

Depois das conexões em Cingapura e Sydney e mais de 26 horas de voo, Zoe finalmente via, do alto, a paisagem urbana de Auckland. O Airbus A380 da Qantas aterrissou no aeroporto da cidade neozelandesa, localizado no subúrbio de Mangere, às 14 horas e 20 minutos. Uma tarde ensolarada, com raríssimas nuvens. Enquanto o avião taxiava, Zoe imaginava qual seria sua reação ao ver o pai biológico. Com o coração aos pulos, entre todas as possibilidades que lhe passavam pela cabeça, a que mais tinha sentido envolvia lágrimas e um abraço bem apertado. Não havia cansaço capaz de vencer sua ansiedade.

Ajudada pela nacionalidade, Zoe não perdeu muito tempo na Imigração. Pouco depois, a jovem inglesa recolheu a bagagem numa das muitas esteiras do terminal internacional e a pôs nas costas. Na mão direita, suada, a foto em que o pai sorria discretamente no distante ano de 1987. Não havia um detalhe na imagem que não tivesse sido tatuado no cérebro de Zoe, mas, mesmo assim, ela preferiu deixá-la à mão. Era o que lhe restava de Frank; faltava pouco para ela ser apenas a primeira foto no álbum que estava para iniciar.

Ao passar pelo portão de desembarque, Zoe respirou fundo, na tentativa de controlar a assombrosa taquicardia. Olhou para as pessoas à sua frente, mas elas pareciam um corpo compacto, com dezenas de braços, pernas e cabeças. Nada naquele emaranhado de carne, ossos e saudade lhe remetia a Frank. Arriscou uma nova espiada, tentando ser mais detalhista com os traços faciais alheios. Sem êxito, postou-se de lado, esperando que o pai a visse e fosse ao seu encontro.

Um minuto depois, entretanto, uma mulher tocou as costas de Zoe.

— Está esperando alguém, minha querida? — disse a estranha, com indisfarçável sotaque britânico.

Zoe olhou rapidamente para a mulher que a interpelara, mas sua atenção estava concentrada na massa de pessoas inquietamente paradas diante do portão de desembarque.

— Achei que pudesse estar esperando alguém — insistiu a estranha, buscando penetrar no raio de visão de Zoe.

— E estou. Estou esperando meu pai — disse a inglesa, tentando parecer simpática, mas com certa dose de repelente nos olhos.

— Meu Deus, como você está parecida com sua mãe.

— O quê? O que você disse?

Zoe abandonou a busca visual pelo pai e se voltou para a mulher:

— Minha mãe?! Você conhece minha mãe?!

— Sim.

— De onde?

— Eu me casei com ela, Zoe.

★ ★ ★

Alarmada, Zoe deu três passos para trás e começou a imaginar que a abordagem fosse uma mera brincadeira. Talvez um jeito neozelandês, supostamente bem-humorado, de dar boas-vindas a estrangeiros. Talvez uma pegadinha patrocinada pelo pai. Talvez apenas uma mulher que conhecia sua mãe fazendo graça. Talvez uma...

O talvez seguinte que aflorava da mente de Zoe foi sufocado após ela observar mais atentamente a figura que sorria ternamente diante dela. O sorriso era familiar. Alguns traços do rosto, também. Não, definitivamente não era uma mulher.

— Meu Deus, não pode ser... — pensou alto Zoe.

— Oi, filha — disse Frank, com a voz embargada, abrindo os braços.

Zoe não retribuiu o movimento dos braços e se manteve à mesma distância.

— Por favor, diz que é mentira, diz que é apenas uma brincadeira idiota. Por favor — falou ela, com a expressão aterrorizada.

— Filha, sei que...

— Não me chama de filha! Minha mãe sabe... sabe disso?

— Por favor, espera!

Num impulso, Zoe deu as costas a Frank e começou a correr pelo saguão. Do lado de fora do terminal viu um ônibus com o motor ligado e entrou nele como um raio. Por causa dos saltos altos, Frank teve grande dificuldade para acompanhar o ritmo da filha e ficou para trás. Chegou a tirar o calçado 42 para ganhar mais agilidade, mas acabou perdendo a disputa. Viu o ônibus partindo com a filha, sentada no último banco. Ele só sabia que o veículo iria para o Centro. Após 21 anos de espera, não sabia qual seria o destino de Zoe em Auckland. Começou a chorar copiosamente, derretendo a maquiagem Sephora. Na calçada, encontrou uma foto. E lágrimas surgiram com mais força.

★ ★ ★

No meio da manhã seguinte, Zoe recebeu uma chamada no seu quarto. Uma funcionária da recepção do Auckland Harbour Oaks disse que Dorothy a esperava no saguão principal do hotel.

— Dorothy? Não conheço nenhuma Dorothy. Você deve ter ligado para o quarto errado. Foi um engano. Bom dia — falou a hóspede.

— Sinto muito, mas não há engano algum. A senhora Dorothy está procurando Zoe no 404. Não é seu quarto? Não é seu nome?

— Sim, mas...

— Bem, se preferir, podemos dizer que não a encontramos. Mas, sinceramente, não creio que ela seja do tipo que desista facilmente. Quer que eu chame um segurança?

Zoe ficou muda por alguns instantes.

— E então? O que faço com a senhora Dorothy?

— Bem, vou descer. Mas gostaria que algum segurança ficasse atento. É possível?

— Sim, claro.

Para ganhar tempo e cogitar todas as possibilidades, Zoe decidiu descer de escada. Sem pressa, quase contando os degraus. Contudo, no seu íntimo, sabia quem encontraria no saguão do hotel. Só não sabia como havia sido localizada entre tantos hotéis de Auckland. Ao abrir a porta que dava acesso ao saguão, sua mais forte suspeita se confirmou: lá estava Frank, sentado numa poltrona, com as pernas cruzadas e o pé direito em frenéticos movimentos pendulares. Ao ver a filha, ele se levantou prontamente e caminhou na direção dela. Parou a uma distância que Zoe entendesse como margem de segurança e não precisasse sair correndo novamente.

— Dorothy? — perguntou ela.

Com lágrimas nos olhos, Frank não conseguiu falar. Respondeu afirmativamente com a cabeça.

— Como você conseguiu me achar aqui? Estou curiosa.

— Eu tenho um amigo *hacker*. Ele rastreou seu cartão de crédito.

— Jura?

— Não, brincadeira.

— Ah, você gosta de brincar, né? É só o que tem feito.

Frank baixou a cabeça e se distraiu com seus escarpins de camurça vermelhos.

— Liguei para Ruby. Sabia que, depois do que tinha acontecido ontem, você ligaria para ela. Obrigado por não ter contado a verdade.

— Não consegui, ainda estou em choque. E, na verdade, não sabia o que dizer. Inventei que tivemos uma discussão. Natural, né? Nós nunca havíamos nos visto.

— Imagino o choque. Bem, vim aqui... vim aqui para pedir perdão. E dizer que, se for sua vontade, vou embora e não a procuro mais. Seria muito triste, mas é um direito seu. Teria que respeitar.

Dorothy sacou da bolsa Louis Vuitton clássica a foto que Zoe deixara cair durante a fuga no aeroporto.

— Você deixou isso no chão.

Zoe esticou o braço direito e pegou a foto. Conhecia a imagem de cor e salteado, mas, naquele momento, teve plena consciência de que na cena, retratada por um tio materno, havia detalhes que ela jamais percebera. Sentiu os olhos pesarem, marejados.

— Por que não me contou antes? Por quê?

— E você acha que é fácil? Depois de 21 anos, você acha que é fácil, que é a coisa mais simples do mundo dizer que o papai agora usa vestido e sapatos de salto alto? Não, não é, Zoe. Frank morreu. Morreu, morreu. É horrível dizer isto: você veio a Auckland para um enterro. E não é nada fácil chegar aqui, ou em muitos outros lugares, e as pessoas ficarem olhando para você como se tivessem avistado um ET, sabe? Não escolhi ser assim. Frank era um erro, um erro da natureza. Ele precisava morrer. Precisava mesmo. Mas, acredite, você foi meu único acerto quando Frank ainda estava vivo. Isso não vai morrer nunca. Nunca, nunca.

Dorothy e Zoe dividiam as mesmas lágrimas viscerais, apesar da distância entre elas. De todas as distâncias visíveis ou não.

— Olha, Zoe, não posso mais ficar aqui. Virei atração turística nesta porcaria. As pessoas não param de olhar. Estou constrangida. Você tem meu endereço. Na verdade, é seu endereço. A casa é sua. Estarei lá esperando, nem que seja para uma despedida. Perdoe-me.

★ ★ ★

Situada no agradável subúrbio costeiro de Devonport, a casa de Dorothy tinha dois andares, um Land Rover estacionado na garagem e um pequeno jardim na frente com *korus*, plantas típicas da Nova Zelândia. Um táxi branco parou na frente da residência por volta do meio-dia. Dele, segurando uma mochila grande, saltou uma jovem. Ela conferiu o número da casa pela segunda vez. Respirou fundo. Já tinha perdido a conta do número de vezes. Foi caminhando a passos lentíssimos, deixando um rastro de receio e ansiedade no chão com placas quadradas de ardósia. Voltou-se para a rua quando o táxi passou por ela após uma manobra de 180 graus. Acompanhou, quase sem piscar, até que o carro desaparecesse do alcance da visão. Instantaneamente, virou-se para a casa e deu de cara com Dorothy, a uns dez metros dela, com a porta aberta e um sorriso contido. Tenso.

— Quando vi da janela do meu quarto o táxi parar sabia que era você — disse Dorothy, com a voz embargada, mas sem mover um músculo dos braços e das pernas.

Por um instante, o ambiente ficou tomado pela inércia contagiosa que antecede todo episódio de grande tensão, cuja duração não obedece ao ritmo preciso dos segundos e dos minutos. Coube a Zoe o primeiro movimento naquele nervoso xadrez de peças invisíveis. Ela baixou a cabeça e deu dois passos com um peão. Dorothy venceu a tetraplegia e foi na direção da filha, movimentando o peão que protegia a rainha. Um movimento franco e desarmado. Logo, as duas oponentes ficaram expostas no tabuleiro de pedra, separadas por um longo metro. Aliviadas, derrubaram todas as peças, concedendo cada uma a vitória à adversária. O jogo familiar terminou sem xeque-mate.

— É peruca? — perguntou Zoe.

— O quê?

— Se é peruca, se é peruca o seu cabelo.

Dorothy sorriu e agarrou com força a franja, que cobria quase toda a testa. Puxou para cima.

— Viu? Natural — comentou ela, ampliando o sorriso carente emoldurado por um batom vermelho vivo aplicado às pressas.

— Parabéns, o cabelo está ótimo, está muito bem-cuidado — retribuiu Zoe, com um misto de delicadeza e fragilidade.

— Ele é parecido com seu cabelo, filha.

Zoe caiu em pranto e se aconchegou no ombro direito de Dorothy. A cena fez o pai satisfazer um forte desejo que teve ao visitar a maternidade londrina logo após o nascimento da filha. Um desejo congelado por 21 anos.

★ ★ ★

Na cozinha da residência, Dorothy serviu à filha uma xícara de chá de camomila. As duas estavam sentadas à mesa lado a lado, sentindo a respiração uma da outra.

— No dia em que você nasceu, fui à maternidade. Foi quando eu soube da existência do Harold. Fiquei furioso, afinal eu tinha direitos como pai. Mas o Harold tentou me impedir de vê-la, dizendo que não seria bom para Ruby, que ainda estava se recuperando do parto, que tinha sido um pouco complicado. O clima ficou pesado, mas só saí de lá quando consegui vê-la no berçário. Não pude tocá-la, mas foi a coisa mais linda que já tinha visto na vida. Colei o rosto no vidro para ficar o mais perto possível de você. Chorei tanto que desceu uma catarata pelo vidro do berçário.

Zoe sorriu, pela primeira vez desarmada.

— A presença do Harold na vida de vocês fez com que eu me afastasse. Cheguei a ligar algumas vezes para saber de você, mas Ruby sempre soltava os cachorros e dizia para eu sumir, que eu não fazia a menor falta para você.

— Mamãe é assim mesmo, meio explosiva.

— Meio?! Nossa!

Zoe concordou.

— Mas, juro, até agora não entendi o que realmente aconteceu entre vocês. O que detonou toda essa fúria na mamãe? Ainda é um mistério para mim. Ela se perde toda vez que fala sobre isso.

— É um mistério simples de desvendar. Ruby não suportou ficar muito tempo sozinha. Você sabe, eu dirigia caminhão frigorífico e passava alguns dias fora de casa. Sua mãe começou a imaginar coisas.

— Que coisas?

— Você vai rir, Zoe: Ruby começou a dizer que eu tinha amantes. Que eu cheirava a mulher. Vê se pode?

Uma gargalhada iniciada por Dorothy ganhou eco ao chegar a Zoe. Não havia na expressão qualquer nódoa de ofensa. Pelo contrário, era uma gargalhada pura, fazendo anedota da situação inusitada.

— Ela gritava, me chamava de cada nome!

— Imagino, o repertório dela é mesmo caprichado.

Recuperada dos risos, Zoe fez uma pausa e ficou alguns segundos em silêncio.

— Posso perguntar uma coisa? — disse ela.

— Claro, Zoe, qualquer coisa. Você está aqui para isso.

— É... Bem... Quando foi que você descobriu que... que...

— Que eu queria virar uma mulher?

— Sim.

— Nas viagens de caminhão isso começou a florescer. Mas não houve nada com ninguém, embora eu tivesse criado um laço bem forte com um colega de trabalho. Acredite, o máximo que fizemos juntos foi sair para beber. Juro.

— Não precisa jurar.

— Depois que fui expulso da vida de vocês e decidi que não iria à Justiça, resolvi passar um tempo em algum lugar bem longe. Achava eu que poderia voltar depois de alguns meses e encontrar tudo mudado. Mas quem estava mudando mesmo era eu. Escolhi um lugar bem longe cuja língua oficial fosse o inglês. Abri um mapa numa banca de jornal e escolhi o destino distante. Passei dois meses nas ilhas Falkland.

— Falkland?!

— Sim, aquelas ilhas da rainha na América do Sul. Uma colônia de férias que ela ignora, na verdade. Entramos em guerra com os argentinos por causa delas. Você nem era nascida.

— Ah, sim!

— Mas Falkland não bastava para mim. Queria ir ainda mais longe. Foi quando conheci o capitão de um navio. Uma tarde, quando estávamos bebendo em frente ao porto de Stanley, eu disse que já estava com tédio daquele lugar. O que não é nada difícil naquelas ilhas. E então Thompson me convidou a zarpar com ele. Parei em Wellington. Ufa, as pessoas falavam inglês!

— Wellington?

— Sim, aqui na Nova Zelândia. Bem menor que Auckland. Consegui trabalho como motorista de táxi e fiquei na cidade por quase um ano.

E o... o... Thompson?

Dorothy riu.

— Sim, entendi a pergunta. Tivemos um caso. Foi meu primeiro. Mas ele vivia no mar. Não deu certo. Foi aí que realmente entendi Ruby.

Zoe baixou os olhos.

— Enfim, eu já estava cansada daquela vida pacata de Wellington. Quando Thompson zarpou para o Japão, foi minha deixa: arrumei minhas coisas e vim de carro para Auckland. Um Fusca, eu não tinha muita coisa para carregar. Foi amor à primeira vista. Auckland brilhava, era um entardecer deslumbrante. Aluguei um apartamento pequeno perto do aeroporto e consegui emprego de motorista da mulher de um empresário de Taiwan que investe no setor hoteleiro aqui. Ela se encantou com meu sotaque britânico e se esforçava para falar igual. Dei aulas de sotaque, acredita?

Foi com madame Chong que Frank começou a se transformar em Dorothy. A patroa gastava rios de dinheiro com maquiagem e vestidos de grife importados da França e da Itália. As peças de roupa produziam um encantamento indisfarçável e arrebatador no motorista.

Uma noite, quando levava a taiwanesa para uma recepção na residência de um investidor alemão, Frank teve que ajudar madame Chong a retocar a pesada maquiagem após ela se entregar a doces lágrimas com a notícia de que seria avó pela primeira vez. As mãos da patroa tremiam e eram incapazes de orquestrar aquela variedade de produtos guardados numa caixa de madrepérola. Frank afrouxou o nó da gravata, tirou o paletó, arregaçou as mangas da camisa de seda e, sob orientação da madame, começou o serviço.

— Espero que ninguém perceba esse toque masculino — disse ela, observando rapidamente o resultado da intervenção de Frank no espelho do Rolls-Royce estacionado no jardim da mansão. A patroa saiu apressada. O motorista ficou tenso, refugiado no interior do carro.

Três horas depois, madame Chong entrou no carro com expressão fechada. Não deu uma palavra, parecia aborrecida. Frank engoliu em seco, ligou o Rolls-Royce e partiu imediatamente. Pouco depois, por um espelho retrovisor, ele notou um sorriso no rosto da patroa.

— Parabéns — disse ela.

— Parabéns? — questionou Frank, buscando ter melhor acesso à expressão da madame por outro espelho.

— Sim, parabéns. Você merece. Além de excelente motorista e desse sotaque britânico maravilhoso, você parece ter futuro com maquiagem.

★ ★ ★

— Passei a ter sonhos em que eu sempre usava os vestidos da madame Chong. Nenhum deles escapava: quando ela comprava um novo, era certo que eu sonharia que usava a peça. Em alguns sonhos, eu aparecia no tapete vermelho de Hollywood. Meu Deus, era muito louco! Aqueles flashes, aquela gente toda... Eu sonhava com o Mel Gibson me cumprimentando e posando para fotos ao meu lado. Mel Gibson! Sonhei também com o Harrison Ford, com o Al Pacino... Até o Hugh Grant, aquele insosso. Mas, quando eu acordava, lá estava meu terno preto me esperando no cabide no escuro do armário — disse Dorothy, com olhar salpicado de nostalgia.

Incentivado por madame Chong, Frank passou a se desenvolver na arte da maquiagem. A patroa lhe deu de presente um estojo francês e não havia um dia em que ela saísse de casa sem o toque do motorista. Inicialmente, o talento descoberto rendeu a Frank um aumento de salário, pela exclusividade de cuidar da pele da patroa. Depois, madame Chong percebeu que não poderia sufocar as habilidades do empregado dentro de um Rolls-Royce. Sem pensar muito para não se arrepender, apresentou Frank ao diretor de uma TV local. Era o fim da carreira ao volante, de tantas estradas, de tantos descaminhos.

— Mas ainda guardo um terno preto daquela época. Devo muito à madame Chong.

— Vocês ainda se falam?

— Não, ela morreu uns anos atrás. Teve câncer no pâncreas. Foi fulminante. Pelo que me contaram, o marido se casou de novo, com uma australiana, e está vivendo em Melbourne.

Em pouco mais de um ano, não havia uma grande estrela da principal TV de Auckland que não fosse maquiada por Frank. Âncoras de telejornais, apresentadores de programas variados, atrizes, atores, todos se sentavam aos cuidados do antigo motorista de caminhão e observavam no espelho o primeiro passo do milagre amplificado pela telinha. O santo tinha nome. Mas ele não duraria muito tempo.

Frank deixou o cabelo crescer e passou a comprar vestidos compulsivamente. Só os usava em casa. Um dia, porém, permitiu-se pôr uma peça que imitava um vestido usado por Sharon Stone em Cannes e entrou no carro. Ficou na garagem por meia hora, até que tomou coragem e acelerou. Circulou pela cidade até o tanque quase secar. Se pudesse dirigiria até Belfast. Na volta, Frank, ainda com o vestido, jogou-se ao chão da sala e chorou copiosamente. Estava com medo, mas feliz. Não havia volta.

— Foi duro, e ainda é um pouco. Mas eu já tinha enfrentado coisas piores nas estradas. Eu já tinha escapado de uma explosão provocada pelo IRA, já tinha fugido de gangues de assaltantes escoceses. Tive que ser macho para descer do carro pela primeira vez com um vestido no corpo. Coloquei sapatos mais discretos e confortáveis, claro. Mas lá fui eu. Parei no estacionamento de um supermercado na periferia de Auckland, respirei fundo e saí do carro. Ainda me recordo de algumas gargalhadas. Normal, né? As pessoas não estavam preparadas. Eu não estava preparada. Mas não me esqueço da caixa do supermercado, que era uma aborígine. Ela me olhou com carinho e comentou, enquanto passava as compras: "Adorei o vestido." Aquilo me emocionou muito. Comecei a chorar. Claro, borrei a maquiagem. Mas voltei bem mais forte para o carro. Era um vestido barato, mas eu ainda o tenho guardado, juntinho com o terno preto. No dia seguinte, voltei à loja, comprei outro igualzinho, passei no supermercado e o dei de presente à caixa.

★ ★ ★

Nas duas semanas seguintes, Dorothy tirou férias. Alugou de um colecionador um Thunderbird conversível azul-claro e saiu pela estrada com Zoe.

— Sabe que carro é este, filha? — perguntou Dorothy, com o cabelo ao vento.

— Não tenho a menor ideia. Não conheço carros muito bem.

— É o mesmo tipo de carro que Thelma e Louise dirigiram! Não é sensacional?

— Quem?

— Thelma e Louise. Não conhece?

— Não.

— Ah, deveria... Uma história fantástica! Escolhi o carro em homenagem a elas. Foram duas mulheres que resolveram sair pela estrada e acabaram... e acabaram... Ah, esqueça isso! A gente vai ter um final feliz! Somos Zoe e Dorothy!

A filha sorriu e perguntou:

— Por que você escolheu Dorothy?

A motorista levantou os óculos escuros e fitou a filha:

— Por causa de Dorothy Michaels.

— Quem!?

— *Tootsie*. Não viu?

— Thelma, Louise, Tootsie... Estou perdida.

— Dustin Hoffman você conhece?

— Dustin Hoffman? Ah, sim! Há pouco tempo assisti a *Rain Man* na TV.

— Exato! Antes do *Rain Man*, ele fez *Tootsie*.

— Não vi.

— *Tootsie* é a história de um ator fracassado que finge ser mulher e consegue um papel de destaque num seriado na TV. Ele vira Dorothy Michaels. Acho meu nariz parecido com o do Dustin Hoffman.

— É verdade.

Dois anos após começar a circular com vestido em público, Dorothy procurou um cirurgião plástico em Sydney e implantou silicone no peito: 450 mililitros de cada lado. Ao volante do Thunderbird 1966, ela valorizava o busto com um decote generoso.

— Você acha que devo aumentar?

— O quê?

— Os seios. Acho que eles ficaram pequenos para meu tamanho.

— Não sei. Não acho que estejam ruins.

— É, ruins não estão, mas podem melhorar, né? Eu queria uma coisa assim quase Pamela Anderson. Sua mãe tinha peitos bonitos! Taí, eu ficaria satisfeita se tivesse os peitos da Ruby! Como eles estão?

— O quê?

— Ué, os seios da Ruby.

— Ah, a força da gravidade é implacável.

Alguns meses antes, Dorothy havia conhecido um médico cubano que fora a Auckland participar de um congresso sobre cirurgia plástica. Pablo havia prometido realizar em Havana a tão aguardada cirurgia de mudança de sexo antes do fim do ano. O golpe de misericórdia em Frank. De brinde no pacote, o cirurgião oferecera uma intervenção no nariz. Dorothy tinha fixação pelo nariz de Sofia Vergara, mas não estava decidida se valeria a pena eliminar o traço que mais a identificava com a Dorothy do cinema.

Depois de duas semanas de um *road movie* da vida real, Dorothy devolveu o Thunderbird e retornou para casa com a filha. Três dias depois, um avião da Air New Zealand decolou de Auckland, num dia chuvoso, levando Zoe de volta para casa. Na sua viagem ao exterior e ao interior de si mesma, ela esperava terminar com dois pais. Ficou com duas mães. Sem moral da história. Livre, leve, feliz.

No ano seguinte, Dorothy resolveu visitar a filha em Londres. Programou para coincidir com a Parada Gay da capital inglesa. Tootsie foi fantasiada de Rocky Balboa. A seu lado estavam Zoe, Ruby, Harold e Pablo, o cirurgião cubano, que não tocou no nariz cinematográfico de Dorothy.

O CANIBAL DE HEIDELBERG

"Como defender uma civilização que somente o é de nome, já que representa o culto da brutalidade que existe em nós, o culto da matéria?"
Mahatma Gandhi

Wolfgang deixou a água morna cair sobre a cabeça por alguns minutos. Observou com mórbida atenção o xampu e o sabão se despedindo do corpo ralo abaixo. De olhos fechados, sentiu os efeitos de repetidos espasmos musculares nas costas. Serenamente, ficou debaixo do chuveiro com potência máxima tempo suficiente para se livrar do incômodo. Sentiu-se revigorado. Secou-se com duas toalhas e se olhou no espelho embaçado do banheiro da suíte na residência de quatro quartos em Heidelberg. Nada estava nítido na superfície metalizada e na mente nebulosa de Wolfgang. Esfregou uma das mãos no espelho e, abrindo um clarão, pôde ver um pedaço do rosto. Era como se ele tivesse sido arrancado e flutuasse numa névoa sinistra e ameaçadora. Geralmente, sentia-se desconfortável com a visão do seu reflexo, mas naquela noite se demorou mais observando alguns detalhes faciais. Apagou a luz e tentou por alguns instantes seguir com olhos nervosos os traços do rosto refletido no espelho. Nas trevas úmidas, sentiu-se fundido com aquilo que não podia ver claramente e experimentou uma sensação de delirante tranquilidade. Só então se foi. Os pés levemente molhados deixaram sua rubrica multiplicada no tapete macio no qual ele costumava esfregá-los após um dia estressante. Pouco depois, já com roupa confortável cheirando a amaciante lavanda, foi à cozinha, pegou uma cerveja de trigo na geladeira e se sentou numa poltrona na sala com o laptop sobre as coxas, cobertas por calça de moletom de marca esportiva. Com o controle remoto, ligou o aparelho de CD. O ambiente foi tomado delicadamente por violinos de Bach.

Um longo gole de Paulaner. Foi assim que Wolfgang se sentiu ainda mais à vontade sentado na poltrona massageadora a meia--luz. Ligou o laptop e entrou imediatamente no Google. A palavra--chave da sua busca havia sido hidratada cautelosamente no banho demorado. Foi digitada com velocidade e firmeza. *Enter*. Centenas de milhares de registros. Wolfgang clicou em um aleatoriamente. Nas águas turbulentas da sorte. Roleta-russa virtual.

Um inglês de 41 anos conheceu uma mulher de 39 numa sala de bate-papo na internet. Depois de alguns meses de relação virtual, decidiram dar o passo seguinte, bastante natural: marcaram um encontro. Inicialmente, a relação navegou pela normalidade. Só que, num belo dia, durante uma tensa discussão na casa de Michael, em Darlington, no nordeste da Inglaterra, o que parecia ser um namoro como todos os outros terminou abruptamente. Descontrolada, Tracey, que morava em Newcastle, partiu para o ataque com tanta fúria que conseguiu arrancar parte do queixo do namorado com uma dentada voraz. O ex-policial teve que passar por delicada cirurgia reconstrutora e terá falta de sensibilidade no local, como se estivesse sob efeito de anestesia, até os seus últimos dias. Michael se recuperou na casa da mãe e, ao retornar ao local do ataque pela primeira vez, notou que havia um morango seco no jardim. Ao abaixar para vê-lo de perto, foi tomado pelo horror: não era uma fruta em estado de decomposição, mas um pedaço da sua carne arrancado por Tracey. Em entrevista a um jornal inglês, Michael contou sofrer com pesadelos recorrentes: é dilacerado por lobos famintos numa floresta: "Aquilo foi canibalismo. Não há um dia em que eu não pense no que aconteceu. O médico disse que se o ataque tivesse sido no pescoço ou na garganta eu estaria morto", comentou a vítima.

Wolfgang achou a história interessante, principalmente a parte dos pesadelos repetidos. Valeu a pena a leitura. Mas ainda não era o que ele estava procurando. Tracey pode ter tido apenas um surto de extrema violência, um momento de descontrole à Mike Tyson. Um único caso de agressão, mesmo de inegável ferocidade, não era o bastante para defini-la como uma canibal. Procurou no Google mais informações sobre a inglesa, mas não obteve sucesso. Voltou à busca inicial e clicou em outro registro.

O *curry* é um ingrediente muito importante nas culinárias indiana e paquistanesa. O tempero amarelado presente em incontáveis pratos é patrimônio cultural daquela parte da Ásia. Dois irmãos de Darya Khan, vilarejo desértico na província de Punjab, no Paquistão, resolveram dar um sentido mais radical à influência do *curry* na gastronomia regional. Mohammad e Farman desenterraram um cadáver fresco e comeram parte dele ao molho *curry*. O corpo pertencia a uma mulher de 24 anos, vítima de câncer na garganta. As pernas dela foram arrancadas e levadas à panela na casa dos irmãos. O crime de profanação foi descoberto depois que os parentes da vítima foram visitar o túmulo dela e o encontraram aberto, sem corpo. O que restou do cadáver foi encontrado dentro de um saco debaixo da cama de um dos canibais. Os vermes robustos se fartavam. Numa panela velha na cozinha ainda estavam alguns pedaços de carne amarelados. Ao serem presos, Mohammad e Farman contaram a mesma estranha história à polícia, sem pé nem cabeça: haviam devorado os membros inferiores da falecida porque queriam se vingar pela morte da mãe e pelo fato de as suas esposas os terem abandonado. Segundo a polícia, entretanto, os irmãos estavam envolvidos numa série de desmembramento de corpos em cemitérios na região. Ao menos dez anos usando *curry* para canibalizar cadáveres.

Wolfgang ficou maravilhado com a história e decidiu ir mais fundo. Em sua pesquisa, descobriu que os irmãos, após cumprirem dois anos de prisão, quase foram linchados por uma multidão enfurecida, que havia erguido uma barricada com pneus incendiados numa estrada por onde a dupla deveria passar. Muitos, provavelmente, tiveram seus entes queridos comidos de forma indiscriminada por Mohammad e Farman. A polícia chegou a tempo e impediu a carnificina. Agentes os levaram para um local não revelado, mesmo para parentes. "Será que ainda cozinham com *curry*?", pensou Wolfgang.

O carrossel do aparelho de CD girou e, ao som de "Ode à alegria", de Beethoven, Wolfgang se levantou da poltrona e foi à cozinha pegar mais uma cerveja. No caminho, regia de costas a orquestra que se apresentava à perfeição no aparelho de CD. Ao abrir a geladeira, ele se deparou com uma peça de carne bovina embalada a vácuo, espremida entre garrafas e tigelas de vidro. A imagem dos irmãos paquistaneses devorando as pernas do cadáver canceroso tomou-lhe de assalto o pensamento. Fechou os olhos e imaginou o estranho prato preparado rusticamente, com óleo e bile. Imaginou os olhares cruelmente famintos de Mohammad e Farman. Uma fome que não tinha nada a ver com estômago. Uma necessidade nada física, nada biológica. Por impulso, Wolfgang fechou a geladeira e se lançou a vasculhar os armários da cozinha. Encontrou um pote com *curry*. Abriu-o e levou o recipiente ao nariz. Não era seu preferido. A esposa gostava mais.

Estimulado, Wolfgang retornou à sala, segurando uma garrafa de cerveja e com o aroma do *curry* monopolizando o olfato. Sentou-se e voltou ao Google. Clicou novamente num resultado da busca, motivado pelo título: "Preso confessa canibalismo para impressionar ex-namorada."

Penza, Rússia. Um homem de 24 anos foi preso por furto numa loja de informática na cidade, situada a 625 quilômetros de Moscou. Aleksandr Bychkov, entretanto, decidiu colaborar com a polícia mais do que deveria. Para surpresa de todos na delegacia, ele confessou friamente ser o autor de seis assassinatos na região. Deu todos os detalhes macabros: matava as vítimas com faca e martelo, esquartejava os corpos e comia-lhes o fígado. O russo revelou que fizera tudo para impressionar a ex-namorada, que vivia dizendo que ele era um fraco e que, por isso, havia terminado o relacionamento. "Ela disse que eu sou um fraco. Vou mostrar a ela. Talvez ela pare de reclamar e entenda que sou um lobo solitário", escreveu ele num diário ao qual a imprensa local tivera acesso. Os restos mortais de seis vítimas de Aleksandr, geralmente mendigos, foram achados enterrados no quintal da casa em que ele morava. Outras três mortes foram atribuídas a ele, que acabou condenado à prisão perpétua. No diário, o russo, que costumava se referir a si mesmo como Rambo, disse ter matado 11 pessoas. Reportagens citam que ele confessou, por escrito, na sua solidão, ter comido o coração de dois cadáveres. O lobo ficou abandonado na cadeia, sem qualquer contato com a ex, que sumiu do mapa.

Incidentes de canibalismo se tornaram mais frequentes na Rússia, envolvendo principalmente mendigos alcoólatras e motivações sexuais, descobriu Wolfgang. Num dos casos, três homens sem teto confessaram ter matado e comido parte de um amigo em Perm. Depois, eles venderam o restante do corpo a uma lanchonete que serve *kebab*. Dois meses depois, a polícia de Murmansk prendeu um homem de 21 anos que confessara ter matado e comido pedaços da carne de outro homem que ele havia conhecido num site que promove encontros para gays. A história tinha ingredientes do drama vivido pelo inglês Michael, de Darlington, atacado após materializar um relacionamento on-line. Wolfgang fechou os olhos azuis e, na escuridão ao som de Beethoven, sentiu-se num círculo vicioso e vertiginoso de atrocidades. Ainda não tinha encontrado o que queria. Estava perto, sentia. E precisava de mais uma Paulaner. Estava sedento.

Ao se levantar para retornar à cozinha, Wolfgang ouviu o alerta de mensagem ecoar no celular. Foi até a enorme estante de madeira da sala e pegou o aparelho: "Votação confirmada para amanhã, no fim da tarde. Precisamos de mais três votos. Acho que Weiss é o mais fácil de convencer", disse Klaus, um solteiro de 45 anos, com fama de *workaholic*, que trabalhava como assessor de Wolfgang desde o primeiro dos seus dois mandatos parlamentares. Dedicação e fidelidade eram praticamente seus sobrenomes secretos. E surpreendente eficiência.

Cinco minutos depois, uma nova mensagem chegou: "Acabei de marcar almoço com Weiss amanhã: 13 horas, no Goldener Falke. Ele não costuma atrasar. Acho que é investimento garantido. Você sabe como o trazer para o nosso lado." Wolfang abriu uma nova cerveja e sorriu discretamente, voltando para sua confortável poltrona massageadora. Ao se sentar, a terceira mensagem: "Descanse bem, amanhã será um dia cheio! Fizemos grandes avanços. Tenho novidades."

A pesquisa no Google havia amedrontado qualquer sinal de cansaço que pudesse pairar sobre Wolfgang e adormecido um possível interesse pela última palavra escrita pelo assessor no celular. Novidades ficariam para depois, sem dúvida. Estimulado pela curiosidade e pelo álcool, ele voltou ao comprido retângulo branco, golpeando o teclado com dedos velozes: "canibal alemanha".

Um registro na tela lhe pareceu familiar.

— Sim, eu me lembro dessa história. Como não? Tem uns dez anos — balbuciou Wolfgang, com olhar retrospectivo e o gargalo da garrafa ainda encostado na boca.

Uma história de arrepiar, digna de manual de aberrações. Armin Meiwes ganhou muitos apelidos. Os mais retumbantes e pulverizados pela mídia foram o Canibal de Rotemburgo e o Açougueiro Mestre. Com eles se revelou uma história que levaria horror a toda a Alemanha e a todo o planeta com uma amplitude quase inimaginável.

Nascido em 1º de dezembro de 1961, em Rotemburgo, uma cidade no centro da Alemanha, Armin teve uma vida pacata até os 39 anos, quando decidiu dar vazão a uma fantasia macabra. O homem comum, tranquilo e pacífico foi engolido pelo solitário que necessitava sair do casulo de uma forma visceral e incontrolável. E então o técnico de informática publicou um anúncio num site de classificados exóticos informando que desejava comer um homem vivo. Seria bastante razoável acreditar que o desejo de Armin ecoasse por toda a eternidade, sem resposta de algum insano interessado. Mas a natureza humana é imprevisível e ele não tardou para receber o contato de um homem. Tratava-se de Bernd Jürgen Brandes, dois anos mais novo, que tinha manifestado despudoradamente o desejo carnal de ser devorado por Armin. Sem duplo sentido.

Armin e Bernd se encontraram na noite de 9 de março de 2001 na casa do canibal. Sob os auspícios de bebida alcoólica, a empatia fluiu rapidamente e os dois não tardaram para pôr em marcha o plano macabro. Excitado, Bernd pediu que o anfitrião lhe arrancasse o pênis a dentadas. Armin tentou, mas a empreitada não obteve sucesso. A solução foi apelar para uma faca. A primeira estava sem fio, não deu em nada. Só com a segunda, o pênis de Bernd foi extirpado. Como um câncer benigno. Em seguida, Armin pôs o membro numa frigideira e começou a prepará-lo com pimenta e alho. A bizarra iguaria foi servida aos dois. Bernd, que não reclamava de dor, teve dificuldade para comer sua porção, pois a carne estava muito dura. O canibal não teve problemas.

A segunda e definitiva etapa da noite sombria começou após Bernd tomar uma grande quantidade de calmantes. Ao perder a consciência, o corpo sem pênis largado numa banheira ficou à mercê de Armin. Um único golpe de faca no pescoço tirou a vida da presa. Com o silêncio da madrugada como testemunha, o canibal separou a cabeça do corpo, pendurou o cadáver num gancho de açougueiro e começou a porcioná-lo. O corpo foi mantido num freezer, de onde Armin retirava carne para fazer suas refeições diárias. Ao todo comeu vinte quilos de Bernd. Geralmente, Armin temperava os bifes com alho, pimenta-verde, salsa, couve-de-bruxelas e noz-moscada. Para acompanhar, batatas assadas. Os ossos, a pele e os órgãos de Bernd foram enterrados no quintal da residência silenciosa.

Quando a carne acabou, Armin começou a sentir a síndrome de abstinência e pôs um novo anúncio na internet na expectativa de encontrar outro Bernd e continuar a saga canibal. Não foi muito longe e acabou denunciado à polícia por um internauta. O homem descrito pelos vizinhos como cordial, atencioso e que gostava de brincar com crianças deu ricos detalhes num tribunal de todas as atrocidades cometidas por ele no fim daquele inverno. Diante do juiz, desnudou sua satisfação sexual e, com água na boca, descreveu a carne de Bernd como de "sabor semelhante ao da carne de porco, um pouco mais amarga e mais forte, mas de paladar muito bom". Wolfgang clicou nas inúmeras fotos de Armin servidas na opulenta bandeja do Google e se fixou no olhar do canibal. Tinha uma placidez assustadora. O caso até hoje provoca debate entre juristas: matar com o consentimento da vítima pode levar alguém a ser julgado por assassinato?

Wolfgang não tinha a resposta, mas ela não era necessária. Estava saciado. Sua busca havia chegado ao fim. Já era tarde. Bebeu o último gole de cerveja e desligou o laptop. Antes de ir para a cama, passou na cozinha, fez um sanduíche de rosbife e se sentou. Com uma faca bem amolada, partiu as fatias de pão em dois triângulos. Um descuido, porém, fez com que a faca deslizasse levemente pelo seu indicador esquerdo, provocando um pequeno ferimento. Wolfgang levou o dedo à boca e sugou o sangue. Automaticamente, a imagem do rosto plácido de Armin num tribunal de Frankfurt surgiu com força na sua mente esfomeada. Wolfgang devorou com avidez todas as generosas fatias de rosbife e deixou as de pão intactas no prato.

Na manhã seguinte, algumas formigas ainda se deliciavam com a generosa oferta de pão dormido no prato largado sobre o mármore. Atrasado, Wolfgang abriu a geladeira enquanto completava o nó da gravata. Comeu mais algumas fatias de rosbife ainda frias e tomou chá gelado de maçã. Mastigando o último pedaço de carne malpassada, entrou no carro e acelerou imprudentemente rumo à Câmara de Vereadores.

★ ★ ★

Após alguns sinais vermelhos ignorados e ultrapassagens arriscadas, Wolfgang estava estacionando o potente Mercedes na Câmara. Klaus, seu assessor, já o esperava na entrada do prédio, segurando uma pasta preta. Com a mão livre, fez sinal para que o chefe acelerasse o passo.

— Você dormiu esta noite? — perguntou Wolfgang, notando olheiras no assessor.

— Pouco, muito pouco. Mas, acredito, valeu a pena — respondeu Klaus, batendo levemente na pasta.

Os dois entraram no prédio.

— O que tem nesta pasta, Klaus?

O assessor olhou para os lados e, notando que não havia ninguém perto, falou em tom baixo:

— Nosso investigador concluiu aquele serviço.

— O louco que trabalhava para a Stasi?

— Ele mesmo. Ele parece realmente louco, não dá para negar. Mas é muito eficiente. Você não imagina quanto. Aqui na pasta estão dois dossiês, com tudo de que precisamos. Temos Auerswald e Müntz nas mãos. Duas marionetes indefesas, acredite. Eu disse que não seria um trabalho tão complicado para quem espionou os americanos em Berlim e Washington durante a Guerra Fria.

— Bom trabalho, Klaus.

— Na verdade, o trabalho não foi meu. Eu apenas contratei o homem certo.

— Repito: bom trabalho.

Klaus sorriu comedidamente, sem exibir os dentes.

— Tenho orgulho de você. Devo confessar que, quando o contratei, por recomendação daquele amigo em Munique, desconfiei de sua eficiência. Ainda bem que me enganei. Mas me faça um favor: durma esta noite, certo?

Ao chegar ao seu gabinete, Wolfgang, acompanhado do assessor, cumprimentou a secretária e foi diretamente para sua sala. Com a porta trancada, abriu a pasta e pegou um envelope pardo marcado com a letra A. Rasgou uma das extremidades e passou a folhear o material, quase todo datilografado.

— Nosso investigador não usa computador e diz que não confia na internet. É um desses caras em extinção. Aposto que visita Berlim pelo menos uma vez por ano e, transtornado, chora sobre o que restou do Muro. E deve ter um Trabant na garagem — interrompeu Klaus, com um riso nada nostálgico estacionado num canto da boca.

— Como ele se chama?

— Nunca disse. Acho que nunca saberemos.

— Gosto desse estilo à moda antiga. É visceral — retrucou o chefe.

— Bem à moda antiga mesmo. Ele fez uma cópia com carbono.

Wolfgang riu, enquanto examinava as folhas datilografadas, as cópias de documentos e as fotos em preto e branco entregues pelo homem da Stasi. À medida que avançava na observação do material, o sorriso do vereador ia se desfazendo e seus olhos se arregalavam cada vez mais.

— Meu Deus, como esse homem foi eleito? Aliás, reeleito — questionou Wolfgang.

— E você ainda não viu o dossiê Müntz — respondeu o assessor.

O vereador pegou o outro envelope imediatamente. Começou a rasgá-lo, mas se conteve.

— Melhor esperar. Gosto de suspense. Leio depois que voltar triunfante do gabinete de Auerswald. Aquele maldito...

Eleito por um partido da esquerda, Auerswald, de 52 anos, costumava adornar discursos na Câmara com enérgicas citações de Marx, Engels, Brecht e Che Guevara. Com a proibição do fumo em lugares fechados, o vereador se exibia no púlpito com um charuto apagado, sua marca registrada. Foi assim que Wolfgang encontrou o colega parlamentar ao entrar no seu gabinete segurando um envelope pardo. Com charuto cubano entre os dedos da mão esquerda, Auerswald se despedia de uma senhora sexagenária negra quando notou a presença de Wolfgang, adversário político ligado a fortes grupos conservadores.

— A que devo a honra da visita, caro colega? — indagou Auerswald, repousando o charuto entre os lábios. — Deve ser alguma coisa realmente importante, pois o nobre colega não enviou seu famoso cão de guarda para avaliar o terreno — continuou.

— Sim, bastante importante, caro colega. Dispensei o... o cão de guarda.

— Espero que não seja desespero de quem está a caminho de perder uma votação. Devo alertar que, daquela porta para dentro, isto aqui é campo minado para o colega. Cuidado onde pisa.

Auerswald abriu a porta da sua sala e fez Wolfgang entrar primeiro.

— Bebe algo? — perguntou o esquerdista, sentando-se numa cadeira giratória diante de uma grande mesa de madeira de lei. Wolfgang ficou em pé.

— Não, preciso ficar sóbrio. Por causa do campo minado — respondeu o adversário, com um leve sorriso. — Além do mais, você não gostaria que encontrassem um vereador da oposição morto numa explosão na sua sala, não é mesmo?

— Obviamente, não! Prefiro matá-lo no plenário! É mais democrático.

— Seus eleitores agradecem. A democracia permite essa morte, em sentido figurado. E permite também a ressurreição. Em sentido figurado, se mais lhe agradar. O nobre colega é ateu e não quero ferir suas crenças. Ou melhor, a falta delas... Por falar em eleitores, a senhora que estava no seu gabinete quando cheguei está entre os que votam no nobre colega?

— É claro! Uma eleitora, mas acima de tudo uma cidadã que merece todo o meu respeito. Não entendo a pergunta. O colega sabe muito bem que nosso partido abraça as minorias da Alemanha. Ao contrário do seu, que costuma defender apenas o interesse dos cristãos ricos.

Foi a senha provocativa para Wolfgang atravessar despreocupadamente o campo minado e se sentar diante do anfitrião esquerdista. Exibia, exatamente como imaginara, um ar triunfante, como se estivesse destruindo um adversário durante um acalorado debate no plenário. Sua elogiada retórica o credenciava a alçar voos políticos mais altos, diziam os correligionários.

— Talvez estejamos falando aqui de pessoas diferentes — disparou o político direitista.

— Pessoas diferentes?! Aonde o colega quer chegar? Não gosto de rodeios. Não gosto de charadas. Todos sabem, sou um político sem meias verdades. Vamos logo ao que interessa — replicou o outro vereador.

Wolfgang decidiu respeitar as palavras do oponente e, sem mais delongas, pôs o envelope pardo em cima da mesa, dizendo:

— Aqui nasce, ou morre, outro Auerswald.

— O que tem aí dentro?

— Um presente para o defensor das minorias. Aliás, de todas as minorias. Algumas que deveriam até estar extintas. O nobre colega quer ver o que há no envelope na minha presença ou prefere privacidade?

— Por que tanto mistério? — falou o esquerdista, enquanto tirava o material de dentro do envelope. Wolfgang se levantou e deu as costas para Auerswald. Antes de sair, os olhos esbugalhados e o rosto pegando fogo do adversário, aos quais Wolfgang teve acesso por um espelho, apressaram seu atestado de óbito político. O nó da gravata de seda iraniana nunca esteve tão apertado.

★ ★ ★

O ex-agente da Stasi, a polícia secreta da Alemanha Oriental, havia descoberto que a esquerda era apenas uma fachada política para Auerswald, que se aproveitara de uma avalanche socialista em Heidelberg para se aproximar dos camaradas e disputar a eleição municipal. Nascido em Stuttgart, o vereador se mudara para Heidelberg com a família quando tinha 34 anos. Casado e com dois filhos, trabalhava como dentista num consultório próprio. Com numerosa clientela, decidiu se aventurar no mundo da política. Escolheu inicialmente um partido de centro-esquerda, mas, sem sucesso na primeira investida nas urnas, resolveu radicalizar e se uniu aos socialistas. Colheu frutos imediatos. Já estava no seu terceiro mandato, com uma plataforma de defesa das minorias étnicas e sexuais.

Tudo o que ele odiava, de acordo com as descobertas do investigador contratado por Klaus. Auerswald foi flagrado se encontrando com neonazistas num subúrbio de Berlim em duas ocasiões. O local dos encontros era um galpão nos fundos de um terreno abandonado. Num deles, o vereador socialista chegou a exibir a indefectível braçadeira vermelha com a suástica de Hitler, ao lado de um homem que havia cumprido pena de prisão por envolvimento no assassinato de dois integrantes do extinto grupo terrorista da extrema-esquerda Baader-Meinhof, que recebia apoio financeiro e logístico da Stasi no auge da Guerra Fria. O ex-agente comunista foi além: revelou que o avô paterno de Auerswald havia participado das primeiras assembleias do então recém-fundado Partido Nacional-Socialista dos Trabalhadores Alemães, o Partido Nazista, em 1919, sob a batuta de Anton Drexler, o predecessor do Führer. Uma lista de presença com a assinatura do velho Auerswald comprovava a ligação. Uma cópia dela estava no destruidor envelope pardo. O vereador também estava financiando o grupo neonazista com o qual se encontrava regularmente e que tinha braços em Viena, Roma e Belgrado. Os depósitos na conta de uma empresa de fachada a serviço dos názis eram feitos por um laranja, identificado como um sobrinho do motorista de Auerswald, cuja única fonte de renda era ser testa de ferro de outra empresa que só existia nos papéis. A estratégia do vereador esquerdista era ainda um mistério, mas seu discurso e sua prática política se separavam dos seus ideais da mesma forma que água e óleo não se misturam. Arianismo, antissemitismo e antibolchevismo haviam sido reciclados duas gerações após o surgimento do nazismo. Uma estranha equação filosófica que a política encobria: lobo nazista em pele de cordeiro socialista.

Após deixar o cemitério em que havia se tornado o gabinete de Auerswald, Wolfgang voltou ao seu quartel-general. Lá, Klaus o esperava em pé com indisfarçável ansiedade.

— Estou voltando de um velório — festejou o vereador, com ar solene disfarçando a devoradora euforia política.

Klaus cerrou o punho direito e disparou, saboreando cada sílaba pronunciada:

— Mais um filho da puta nas suas mãos!

Em seguida, o assessor se virou de costas e pegou o outro envelope pardo produzido pelo homem da Stasi e o entregou ao chefe.

— Você tem agendado mais um velório — comentou, eufórico.

Wolfgang entrou sozinho na sala. Após examinar o material contido no envelope marcado com a letra M por meia hora, saiu do recinto. Klaus conversava com a secretária sobre a inauguração de um restaurante japonês quando foi laçado por um dedo indicador do vereador.

— Quem poderia imaginar? Estou de queixo caído. Como Müntz pôde ter deixado tantos rastros? — indagou Wolfgang, olhando pela janela da sua sala a paisagem agitada por um vento moderado.

— Eu me perguntei a mesma coisa quando vi o conteúdo do envelope. Impressionante.

— Um político tão experiente, uma raposa democrática que já destruiu tantos colegas no plenário, um homem muito bem relacionado, respeitado até pela oposição... Nossa, é difícil acreditar!

— Muito difícil. Talvez ele tenha achado que, estando em Heidelberg, longe dos holofotes, nada pudesse vir à tona. Mas crimes sempre deixam rastros, e nosso homem os encontrou. Levou mais tempo do que poderíamos imaginar, mas ele conseguiu um dossiê bastante complexo e revelador. Só que nossos gastos foram maiores que o previsto.

Wolfgang se voltou para o assessor, livrando-se da paisagem escapista da janela.

— Não tem problema, valeu cada centavo.

— Não tenho dúvida. E olha que, se fôssemos contratar aquele russo, sairia bem mais caro.

Wolfgang estava agitado. Começou a andar em silêncio pela sala, massageando levemente a pele em volta dos lábios. Sob o olhar curioso do assessor, rompeu a mudez:

— Klaus, respeito muito o Müntz. Sempre o admirei como político, apesar das nossas diferenças. Confesso que até reciclei uns trejeitos dele ao discursar. Eu ficaria muito constrangido de entrar no gabinete dele agora e deixar esse envelope-bomba sobre a mesa. É um pudor idiota, eu sei, afinal ele não fez a menor cerimônia para colocar a faca no meu pescoço quando foi preciso. Mas... mas... mas seria realmente muito constrangedor. Não gostaria de sentir esse dó do Müntz. Prefiro que você vá no meu lugar.

— Como desejar. Você que manda.

— Mas, por favor, faça de um jeito que pareça que eu não saiba de nada. Certo?

Sem qualquer pudor, Klaus pegou o envelope e, com certo prazer estampado no rosto, saiu da sala. Poucos segundos depois, antes de sair do gabinete, voltou e comentou, aproveitando a porta entreaberta:

— Não se esqueça do almoço com Weiss no Goldener Falke. É o último da lista para a vitória.

— Estou ansioso. Espero que dê certo.

— Vai dar, fique tranquilo. Se você falhar, apelamos para sua esposa. Ela é muito amiga da mulher do Weiss, né?

— Sim, está chegando de viagem hoje.

★ ★ ★

Wolfgang dirigia rumo ao hotel no qual se encontraria com Weiss quando parou num sinal vermelho numa esquina onde funcionava um badalado restaurante da família Müntz. A luz já havia ficado verde, mas o Mercedes do vereador continuava parado. Com olhar fugidio, ele abriu de novo na sua mente o envelope pardo preparado com fulminante detalhismo pelo ex-agente comunista convertido à bem-remunerada espionagem capitalista. As informações levantadas sobre o político oponente se precipitavam ofegantes na superfície inquieta do pensamento de Wolfgang, sem qualquer ordem.

Müntz. Severin Müntz, 66 anos. Rede de prostituição comandada por Radovan Cilic, um croata que havia lutado na Guerra dos Bálcãs contra as forças sérvias. Amante eslovena. Damijana, 22 anos. Ex-stripper em Milão. Apartamento de cobertura pago pelos cofres públicos. Funcionária fantasma na prefeitura de uma cidade vizinha. Investigação sobre tráfico de escravas sexuais na Croácia. Fins de semana nababescos com Cilic em Ibiza e Mônaco. Champanhe de 50 mil dólares derramada sobre o corpo de uma prostituta francesa. Lavagem de dinheiro. Máfia chinesa. Corpo esculturalnumfio dental vermelho. Topless em iate de 328 pés. Lamborghini Reventón 2007 estacionada dentro da embarcação, pertencente a um empresário tunisiano. Cocaína e ecstasy. Viagra. Cirurgia plástica em Barcelona, onde mantém um "centro de entretenimento de adultos". Casado há 42 anos. Três filhos. Damijana coleciona óculos escuros de grife. Travesti brasileiro morto. Corpo encontrado em hotel cinco estrelas de Biarritz. Caso encerrado. Abafado. Propinas semeadas pelo Mediterrâneo. Oito mortes suspeitas. Filho bastardo com atriz tcheca de filmes pornô. Os dois vivem nos Estados Unidos. Financiados pelos negócios da prostituição. A amante eslovena os odeia. A esposa, católica, comanda uma organização beneficente. Pet shop em Albany, Nova York. Voto de silêncio.

O Mercedes rompeu a inércia bruscamente e avançou o sinal vermelho. Por pouco Wolfgang não provocou um acidente. Ele se desculpou com o motorista da van quase atingida ao meio e se dirigiu ao Goldener Falke um pouco mais concentrado. Deixou o carro com um manobrista e entrou imediatamente no restaurante do hotel. Weiss, navegando num tablet, já o esperava à mesa reservada pelos assessores dos dois. O menu também havia sido decidido previamente: salada caprese de entrada e carne de carneiro com batatas assadas como prato principal. Tudo para Wolfgang agradar ao paladar de quem queria conquistar. Os dois se abraçaram cordialmente.

— O que está lendo? — perguntou Wolfgang, sentando-se.

— Notícias de Berlim — respondeu Weiss, desligando o aparelho.

— Pretende mudar de ares políticos?

— Não, só lendo notícias mesmo. É bom estar informado, Berlim anda bem agitada. Mas prefiro acompanhar essa agitação a distância. Minha vida é aqui em Heidelberg, você sabe. Nasci, cresci e morrerei aqui.

— Heidelberg merece mesmo uma vida inteira dedicada a ela. E acredito que você deseje deixar uma Heidelberg melhor para seus filhos, para seus netos, não?

— É o que tento fazer todos os dias. É minha missão política. Mais do que isso: é meu dever.

— Mas...

Nesse instante, orientado previamente a agir com presteza, o garçom surgiu com os pratos de salada. Weiss foi o primeiro a levar à boca uma generosa garfada com tomate, folhas e muçarela de búfala. Ainda com a boca cheia, comentou:

— O segredo da salada caprese é seu menor ingrediente: a pimenta-do-reino branca.

Do outro lado da mesa, Wolfgang provou a salada e concordou, com um contido movimento da cabeça. Por um instante, tentou identificar o principal ingrediente das entrelinhas das palavras do hábil interlocutor.

— Mas, desconfio, você não deve estar interessado em discutir aqui salada caprese comigo, não é mesmo? — perguntou Weiss.

— O tema é apetitoso, mas realmente prefiro deixá-lo para outra ocasião. Se não se importa.

— Claro que não. Se você não se importar que eu continue comendo. Odeio esses almoços em que os pratos se tornam coadjuvantes.

— Fique à vontade. A salada está muito boa. Bem, falávamos de Heidelberg, da Heidelberg que você pode deixar para seus herdeiros. E, é claro, para meus herdeiros também. São todos filhos orgulhosos desta terra. Weiss, temos discutido muito nos últimos meses no plenário. Alguns debates foram bem acalorados, é verdade, mas tenho percebido que estamos nos aproximando, estamos nos entendendo. Falta pouca coisa. Eu o convidei para este almoço para que a gente descubra junto, com sabedoria e dever político, que essa pouca coisa não passa de uma mera vírgula no texto do projeto.

Weiss mastigava a salada quando Wolfgang se calou à espera do pronunciamento do seu interlocutor. Os dentes trabalhavam sem pressa. A língua abriu caminho entre os restos de queijo grudados nos dentes da frente e, após um gole de água mineral, entrou em cena:

— Você sabe por que abandonei o Partido Verde?

— Todos ficaram sabendo. Você não aceitou a indicação do partido para a disputa da prefeitura.

— Não! Não... As pessoas preferem acreditar nisso, pois é mais simples, é mais lógico. Faz mais sentido político. Mas é balela! Deixei o partido porque adoro carne de carneiro! E o Partido Verde de Heidelberg está loteado por radicais vegetarianos, por gente do Green Peace, por gente ligada à Peta. Uns ecochatos. Uns chatos que não suportam discutir ecologia, meio ambiente, desenvolvimento sustentável num churrasco. Precisam estar naquele restaurante indiano perto da prefeitura. Sabe? Eu gosto de carne. Estou no topo da cadeia alimentar, no topo da pirâmide das espécies. Saborear uma deliciosa carne de carneiro não vai aumentar o buraco da camada de ozônio. Ou vai?

— Acredito que não. Também aprecio uma boa carne.

— Malpassada?

— Sim, malpassada.

— Você tem razão, estamos nos entendendo.

Wolfgang sorriu discretamente, sabendo que não deveria se encher de esperança. Weiss prosseguiu:

— Mas, para o Partido Verde, seu projeto é uma desgraça para a cidade. Heidelberg se orgulha dos seus bosques, das suas matas, do seu rio Neckar. Eu me tornei um político independente, mas, infelizmente, não posso apoiar um projeto que vai me fazer sentir culpado por comer a minha carne de carneiro. Ainda acredito no verde, não no partido.

Quando Wolfgang preparava o contra-ataque, o mesmo garçom se aproximou da mesa trazendo o prato principal. Serviu os dois vereadores e pôs vinho tinto nas taças. Eles brindaram, em silêncio. A carne de carneiro era a última esperança inebriante de Wolfgang. Weiss foi o primeiro a saboreá-la.

— Huuuummmm... Perfeita! — disparou o político independente, com extrema expressão de felicidade. — Gosto de ver esse filete de sangue descendo pela carne — completou ele, cortando um novo pedaço.

Wolfgang desejou fortemente ter na manga um envelope pardo com informações perturbadoras que desabonassem a conduta moral e ética de Weiss. Mas tudo o que o ex-agente da Stasi havia conseguido foram um episódio de embriaguez num bar da cidade e uma briga na creche do filho por causa de discordância quanto ao cardápio "pouco saudável" oferecido às crianças. Weiss era um político fossilizado a desafiar sua própria extinção. A Wolfgang só restou seguir o roteiro do jogo político.

— Apresentei documentos na Câmara, e você estava presente, provando que essa área foi cenário, no início do século 16, de um sangrento conflito entre luteranos e calvinistas. Recorda? Dezenas de pessoas morreram. Essa área tem um simbolismo enorme para nós, cristãos modernos de Heidelberg, que acreditamos no respeito às diferenças. E nela queremos construir um centro de convivência para todos os cristãos, um marco da tolerância. Tudo o que queremos é que...

Weiss interrompeu a mastigação e disse, pouco preocupado com o voo dos seus perdigotos alimentares:

— Mas seu projeto se refere a uma área de trezentos hectares. Veja bem: trezentos hectares! São trezentos hectares de uma área de proteção ambiental.

— Estou me atendo à história.

— Mas a história também é feita com o futuro. Ou não? Muitas árvores precisarão ser derrubadas; seu projeto de sustentabilidade tem muitas falhas, há muitas lacunas ecológicas. É impraticável. Não há uma Heidelberg melhor com ele, lamento. Até para um dissidente do Partido Verde é difícil apoiá-lo. Acredite, é difícil. Sem contar suas boas relações com os empreiteiros. Auerswald adora citar isso contra você. Não que eu acredite em tudo o que ele diga, mas...

As fotos mostrando Auerswald em reuniões de grupo neonazista nos fundos de um terreno baldio em Berlim ficaram enताladas na goela de Wolfgang, impedindo que a carne de carneiro descesse pelo seu curso digestivo natural. O desejo era expeli-las e expô-las à mesa banhadas de saliva, sem qualquer cerimônia. Mas os músculos de Wolfgang conseguiram devolver as imagens ao estômago. Com a respiração alterada, ele engoliu a carne e se limitou a dizer:

— Não deve mesmo acreditar.

Weiss sorriu e voltou a se dedicar ao prato. Wolfgang ficou observando o colega parlamentar devorar a carne malpassada, enquanto esperava que a clarividência política que tantas vezes o havia salvado pudesse dar o ar da sua graça novamente. Após pôr no bolso dois ferrenhos oponentes, ele estava prestes a morrer na praia, ou melhor, às margens do rio Neckar. Encurralado e desarmado, Wolfgang apelou ao mais corriqueiro expediente parlamentar:

— Weiss, tive acesso a alguns dos esboços dos seus projetos e acho que posso conseguir bastante apoio para eles. Não tenho a menor dúvida. Podemos trabalhar em equipe, como políticos maduros e sensatos. Nós dois acreditamos numa Heidelberg melhor para nossos filhos e netos. O progresso pede passagem. É inevitável. Não sejamos radicais, como seus antigos companheiros verdes. Não é por estarmos em diferentes bancadas... Aliás, você não tem uma bancada, né? Nosso partido está de braços abertos e até pode...

Com os olhos fechados e a cabeça curvada, Weiss golpeou fortemente a mesa com os dentes do garfo, deixando três pequenos furos na toalha e uma boca aberta no rosto de Wolfgang. Munido de voz surpreendentemente tranquila, Weiss se contentou em dizer:

— Seu prato vai esfriar. E, acredite, ele é o que há de melhor nesta mesa.

★ ★ ★

Após sair do Goldener Falke, ao som das estacas nervosas do Kraftwerk, Wolfgang ligou para Klaus do carro, com perceptível agitação:

— Cancele a votação.

— O que houve?

— Mais tarde explico. Apenas cancele a votação.

No campo minado e grampeado da política, eles haviam aprendido que deveriam falar apenas o essencial ao telefone. Muitas vezes, ressuscitavam a linguagem telegráfica. Ossos do ofício. Alguns minutos depois, Wolfgang estacionou o carro próximo à Câmara. Klaus o aguardava impacientemente na calçada, debaixo de uma árvore frondosa.

— Não creio... Fracassamos com Weiss? — perguntou o assessor ao chefe, que havia permanecido no Mercedes.

— Sim. Diga que não passei bem e solicitei o adiamento da votação.

— Mas hoje é o último dia antes do recesso. Não podemos adiar a votação, você sabe.

— Teremos que deixar para agosto. Precisamos do voto de Weiss, não temos outra saída. Vou conversar com nosso pessoal sobre isso. Tentei da forma mais simples, mas precisarei de tempo para destruir esse romântico desgraçado. Com requinte de crueldade. Tive uma clarividência à mesa. Já tenho o plano, só não achei que fosse usar contra ele.

— Não quer antes apelar para sua mulher? Ela tem boas relações com a mulher do Weiss e...

— Não. Esqueça, não vou envolver minha mulher nisso. Sem chance. Certo? Ah, devo precisar novamente do nosso homem da Stasi.

— Mas ele tentou de tudo e não achou qualquer podre.

— Agora será à minha maneira. Vou tirar Weiss do nosso caminho, pode esperar. Você tem certeza de que o suplente dele votaria conosco?

— Absoluta. Ele está no esquema.

★ ★ ★

Passados três dias, Wolfgang viajou a Berlim. Para não deixar vestígios, foi à capital de carro. Na primeira escala na cidade, encontrou-se com o ex-agente da Stasi no Mauerpark, um parque localizado no que era chamado, durante a Guerra Fria, de Faixa da

Morte, uma área inóspita entre os muros ocidental e oriental. Era terra de ninguém, um vácuo maniqueísta entre o capitalismo e o comunismo. Foi um encontro rápido, de poucas palavras. Novamente, o ex-espião deixou com o cliente um envelope pardo e recebeu um pequeno saco plástico com dinheiro. Sem conferir, pôs no bolso do casaco de lona o pagamento pelo serviço e foi caminhando.

— Nostálgico? — perguntou Wolfgang.

O ex-agente chegou a parar, mas decidiu seguir em frente, sem se virar à provocação do contratante. Em outros tempos, sacaria sua Glock e, num rápido movimento, colocaria o cano na boca de Wolfgang, só para sentir o terror nos olhos dele. Se estivesse num dia ruim, meteria uma bala sem perdão naquele crânio apavorado e, em seguida, acenderia calmamente um cigarro sem filtro. Como tinha parado de fumar, foi embora.

Meia hora depois, Wolfgang estacionou o carro numa rua quase deserta do bairro de Kreuzberg, uma das regiões mais anárquicas de Berlim e adorada por punks e outros amantes da contracultura. Encontrou o número passado pelo ex-espião e tocou o interfone do prédio velho, com reboco deteriorado e assinado possivelmente por um arquiteto soviético. Sem que alguém falasse nada, a porta de ferro pesada se abriu. Wolfgang seguiu por um corredor mal-iluminado e, ao fundo, entrou num elevador com porta pantográfica. Saiu no quinto andar. Um oriental de cabelo arrepiado o esperava. O homem, de trinta e poucos anos, ficou mudo. Apenas indicou com a mão direita a direção a ser tomada pelo forasteiro. Wolfgang obedeceu e parou diante de uma porta com pintura descascada. Percebeu que alguém o vira pelo olho mágico. Seu acompanhante silencioso o fitava a distância. Parecia armado. Quando a porta se abriu, o vereador foi recebido por outro oriental numa quitinete, equipada com um sofá surrado de dois lugares, um frigobar com marcas de ferrugem e cinco computadores. Todos ligados. De acordo com o pequeno texto datilografado pelo homem da Stasi, o sujeito era conhecido apenas como Vegas. Vestia agasalho dos Los Angeles Lakers e calça jeans, usava óculos escuros clássicos da Ray-Ban, tinha *headphones* em volta do pescoço e falava um alemão enrolado, mas o suficiente para dar conta da missão dada pelo cliente de longe. Parecia coreano, pensou Wolfgang, mas poderia ser chinês.

— Hoje à noite ele vai mandar a mensagem. Sem falta. Garantia Vegas — disse o homem, mascando sonoramente um chiclete.

Wolfgang demorou pouco mais de vinte minutos dentro do minúsculo apartamento, cuja única janela era coberta com papel-alumínio. Deixou um envelope com 5 mil euros sobre o assento do sofá e saiu. No corredor, o leão de chácara parecia mais amistoso. Chegou a oferecer um esboço de sorriso enquanto roía uma unha e Wolfgang fechava a porta do elevador ruidoso.

Após sair de Kreuzberg, Wolfgang foi até o charmoso bairro de Prenzlauer Berg, cujos apartamentos vazios após a queda do Muro atraíram muitos jovens e artistas, mas que, com a elevação do preço dos aluguéis, acabaram aos poucos nas mãos dos *yuppies* mais abastados. Entrou num restaurante tailandês para comer e fazer hora até o próximo encontro, de acordo com o *script* preparado com toques vigorosos de máquina Remington. Comeu pouco do *Khanom chin nam ngiao* servido por um garçom do Sri Lanka e passou mais o tempo lendo o *Welt*, da forma mais tradicional: lambuzando os dedos de tinta. Em seguida, Wolfgang caminhou por algumas ruas das redondezas e só parou quando o relógio de pulso alertara para o próximo compromisso.

A alguns quilômetros dali, Wolfgang entrava em Neukölln, um antigo bairro operário que acabou se convertendo em agitada afluência de algumas das tribos mais descoladas da cidade. No porão de uma antiga fábrica de sabão transformado em clube noturno alternativo, o vereador se sentou a uma mesa com um homem de meia idade identificado como Midnight. Usava calça e casaco de couro preto, sem camisa por baixo, coturno *vintage* bem-engraxado, pulseira com pregos no punho esquerdo e mais de uma dezena de *piercings* espalhados pelas orelhas. Pele bem clara, discreto cavanhaque, cabelo preto penteado para trás com ajuda de gel e destoantes óculos de tartaruga com lentes bem espessas completaram o reconhecimento do nebuloso terreno humano. O ambiente enfumaçado e dominado por música eletrônica alemã no volume máximo ajudava a germinar o silêncio inicial do tenso encontro, que era alvo dos olhares de outros frequentadores do local.

— É que eles nunca viram ninguém de camisa xadrez aqui — disse Midnight, rompendo a pasmaceira verbal.

— Acredito. Seria mais normal se eu tivesse vindo de burca. Chamaria menos a atenção.

— Huuummmm... Nada mal! Gostei. Revelando uma fantasia?

— Não! Não! Foi só uma... uma...

— Não importa. Vamos aos negócios, Hans. Aliás, permita-me dizer que Hans não caiu bem em você. Deveria ter escolhido outro nome. Hans de burca... Broxante.

Wolfgang riu levemente, com o humor que lhe era possível naquela situação.

— Em que posso servi-lo? Seu contato disse que sou especialista em *bondage*, né?

— *Bondage?!*

— Sim, cordas. Dominação com cordas. Posso também usar algemas, mordaças e grilhões, se você desejar. Ao gosto do cliente.

— Achei que você fosse mais *hardcore*.

— Uau! Mais *hardcore*!? Estou surpreso, Hans! E olha que não é nada fácil me surpreender... Do que estamos falando mais precisamente?

O coração de Wolfgang disparou, mas a palavra que começava a ser cunhada em trêmulas cordas vocais esquivou-se tenazmente da gagueira que o ameaçava:

— Canibalismo.

Imediatamente, Midnight arregalou os olhos, levantou-se e, sem dizer nada, conduziu Wolfgang até um banheiro nos fundos de um corredor com luz negra. O local estava vazio. Um brutamontes de quase dois metros se posicionou do lado de fora da porta, como uma fechadura de músculos e veias saltados.

— O que você disse lá fora? Ouvi bem? — perguntou Midnight, apoiado numa pia suja e passando a língua pelos lábios.

Acuado naquele lugar inóspito, Wolfgang sentiu um bolo na garganta e pensou em desistir. Mas já era tarde.

— Canibalismo.

— Hans, Hans, Hans! E eu oferecendo meus serviços de mestre do *bondage*...

— Não é para mim. Digamos, sou o representante de uma pessoa interessada.

— Huuuummm... Isso não está me cheirando bem. Hans, não seja um menino mau. Não tente me enganar.

— Juro. Na verdade, é para um casal. Um amigo vai enviar um e-mail ainda hoje dando os detalhes. Ele quer ver a esposa sendo canibalizada. Ela concorda, claro! A fantasia é dela também.

Nesse instante, Wolfgang percebeu que Midnight havia tido uma ereção. O sado não fez a menor questão de disfarçar. Pelo contrário, fechou brevemente os olhos e tocou no pênis, sobre a calça.

— Estou salivando. Faz tempo que não faço isso. Na verdade, nunca fiz um... um *ménage* canibal. Acho que, por enquanto, podemos chamar assim. Ainda estou elaborando a melhor definição.

— Interessado?

— Você viu que sim.

— E qual o seu preço?

— Preço?!

— Sim, meu amigo tem dinheiro e pressa.

— Por favor, Hans, não envolva dinheiro nisso. Vai estragar tudo!

Midnight se virou para um espelho e mordeu o lábio inferior até surgir um filete de sangue.

— Mas não vou até o fim, entende? Ainda não estou preparado para isso — disse ele, fitando Wolfgang pelo espelho.

— É exatamente o que eles querem. Ou melhor, eles não querem que você vá até o fim.

— Perfeito, Hans. Posso comer um dedo do pé. Ou um pedaço da coxa. Carne branca?

— Sim, branquíssima.

Midnight se virou e deu um leve tapa no rosto de Wolfgang. Tirou os óculos.

— No fundo, todas são vermelhas, Hans...

★ ★ ★

Seis dias depois, Midnight desembarcou na estação central de trens de Heidelberg, praticamente repetindo o modelito com o qual Wolfgang o encontrara no barulhento porão de Berlim. Uma mensagem por e-mail supostamente enviada por Weiss dava endereço e todas as diretrizes da fantasia extrema.

"Minha mulher estará sozinha em casa. A vizinhança é bem discreta, não representa qualquer perigo. Às 19 horas, minha mulher costuma assistir a um programa na TV sobre culinária. É uma paixão dela. Fica hipnotizada. Não será difícil surpreendê-la de verdade e dominá-la. Geralmente, ela assiste ao programa na cozinha, tentando repetir os pratos na tela. Às 19 horas e 5 minutos, pontualmente, começará o seu show. Eu estarei fora, mas a porta dos fundos ficará aberta. Entre por ela, sem fazer barulho. Ela sabe que você nos visitará, mas não tem ideia do horário. Quero que você a surpreenda pelas costas. Quero que você a domine com toda a força, que

a subjugue. Que seja brutal. Que a humilhe, física e moralmente. Precisamente às 19 horas e 10 minutos, entrarei pela porta da frente e assistirei a tudo a distância, sem interferir. Neste momento, você terá sinal verde para começar a canibalizar minha mulher. Não use qualquer anestésico. Se preciso, use mordaças, para evitar que ela grite. Não quero escândalo. Mas seja breve. Exatamente quando o programa na TV terminar, pare. Ele dura uns vinte minutos. Será o fim e você poderá ir embora. Puxe os cabelos dela, não diga nada, dê um beijo na testa e saia pela porta dos fundos. Volte imediatamente para Berlim. Contrato encerrado."

A rua era bem pacata. Residências confortáveis e arejadas, sem muros e com belos jardins se espalhavam pelos dois lados, bastante arborizados. Midnight seguiu o roteiro elaborado por Wolfgang na pele cibernética de Weiss, com ajuda do *hacker* oriental Vegas. Ele passou pelo vão entre duas casas e chegou aos fundos do alvo. Pela janela viu uma mulher sentada na cozinha. Tentou se controlar, mas a adrenalina fazia o coração trabalhar com incrível violência autodestrutiva. Respirou fundo algumas vezes e, quando o relógio suíço marcava exatamente 19 horas e 5 minutos, abriu a porta indicada na mensagem. Invadiu a residência pela lavanderia. Andou cuidadosamente até chegar à porta da cozinha, que estava aberta. O piso de cerâmica facilitava o deslocamento sem chamar atenção. Na TV, um *chef* americano ensinava uma receita de bisteca ao molho de alho e nozes. A mulher não parecia muito empolgada. Diante da TV, ela observava mensagens no celular.

Midnight deu alguns passos cuidadosos e parou atrás da sua presa. O reflexo distorcido do canibal na tela da TV, porém, fez com que a mulher percebesse que não estava sozinha. Ela se virou abruptamente, dizendo:

— Sofie?

No mesmo segundo, o invasor agarrou fortemente o pescoço da vítima e a jogou no chão da cozinha. Com a outra mão, tapou a boca da mulher. Em seguida, Midnight retirou de um bolso da calça uma fita adesiva e calou a mulher, que ainda tentava gritar entre os dedos do seu algoz. Depois, brutalmente, como havia sido pedido, atou punhos e tornozelos com o *silver tape*, pois a mulher resistia mais do que ele esperava.

— Sua cadela... Gosta de resistir, é? Gosta de brincar com o perigo? Quer que eu bata em você, sua vadia? Vadia de merda... — murmurou Midnight antes de desferir dois potentes tapas no rosto da presa imobilizada. — Sua puta, sua vagabunda... — continuou ele, movendo a língua freneticamente como se fosse uma serpente.

O canibal enfiou as mãos sob a saia da vítima e arrancou a calcinha dela. Deliciou-se com o odor da peça íntima. De olhos fechados, lambeu os lábios enquanto o tecido de algodão lhe roçava o nariz. Então, Midnight suspendeu a saia até a cintura e contemplou o sexo da mulher aterrorizada.

— Você não vale nada. Nenhuma mulher vale porra nenhuma... Mas você vale menos ainda, cadelinha... Por isso eu não vou fodê-la. Não... Eu vou devorá-la...

O relógio marcava 19 horas e 10 minutos, a senha para o clímax do ataque. Midnight imaginou que Weiss já estivesse confortavelmente instalado no seu posto de observação. Com o indicador direito, o canibal percorreu toda a extensão das coxas desnudas da sua presa trêmula. Pressionada com vigor, a unha deixou rastros na pele clara. Midnight se curvou e lambeu a parte interna da coxa esquerda da vítima. Desafivelou o cinto de couro, abaixou sua calça e tirou os óculos de tartaruga. Em seguida, determinou com os dedos uma margem de segurança para não atingir a veia femoral e mordeu impiedosamente a carne macia da mulher. Contida pela fita adesiva, a dor decidiu se expressar nos olhos da presa. Um grito mudo e medonho, incendiando os olhos azuis. Midnight se regozijou ainda mais com aquela cena aterradora. Excitado ao extremo, desferiu novo golpe com os dentes afiados, na mesma coxa do seu cardápio sinistro. Quase saciado e com pedaços de carne entre os dentes, ele se deitou no chão frio ao lado da mulher, que havia desmaiado, e teve um orgasmo sem se tocar.

Quatro minutos depois, o apresentador se despediu dos telespectadores, desejando boa-noite. Com sangue ao redor da boca, Midnight se levantou, recompôs-se e se agachou diante da mulher devorada. Segurou firmemente os cabelos dela e lhe deu um beijo na testa, a contragosto. Sentiu vontade de cuspir no rosto da sua presa, mas, como isso não fazia parte do acordo, resistiu bravamente. Saiu pela porta dos fundos e foi diretamente para a estação ferroviária.

Ainda inconsciente, a mulher foi descoberta deitada no chão da cozinha após 15 minutos. Achada por Sofie, a esposa de Weiss, que acabara de sair do banho. Do outro lado da cidade, Wolfgang saboreava um bife malpassado deixado pela sua mulher antes de sair de casa sem dizer o destino. E era exatamente ela quem fora levada às pressas a um hospital próximo da residência atacada por um canibal, conforme noticiava com alarde uma rádio popularesca de Heidelberg. Os ouvidos de Wolfgang, entretanto, estavam ocupados com acordes de Mozart.

Heidi tinha um compromisso beneficente com a mulher de Weiss.

— Só mesmo você para me fazer deixar de assistir ao programa. Você sabe que sou louca por essas receitas! — comentou Sofie na cozinha de casa.

— Ponha para gravar, temos compromissos públicos. Mulheres de políticos também têm agenda agitada. E elas podem fazer muito pela sociedade sem precisar ir à Câmara. Se os nossos maridos soubessem o que a gente faz por eles!...

— Certo, certo! Já fui convencida. Nossos maridos não se dão muito bem naquela Câmara, mas me considero uma mulher de sorte por tê-la como amiga.

— Não acredito em sorte, acredito em destino. Vamos, vá se arrumar! Não podemos nos atrasar para o bingo. Somos as anfitriãs!

— Calma, calma. Vou tomar um banho. Não demoro.

O relógio digital da cozinha marcava 18 horas e 56 minutos quando Sofie deixou a televisão ligada e se trancou no banheiro.

— Vai vendo aí a receita. Depois me conta! Esse *chef* tem sempre um segredo!

Heidi sentou-se à mesa da cozinha. Não teve muito interesse pelo programa. Gostava de cozinhar mais intuitivamente. Alheia à tela, estava escrevendo uma mensagem no celular quando foi atacada por Midnight pouco depois das 19 horas.

Ao chegar ao hospital acompanhado de Klaus, Wolfgang foi recebido por Weiss, que demonstrou profunda solidariedade.

— Sinto muito, Wolfgang. Sofie e Heidi são muito amigas e eu... — comentou Weiss, abraçando o marido da vítima.

— Precisamos abafar o caso — interrompeu Wolfgang, transtornado, livrando-se do afeto emergencial do adversário.

— Abafar o caso?! Mas temos um canibal à solta em Heidelberg!

— Sim, abafar... Não será a primeira vez, não será a última.

— Mas a imprensa já sabe.

— Não tem problema, ainda dá para contornar. Há gente nossa na imprensa.

— Nossa?!

— Você diz que foi um mal-entendido e...

— O quê? Você enlouqueceu!

— Weiss, por favor, poupe-nos desse sofrimento... Eu imploro! Esse é o celular da Heidi?

— É, vou entregá-lo para os policiais. Eles já estão chegando.

— Meu Deus! Por que você chamou a polícia?

Preocupado com a exaltação do chefe, Klaus interveio e cochichou algo no ouvido de Wolfgang. Pouco depois, a polícia chegou ao hospital. O celular foi entregue a um dos agentes.

— Devo chamar nosso homem da Stasi? — perguntou Klaus, de olho na conversa que Weiss mantinha com os homens da lei.

Wolfgang estava pensativo.

— Chamo? — repetiu o assessor.

— Acho que precisaremos dele mais uma vez. Mas confesso ter medo do que provavelmente terei que pedir que ele faça — retrucou o vereador, cobrindo o rosto com as mãos.

— Ele fará. Vamos resolver isso. Custe o que custar.

★ ★ ★

Depois de uma breve conversa com os policiais, Wolfgang recebeu autorização dos médicos e entrou sozinho no quarto onde mantinham sua esposa. Heidi estava sedada. Com grande inquietação, Wolfgang se aproximou da cama, mas não conseguiu tocar na mulher. Sentiu certa repulsa, que não sabia de onde vinha. Ficou parado, observando a parafernália que monitorava o estado da paciente imóvel. Movido por uma estranha curiosidade, ele levantou o lençol que cobria as pernas de Heidi. Depois, curvou-se sobre o corpo da esposa e removeu a atadura que envolvia a perna esquerda. A visão da carne viva, estraçalhada por engano pelos dentes afiados do canibal de Berlim, trouxe-lhe surpreendente e mórbida serenidade. E só então Wolfgang venceu a barreira, agarrou os cabelos da esposa e lhe beijou a testa, que ainda guardava minúsculos vestígios de sangue. O canibal de Heidelberg sorriu. Por instinto.

MEIA VERDADE, MEIA MENTIRA, MEIA PALAVRA

> *"As religiões, assim como as luzes, necessitam de escuridão para brilhar."*
> Arthur Schopenhauer

Quando os bombeiros chegaram com toda a pompa sonora ao local do incêndio, nenhum deles sabia dizer de qual carro se tratava. O fogo já havia consumido praticamente todo o veículo que jazia no meio da estrada nos arredores arborizados de Zawiercie. Os últimos focos foram extintos sem dificuldade. Havia pouca coisa a ser feita pelos bombeiros. Os mais curiosos necessitariam de uma análise do DNA do motor para identificar a vítima mecânica. Uma dezena de guardas rodoviários chegou ao local para organizar o trânsito enquanto o reboque se dirigia àquele ponto da rodovia. Apenas um homem assistia a tudo, a uns vinte metros do sinistro. Encostado numa árvore, acendeu um cigarro.

— Senhor, por favor, apague o cigarro. Há óleo na pista ainda — disse um bombeiro, recolhendo o equipamento.

— É para relaxar, o susto foi grande.

— Entendo, mas é para a segurança de todos.

Mesmo contrariado, Piotr apagou o Lucky Strike no tronco da árvore e sorriu, dando-se por vencido. Sabia que era o mais prudente a fazer.

— Afinal, o que aconteceu? — perguntou o bombeiro, desgarrando-se do seu grupo.

— Mistério. Sinceramente, um mistério para mim. Achei que vocês poderiam me ajudar a encontrar uma resposta.

— Ah, isso é trabalho para os peritos. Sobrou pouca coisa para contar a história.

— É mesmo. Não sei nem o que vou dizer ao dono. Estava dirigindo a cem por hora e, de repente, ouvi um estrondo no motor e o carro começou a pegar fogo. Assim, do nada. O carro estava novinho em folha, ainda não tinha rodado mil quilômetros. Consegui sair a tempo. E dei sorte. Na explosão, o teto voou para longe.

— Uau! Espero que o dono tenha seguro.

— Não sei. Só sei que ele tem muito dinheiro.

— Pegou emprestado?

Piotr desconversou instantaneamente e deu as costas, esticando-se para ampliar o horizonte asfaltado:

— Será que o reboque demora?

— Deve estar chegando. Está vindo de Katowice.

— É para lá que eu vou.

Nesse momento, o motorista do caminhão do corpo de bombeiros deu a partida e o brigadista com quem Piotr conversava teve que se apressar. Ao entrar no caminhão, ele gritou:

— Estamos todos curiosos aqui: que carro é esse?

— Uma Lotus! Lotus Exige Scura.

— Como é o nome?

— Lotus Exige Scura!

Não adiantou muita coisa. O nome soaria ininteligível para aqueles bombeiros mesmo que fosse pronunciado cem vezes, com toda a calma silábica do mundo. Só uma certeza os acompanhou na retirada do local: por se tratar de um nome complexo, não seria um modelo de Volkswagen ou de Skoda que eles costumavam dirigir sem qualquer glamour.

Meia hora depois, chegou o reboque. Um homem gordo, com um pequeno chapéu de feltro, suspensório e bigode à Lech Walesa, desceu do caminhão e foi analisar a melhor forma de guinchar o supercarro britânico.

— Uau! Era um carro? — disse ele, calçando vagarosamente as luvas grossas diante da frente do veículo incendiado.

Um movimento involuntário fez Piotr começar a pronunciar o nome da máquina potente, mas, alertado pela lembrança dos bombeiros, ele conseguiu deter o impulso e não foi adiante. Apenas esboçou um sorriso preguiçoso, enquanto o homem dava a volta pela lateral da Lotus.

— Espero que não dê muito trabalho — comentou Piotr.

— Nunca reboquei um carro, ou o que restou dele, assim. Mas eu me viro, pode ficar tranquilo.

Ao se abaixar com dificuldade para olhar embaixo da traseira da Lotus, o homem caiu para trás e, com horror exalando de cada poro, foi rastejando de costas até uma distância que julgou segura. Sua expressão não disfarçava o pânico. Os olhos não piscavam, a boca tremia, as unhas cravadas no asfalto oleoso salpicado de folhas derrubadas pelo outono davam o tom de uma urgência que não tinha nada a ver com os ossos do seu ofício.

Piotr ficou paralisado diante daquela cena insólita, sem entender o que havia motivado o motorista a agir de maneira tão alarmada. Ainda sentado no chão, o condutor do reboque tirou o chapéu e se benzeu várias vezes, freneticamente.

— Deus, me proteja... Deus me proteja... — balbuciou, mantendo o olhar fixo na traseira da Lotus.

— Senhor, o que aconteceu? — perguntou Piotr, sem obter resposta clara. Em vez disso, o homem caído começou a rezar um acelerado Pai-Nosso.

O estranho comportamento chamou a atenção de um dos policiais rodoviários que orientavam condutores que passavam pelo local e naturalmente sucumbiam ao pedal de freio e à curiosidade. O agente abandonou a tarefa e se aproximou do motorista estarrecido.

— O que está acontecendo aqui? — perguntou ele, com uma das mãos sobre a arma que trazia no coldre surrado.

Enquanto emendava mais um Pai-Nosso, o motorista apenas apontou nervosamente para debaixo do carro. Ressabiado, o policial se ajoelhou.

— O que tem ali embaixo? — questionou ele, levantando-se.

O motorista interrompeu bruscamente a oração.

— Perdoai as nossas ofensas, assim... A placa... A placa... A placa!

O policial chegou perto da Lotus ainda fumegante, ajoelhou-se novamente e, com uma das luvas cedidas pelo motorista do caminhão de reboque, esticou o braço esquerdo e pegou a placa. Ela estava fria, como se não tivesse testemunhado o incêndio. Ao observar letras e números, o policial sentiu um calafrio e soltou a placa no chão. Sua expressão reproduzia com absoluta fidelidade a do motorista.

Abandonada no asfalto, a placa húngara reluzia: D 666 AD.

★ ★ ★

O incêndio na Lotus ganhou a manchete de um pequeno jornal de Zawiercie e logo chegou à bem mais populosa e vizinha Katowice, capital da província de Slaskie. De lá, aportou na capital polonesa, Varsóvia, atravessou a fronteira e, acelerando numa *Autobahn*, ingressou na Alemanha, de onde foi distribuída para vários outros países por agências de notícias. As reportagens destacavam que, apesar de o esportivo de luxo ter ficado totalmente destruído, a placa se manteve incrivelmente intacta. Mais do que isso: segundo um policial rodoviário, ela estava fria, enquanto o que restou do veículo ainda ardia. A polvorosa se instalou. Moradores atônitos deram entrevistas afirmando que o fato era mais um claro sinal de que o Apocalipse estava próximo. E, temiam eles, o fim começaria na pacata cidade polonesa. Era o que o sinistro indicava. A desconhecida Zawiercie entrou, definitivamente, no mapa-múndi.

— Que irônico! O fim do mundo começar pela letra Z! — comentou um vendedor de frutas a um repórter de uma emissora de TV alemã.

— Não sei se estou preparado. Ando em falta com alguns mandamentos cristãos. Preciso me confessar — disse um homem que acompanhava o vendedor e manifestava genuína preocupação.

Na manhã do dia seguinte ao acidente, Zawiercie entrou em transe. Padre Marek tomou um susto ao abrir a porta da igreja de são Nicolau. Uma multidão silenciosa estava inquietamente acomodada do lado de fora. O pároco reconheceu a maioria dos rostos, que começavam a se agitar e a produzir ruídos. Outras faces, aparentemente forasteiras, deixaram-no um pouco preocupado. Uma senhora de sessenta e poucos anos se espremeu entre os corpos dos fiéis e chegou até o padre.

— Precisamos de alguma orientação, padre — disse ela, com movimentos das mãos extremamente teatrais, mas estranhamente genuínos.

— Orientação?! Sobre o quê? — respondeu Marek.

— O senhor não leu o jornal?

— Não, senhora Slazak. Fiz minha leitura da Bíblia e vim abrir a porta da igreja, como faço todos os dias. E aí dou de cara com todos vocês. Preciso ler o jornal para decifrar esses rostos embasbacados?

Um homem de meia-idade que acompanhava o diálogo a poucos metros gritou, virando-se para outras pessoas:

— Meu Deus! Estamos perdidos! Nem o padre está sabendo que o fim do mundo está chegando!

— Fim do mundo?! — indagou Marek, sem reconhecer o fiel apocalíptico.

— Calma, gente. Calma! — interveio a senhora Slazak, uma viúva que se dizia orgulhosamente celibatária e a mais temente a Deus de toda a cidade. — Só um é onisciente, não é mesmo? O padre Marek não tem que saber de tudo!

Apesar de apreensiva, a maioria concordou.

— Afinal, do que vocês estão falando? Que história tola é essa de fim do mundo? — indagou o padre.

— Do acidente de ontem na estrada que vai a Katowice. O senhor não ficou sabendo? — respondeu uma moça que trazia um bebê no colo.

— Não, dormi cedo após as orações da noite. Não estava passando bem.

— O que o senhor teve? — perguntou a senhora Slazak, com olhos gigantescos de curiosidade e expectativa.

— Apenas uma indisposição estomacal. Por quê?

— Não sei... Estava pensando se podia ter sido mais um sinal.

— Sinal?!

— Sim, do Apocalipse que se aproxima!

— Não diga blasfêmia, senhora Slazak! E, por favor, vamos encerrar essa conversa sem sentido e entrar. Todos vocês. Vocês não vieram aqui atrás de orientação? Pois então: esqueçam esse acidente! Daqui a pouco vou começar a celebrar a missa. Muitos de vocês andam em falta com a igreja. Mal têm aparecido aqui.

Marek deu as costas aos fiéis e começou a andar, acreditando que o assunto estivesse encerrado. Notou, entretanto, que estava sozinho. Nenhum ruído de passos o acompanhava. Voltou-se novamente para a multidão. Todos estavam estáticos. Aproximou-se da senhora Slazak.

— Afinal, o que aconteceu no tal acidente? Por que essa agitação toda?

— Foi o segundo sinal, padre. O primeiro o senhor sabe muito bem qual foi.

— Sei?!

— Sim. Por favor, não se faça de desentendido.

Marek ficou em silêncio. Olhou para as pessoas que se aglomeravam ao seu redor.

— O senhor reclama que os fiéis não estão vindo mais à igreja. Este é o primeiro sinal.

— Minha reclamação?

— Não, padre, os fiéis abandonando a igreja.

— Vamos discutir isso de novo?

— Sim, é uma situação de emergência.

Sete meses antes, a igreja de são Nicolau estava caindo aos pedaços, necessitando de obras urgentes. Marek, então, foi procurado pelo magnata russo Alexander Volkov, que havia feito fortuna criando um império de casas de apostas no Leste Europeu. Ortodoxo convertido ao catolicismo, Volkov, sem qualquer pudor cristão, ficou sabendo dos apuros financeiros da igreja e propôs financiar a restauração do templo. Em troca, exporia faixas publicitárias do seu negócio de azar no alto dos confessionários. Inicialmente, para não ofender, Marek riu discretamente da proposta e mandou o magnata rezar quatro Ave-Marias e três Pai-Nossos. Só que, poucos dias depois, quando um pedaço de reboco caíra na cabeça de um paroquiano, o padre voltou a se sentar à mesa de negociação com o russo, que morava em Katowice.

Marek não estava nada confortável com a situação, afinal seus sermões costumavam atacar implacavelmente os vícios mundanos, mas ele acabou capitulando. Amparado pela diocese de Katowice, que deu parecer favorável à iniciativa emergencial, o padre fechou negócio com Volkov.

— Como o senhor pode criticar nossos pecados naquele altar quando abriu a porta da igreja para o mal? — perguntou a senhora Slazak. — Quando fez dela um deserto... O homem afastado de Deus é um sinal do Armagedom!

— Mas nossa igreja foi reformada, como todos pediam. Não foi? O dinheiro da oferta mal dá para manter a igreja aberta. A avareza é o pecado mais viral por aqui — ponderou o padre.

— Antes ficasse em ruínas! Que João Paulo II interceda por nós! — gritou um idoso.

— Padre, não tapemos o sol com a peneira — disse a senhora Slazak. — Os fiéis fugiram da igreja porque já não conseguiam mais se confessar. Há gente que acabou indo para outras paróquias da cidade e há gente que está assistindo a missas em Katowice. Isto é uma calamidade! Nosso lugar é aqui em Zawiercie, na igreja de são Nicolau! O fato é que ninguém consegue mais entrar com paz de espírito naqueles confessionários do... do...

— Do Diabo! — esbravejou uma mulher protegida pela multidão.

— Vocês perderam o juízo! Deus tenha piedade! — retrucou o padre, virando-se de costas. — Tenho uma missa para rezar, com ou sem vocês. Com licença!

— Padre, já foram dois sinais! O que faremos? — apelou a mulher com a criança no colo.

— Parem com essa tolice e entrem na igreja! A missa já vai começar! É o melhor que fazem — rebateu o pároco, caminhando firmemente pelo corredor central do templo.

Do lado de fora, nenhum passo. O mesmo burburinho descompassado e agoniado. Caos semeado pela inércia autocontemplativa.

★★★

A missa foi celebrada. Todos os assentos ficaram vazios, mas Marek seguiu religiosamente o protocolo litúrgico da cartilha da Santa Sé. Ao fundo, uma prima tocava o órgão secular como se fosse um dia normal. Fez um sermão empolgado, falando da parábola do bom samaritano, no Evangelho de Lucas. Juntamente com o coroinha, um solteirão que havia abandonado o seminário, chegou a caminhar até a primeira fila com as hóstias durante a comunhão. Esperou alguns minutos e, aparentemente resignado, recolheu-se ao altar. Prosseguiu e, quando atravessava os ritos finais, observou que um homem estava rezando ajoelhado no último banco de madeira.

— Ide em paz e que o Senhor vos acompanhe.

— Padre, já não tenho mais paz! Já não tenho mais paz! — gritou o homem, levantando-se com pressa.

Atraído pelas palavras urgentes, Marek desceu do altar e foi até onde se encontrava o fiel solitário.

— Padre, misericórdia, preciso da sua bênção. E preciso que o senhor também dê a sua bênção ao meu caminhão.

A situação parecia séria, mas o pároco achou graça.

— Como assim?

— Sei que não tenho sido um cristão exemplar, mas estou aqui humildemente diante de Deus, esperando seu perdão! Não bebo desde ontem! Pode parecer pouco, eu sei, mas não beber depois do que presenciei naquela estrada é um feito e tanto. Acredite, padre!

— Espera aí, você está falando do tal acidente?

— Sim. Para falar a verdade, não sei se foi exatamente um acidente.

— Será que ninguém consegue falar de outra coisa?

— Mas pode ser nosso último assunto na Terra!

— Quanta bobagem...

— Padre, acabei de dar entrevista para um repórter de Katowice e...

— Entrevista?! Santo Deus!

Marek saiu da igreja e encontrou a mesma multidão que deixara ao se retirar para celebrar a missa. As mesmas expressões de agonia polvilhada por expectativa celestial. Muitos rezavam ardentemente de olhos fechados e palavras abertas, demonstrando uma fé que surpreendeu o padre. Ao fundo, estava estacionado um caminhão de reboque.

— Lá está, padre, o meu caminhão! — exclamou o motorista.

Ao notarem a presença de Marek, os fiéis o cercaram novamente, liderados pela senhora Slazak, cujos olhos traziam uma escuridão perturbadora.

— Padre, rogamos que o senhor faça alguma coisa! Estamos desesperados! Há gente aqui que quer entrar e destruir a igreja! — disse a mulher, retorcendo os dedos finos.

— Que ninguém ouse... que ninguém ouse ameaçar a casa de Deus! — rebateu o padre, com os indicadores em riste.

Nesse instante, um jovem se lançou pelo aglomerado de fiéis e disparou, munido de um gravador digital:

— Mas a casa de Deus não está às moscas, padre? Como foi celebrar uma missa para ninguém? É a primeira vez que isso acontece na sua paróquia?

— Ninguém, uma ova! Eu estava lá! Cheguei atrasado, mas estava lá — interveio o motorista de caminhão.

— É um traidor! — esbravejou a senhora Slazak. — Estou começando a achar que esse sujeito esteja mancomunado com... com...

— O Diabo! — gritou um homem ao fundo.

— Esse aí mesmo — continuou a senhora Slazak, angariando adeptos.

O motorista escarrou no chão, em gesto absolutamente hostil, e vociferou, cerrando os punhos calejados:

— Sou um homem de Deus! Alguém aqui duvida?

— É um beberrão! — falou o mesmo homem que se sentira confortável para proferir o nome do Dito-cujo.

— Irmãos, pelo amor de Deus, acalmem-se! Tudo será resolvido. Só peço que tenham calma — disse Marek. Voltando-se ao rapaz com o gravador, emendou: — Não o conheço. Por acaso frequenta a paróquia?

— Não, padre. Sou repórter.

— Não tenho dúvida disso. Mas frequenta nossa paróquia?

— Isso é irrelevante. Eu só...

— Frequenta?

— Não. Agora o senhor pode responder as minhas perguntas?

Marek ficou em silêncio, observando seu franzino inquisidor. O motorista se aproximou do padre e cochichou, tentando controlar o bufo:

— Dei entrevista a ele, padre. É de Katowice e se chama Anatol... Anatol não sei de quê.

— Desculpe, meu filho, não tenho nada a responder — falou Marek, em tom solene, fitando o repórter. — Vocês criaram essa celeuma toda. Certamente devem ter mais respostas do que eu.

— Então o senhor não acredita no Apocalipse? — indagou o jornalista.

Marek o ignorou. Em seguida, sob protestos de todos, o pároco deu as costas e entrou na igreja. Por precaução, fechou a porta principal e as laterais e avisou à polícia sobre a tensa multidão, que não parava de crescer e se multiplicar.

★★★

A polícia estava mais preocupada com Piotr, o homem que dirigia o "carro da besta", como os moradores de Zawiercie e, logo, a imprensa estavam chamando a Lotus incendiada. Andrzej Mozdzierz, o chefe da delegacia, ligou para um colega em Katowice e pediu que Piotr fosse intimado a depor informalmente. Um policial foi até a residência dele, mas Piotr se manteve irredutível:

não via qualquer necessidade de prestar depoimento e tinha coisas mais importantes a fazer. A resposta foi repassada a Zawiercie e enfureceu Mozdzierz, que tinha fama de incorruptível, durão, obstinado e bom cristão. Sem pensar muito, o chefe entrou numa viatura juntamente com outro policial e acelerou, com a sirene ligada, na estrada rumo à cidade vizinha. Ao passar pelo local do fatídico incêndio, Mozdzierz sentiu um calafrio e se benzeu três vezes. Um pouco mais à frente, foi tomado por pensamentos aterradores e, mesmo sem calafrio, benzeu-se novamente. Só para garantir.

Mozdzierz estacionou a uns cinquenta metros da casa de Piotr, na periferia de Katowice. Como não estavam em missão oficial, o chefe e o subordinado ficaram de tocaia.

— Chefe, eu estava pensando... A placa do carro, o carro da... da besta. A placa dele é da Hungria, certo?

— Sim, e daí?

— Não dizem que húngaro é a língua do Diabo? Notou que tem um D antes do 666?

Não deu tempo de Mozdzierz processar os rabiscos mentais do colega policial. Após quase três horas, ele finalmente avistou o alvo saindo da residência. Quando Piotr punha o capacete e se preparava para subir numa motocicleta de 1.300 cilindradas, sentiu um peso no seu ombro direito. Ao se virar, deparou-se com Mozdzierz. O outro policial agiu rapidamente e tirou a chave da ignição.

— Aonde você pensa que vai? — indagou o chefe de polícia de Zawiercie.

— Que pergunta é essa? Não tenho que dar qualquer satisfação aos senhores — respondeu Piotr, irritado. — Por favor, a chave.

Mozdzierz riu e disse:

— E, se dermos a chave, você pretende sair daqui com essa moto?

— Sim, por que não?

— Porque levantamos o histórico dela e há oito multas vencidas.
Piotr tirou o capacete.

— Olha, essa moto não é minha. Eu...

— De quem é? — perguntou Mozdzierz.

Piotr olhou para os lados, esboçando uma reação de quem calculava muito bem as palavras que deveria proferir. Mas ficou mudo.

— Olha, consigo fazer essas multas desaparecerem do sistema como num passe de mágica — comentou o chefe de polícia. — Só preciso que você me esclareça umas coisas. Viemos de longe, seja um bom anfitrião. Não custa nada.

— Merda! Que coisas?

— Sobre o acidente com a Lotus...

— Exige Scura.

— Ela mesma! Nome esquisito. Nunca tínhamos visto um carro como aquele por nossas bandas.

— Acredito. Não é uma máquina comum.

— Pois é. A quem ela pertence? Como tem placa da Hungria, não conseguimos avançar muito.

— Não sei se posso falar.

— Claro que pode, somos a lei. E você está do lado da lei, não está? Apesar de tantas multas vencidas, que, acredito eu, foram apenas resultado de um mero esquecimento. Essas coisas acontecem. E são facilmente esquecidas por nós. Por nós, entende? Os homens da lei... Basta apertar um botão.

Piotr respirou fundo. O outro policial lhe exibiu a chave da BMW e um sorriso falso.

— Alexander Volkov — revelou Piotr, após longos trinta segundos.

— Alexander Volkov... Ah, o magnata das casas de apostas? — perguntou Mozdzierz, recebendo de Piotr a confirmação com um sutil movimento da cabeça.

— Olha, fui contratado para buscar o carro em Budapeste. No meio do caminho aconteceu aquilo. Não tive e não tenho culpa de nada.

— Espera aí... Budapeste?! Por que você decidiu fazer um caminho mais longo? — indagou o policial que segurava a chave. — Você não tinha motivo algum para passar por Zawiercie.

— É verdade... — ratificou o chefe, deixando Piotr em situação bastante desconfortável. — Como você explica essa rota tão estranha para chegar a Katowice?

— Já dei informações demais.

Mozdzierz e o subordinado se mantiveram congelados, olhando fixamente para o interrogado. Em silêncio informavam: "Desembucha logo, não vamos desistir."

— Antes de seguir para Katowice, passei em Czestochowa — contou Piotr.

Os interrogadores continuaram mudos, deixando Piotr encurralado.

— Não posso dizer, vou arrumar problema com minha mulher!

★ ★ ★

As informações percorreram um caminho sinuoso. Mozdzierz relatou o ocorrido em Katowice para a esposa durante o jantar, logo após as costumeiras orações das 18 horas. A mulher do chefe de polícia ligou para a senhora Slazak, com quem comandava um grupo de orações na igreja de são Nicolau. Alarmada, a senhora Slazak telefonou para Bogdan Lawniczak, padre octogenário aposentado que dera lugar a Marek no comando da paróquia e que tinha com ele uma forte desavença teológica. Lawniczak, por sua vez, sacou da gaveta o cartão com o telefone do jornalista Anatol Krakowski. O repórter deu voz aos desesperados católicos e apimentou a história do fim do mundo, na qual ele mesmo estava longe de acreditar.

Na manhã seguinte, antes das sete horas, a entrada e os arredores da igreja de são Nicolau estavam apinhados de fiéis. As ruas Jurajska e Karlinska, adjacentes ao templo, receberam uma enxurrada de católicos inquietos e alguns descrentes curiosos. Uma multidão só comparada àquela das manifestações na cidade em apoio ao Sindicato Solidariedade. Marek, que tomava café na sacristia, percebeu o crescente burburinho e foi investigar. Assustado, decidiu não abrir a porta da igreja e cancelou a missa matinal. Ligou para a polícia, que prometeu enviar uma viatura o quanto antes. Porém, antes disso, exemplares do jornal de Katowice circularam freneticamente entre os moradores de Zawiercie reunidos diante do templo. Alguns tiveram a confirmação da história relatada a eles pela senhora Slazak e pela senhora Mozdzierz, que se mantinham firmes, de braços dados, a um metro da entrada principal da igreja. Outros menos informados, mas igualmente perturbados com a história do Apocalipse, acrescentaram, com a reportagem, mais uma peça ao quebra-cabeça: o carro com a "placa da besta" pertencia ao mesmo homem que patrocinava os confessionários, o mesmo homem que lhes arruinara o exercício da fé.

— O anticristo! — exclamou um fiel, com as mãos espalmadas para o céu.

A expressão reverberou e, em poucos minutos, não havia mais dúvida na multidão: Alexander Volkov era o enviado do Diabo para o fim dos tempos. Um demônio de altura mediana, olhos verdes, cabelo ralo, um canino de ouro e barriga saliente.

Na reportagem de Krakowski, Volkov era descrito como um magnata de gosto refinado e exótico. Ele chegou a ter problemas com autoridades de Budapeste, sua primeira base após deixar a Rússia, ao reconstruir no quintal da sua mansão uma cena bíblica. A passagem de Daniel na cova dos leões foi reproduzida com felinos de verdade. Um domador de circo de Bucareste fora contratado para entreter a família e os convidados, mas os leões haviam entrado na Hungria ilegalmente. Mais tarde, descobriu-se que o responsável era um comerciante de animais selvagens baseado na Macedônia e que dizia ser descendente de Alexandre, o Grande. Com descontrolada mania de grandeza, recentemente o russo havia comprado um castelo na Transilvânia.

— Alguém tem ainda alguma dúvida? — bradou um homem empunhando um exemplar do jornal e outro da Bíblia aberto no Livro de Jó, mais precisamente na passagem em que ele descreve o Leviatã:

— "Ninguém é bastante ousado para provocá-lo; quem o resistiria face a face? Quem pôde afrontá-lo e sair com vida debaixo de toda a extensão do céu? Quem lhe abriu os dois batentes da goela, em que seus dentes fazem reinar o terror?" Está aqui, está aqui escrito no Livro Sagrado, senhores!

— Dentes de vampiro? — indagou uma fiel.

— Dentes da besta, minha senhora! Da besta! — respondeu o homem com a Bíblia. — Mas seremos os ousados e confrontaremos a besta! Convoco a todos a destruir a obra de Satã nesta igreja! É nossa salvação!

Nesse momento, a multidão se moveu em ondas. Alguns entenderam que era indício de que a invasão da igreja estava próxima e se agitaram. Mas, na verdade, o movimento era provocado por dois policiais, que abriam caminho vigorosamente entre os fiéis para chegar à porta principal do templo. Diante dela, ganharam a companhia do padre Marek.

— Padre, a cidade está em polvorosa. O senhor precisa fazer alguma coisa urgentemente — disse um dos policiais. — Não será fácil deter essa multidão por muito tempo.

— Peça reforços, não tenho o que fazer — ponderou o pároco. — Já disse para eles irem para casa, que essa história de Apocalipse por causa de uma simples placa de carro é uma grande bobagem... Mas não adiantou nada!

— Nosso chefe não acha que seja uma grande bobagem. A esposa dele faz parte desse rebanho de descontentes. Está bem ali.

— Eu a conheço muito bem, não se preocupe. Só peço que vocês honrem seu dever e protejam esta igreja.

— Faremos o possível, padre. Mas todos temos nossos deveres. Podemos tentar controlar os corpos, mas quem vai controlar os espíritos deles?

Apesar da friagem típica das manhãs outonais, os raios de sol castigavam os fiéis reunidos nas cercanias da igreja. As horas se passaram e poucas pessoas desistiram da vigília. Pelo contrário, o coro só engrossava. Alguns chegaram a erguer barracas de camping, e as refeições chegavam com espantosa regularidade. Coordenadas pelas senhoras Slazak e Mozdzierz, as famílias se revezavam no fornecimento de alimentos. Rezas e cânticos eram entoados a cada hora cheia. Ao meio-dia, um cortejo fúnebre avançou pelo cemitério, localizado nos fundos da igreja.

— Quem será? — perguntou a mulher do chefe de polícia, refrescando-se com um abanador, ao ouvir o sino do cemitério anunciando o cortejo.

— Não sei — respondeu a senhora Slazak. — Só me pergunto se é sorte ou azar morrer às vésperas do fim do mundo.

— Não fale assim! Estamos aqui para evitar o pior. Estamos aqui orando pela misericórdia de Deus!

— E se for tudo em vão?

— E daí?

— Você está preparada para se apresentar diante de Deus no Juízo Final?

Com os ombros para trás, a senhora Mozdzierz não titubeou:

— Sou uma boa cristã, pratico a caridade, sou justa, amo o próximo, não cobiço... Não tenho medo! Não tenho por que escolher uma hora!

— Mas está reclamando que não se confessa há mais de uma semana... Está agoniada, é visível. Que pecados são esses que a estão deixando nervosa?

A senhora Mozdzierz se abanou mais depressa e custou a se expressar:

— São... são pecados... pecados... você sabe, pecados. Todos cometemos. Eu, você, o padre, o papa... todos! Pecados, ora. Todos confessáveis. Sem pecados, só Jesus! Não é mesmo? Não estou nervosa!

— Amém.

Uma hora depois, começou a circular na multidão uma informação inquietante: uma massa de ar quente estava estacionada sobre o sul da Polônia, o que deixaria os dias seguintes mais abafados em Zawiercie e arredores. Alguns viram nisso um aspecto positivo, apesar do desconforto climático: tratava-se de uma provação divina, pela qual todos deveriam passar e sair incólumes. E houve quem preferisse conjeturar em outra direção.

— Estamos a caminho do inverno e o que acontece aqui? Um dia quente, fervilhante! — bradou um homem de muletas. — Éramos para estar cobertos de casacos, não era? Mas o que está acontecendo? Despojamo-nos dos casacos! O outono se transformou em verão, irmãos! Essa história de massa de ar quente é apenas um disfarce. Moro aqui há 62 anos e nunca ouvi falarem nisso! Não se enganem, é mais um sinal! Quem conhece mesmo a Bíblia sabe do que estou falando.

Atenta à pregação do deficiente, a esposa do chefe de polícia parou de se abanar por um instante e se voltou para a senhora Slazak, que saboreava um sanduíche de presunto.

— Luxúria — disse ela.

— O quê? — indagou a companheira de vigília.

— Luxúria. Acho que tudo isso tem a ver com luxúria.

— Mas por quê?

— Não contei ontem, mas o tal motorista do carro que pegou fogo na estrada saiu do caminho.

— Como assim, saiu do caminho?

— Nos dois sentidos. Em vez de ir direto a Katowice, ele resolveu dirigir um pouco mais e passar em Czestochowa. Sabe por quê? Simples, nossa desgraça é simples! O motorista tem uma amante lá! Meu marido desconfia que ele tenha até um filho bastardo.

— Nossa mãe!

— Só ainda não sei por que Deus resolveu puni-lo quando passava por Zawiercie. Por que não destruiu Czestochowa, como fez com Sodoma e Gomorra, e nos poupou desta agonia? Tudo estaria resolvido!

— Seremos também um antro de luxúria?

— Deus nos livre! Não acho que a resposta seja tão óbvia assim. Nosso Senhor adora entrelinhas... A Bíblia está cheia delas.

— Verdade.

— Você não acha que a luxúria é o pecado original?

Incendiadas por um temor capaz de varar músculos e ossos numa fração de segundo, as duas beatas largaram o abanador e o sanduíche de presunto, deram as mãos, ajoelharam-se e começaram a rezar com bastante fervor. Não era uma hora cheia, mas a oração foi contagiante e rapidamente se disseminou pela multidão, com seus diversos pecados nada originais.

★ ★ ★

Quando a noite caiu, um dos policiais que guardavam a entrada da igreja de são Nicolau recebeu um telefonema do chefe de polícia. Apressadamente, ele e o outro agente se precipitaram pelo mar de fiéis e entraram na viatura. Sirene ligada, pneus cantando. Tamanha urgência deixou a multidão ainda mais agitada. Sentindo-se abandonado, Marek temeu o pior.

Os dois policiais estacionaram em frente a um hotel, onde já estava parada a viatura do chefe e alguns curiosos eram isolados por uma fita amarela. No chão do quarto 6, estava estirado o corpo de um homem, com três perfurações a bala no peito. Tratava-se de Anatol Krakowski, o repórter que viera de Katowice noticiar o "fim do mundo" a ser inaugurado em Zawiercie. Fuzilado à queima-roupa.

Num canto do quarto, Mozdzierz vasculhava uma mochila quando seus homens chegaram. Tirou roupas, um carregador para celular e uma Bíblia. Não escondeu o desapontamento.

— Nada aqui — disse o chefe aos agentes boquiabertos. Crimes como aquele não eram comuns na cidade. — E o sujeito da recepção disse não ter visto ninguém estranho entrar no hotel. O cara entrou sem que ninguém notasse, fuzilou o repórter com uma 42 e desapareceu como uma sombra — completou ele, benzendo-se em seguida.

— Chefe, reparou no número do quarto? — indagou um dos policiais, examinando o corredor do hotel.

— Sim, mas fique tranquilo. O recepcionista me disse que tinha sido um pedido do próprio jornalista, já que o quarto 6 estava vago.

— Que coisa macabra! Quem brinca com fogo...

— Ele escreveu na reportagem de hoje que foi uma sinistra coincidência. Não foi. E eu me sinto aliviado por isso. Bem, um pouco.

— E essa Bíblia que estava na mochila?

O chefe, imediatamente, folheou o livro em busca de alguma pista, um versículo marcado com lumicolor, um pedaço de papel abrigado entre duas folhas.

— Parece ser apenas uma Bíblia, exatamente como a que temos em casa. Nada além disso.

— Que pena. O que faremos agora?

— Vamos esperar o perito. Está vindo de Katowice.

A notícia do assassinato não tardou em se espalhar pela cidade. E, obviamente, o impacto maior se deu sobre a multidão que cercava com uma barricada compacta de carne, ossos e temor a igreja de são Nicolau. O estrago foi como o de uma bomba de precisão. A ferro e fogo, os fiéis forjaram uma verdade que lhes parecia medonha: "O Diabo entrou sem ser notado, destrancou a porta do quarto do repórter, tentou negociar sua alma, mas, rechaçado veementemente, acabou com a vida do rapaz."

— O Diabo matou nosso porta-voz cristão, nosso baluarte... — murmurou um agricultor que viera da vizinha Myszkow para acampar em frente à igreja de são Nicolau.

— Meu Deus, está começando o fim! A Grande Tribulação! — gritou aos prantos uma jovem mulher, ao tomar conhecimento da morte do jornalista.

— Fiquem de olho no céu! Um cometa deve surgir a qualquer momento! — bradou um idoso se agarrando ao crucifixo de prata que pendia do pescoço.

A massa começou a se mover lentamente na direção da porta principal do templo. Pareciam zumbis levados por uma sede irremediável. Pareciam andar em círculos. Uma procissão arrastada, pesada, atônita, concêntrica, catatônica. Mas implacável.

— Irmãos, ainda dá tempo! Ainda podemos nos salvar diante de Jesus! Não ouvimos as trombetas! Vamos agir antes que elas soem! Vamos destruir a obra de Satanás! — esgoelou-se o idoso.

As palavras do homem tiveram efeito imediato e avassalador, e a massa ganhou mais robustez, energia e pressa no terreno levemente íngreme. Como um estouro de boiada, alguns fiéis se libertaram da multidão e alcançaram a entrada da igreja. Três homens rechonchudos, incluindo o motorista do caminhão de reboque, começaram a forçar a porta de madeira, mais antiga que os seus antepassados conhecidos. Dentro do templo nervosamente silencioso, padre Marek pôs a batina, ajoelhou-se diante do altar e se pôs a orar. Não havia mais o que fazer.

Em poucos minutos, os três fiéis corpulentos foram engolidos pela massa, que não encontrou dificuldade para arrombar a porta da igreja. Uns se benzeram ao entrar, outros ignoraram o rito, exibindo uma ferocidade a toda prova. Como cruzados entorpecidos, marcharam na direção dos confessionários. O padre se manteve de costas, emendando uma oração a outra, enquanto os paroquianos destruíam os locais onde deveriam revelar seus pecados. As faixas com a propaganda das casas de apostas de Volkov foram arrancadas e queimadas, como bandeiras de um inimigo sobrepujado. Diante do fogo, na pele de bárbaros dantescos, os católicos de Zawiercie celebravam a destruição do seu próprio templo, que julgavam profanado pelo capital satânico. Estavam saciados e preparados para o Juízo Final.

★ ★ ★

No início da madrugada, os últimos fiéis que permaneciam na entrada da igreja à espera das trombetas do Juízo Final resolveram, finalmente, tomar o rumo de casa. Bocejos, olheiras e cheiro de fumaça nas roupas. Os arredores do templo eram uma terra arrasada: sujeira por todos os lados, pequenas árvores derrubadas, grama duramente castigada por pés atordoados. Marek se sentou à soleira da entrada principal e observou o cenário desolador. Não pôde conter as lágrimas, que conseguira evitar mesmo diante das terríveis mazelas testemunhadas durante o período missionário em Serra Leoa e na Libéria. Exausto, procurava silenciosamente uma resposta para aquilo tudo quando avistou algo que lhe chamou a atenção. Deu alguns passou e retirou um exemplar da Bíblia do meio dos destroços da batalha campal de um exército só. Abriu o livro aleatoriamente. Leu o primeiro versículo que seus olhos avistaram: "Eis que estou à porta e bato. Se alguém ouvir a minha voz e abrir a porta, entrarei e cearei com ele, e ele comigo." Apocalipse 3:20. Resignou-se imediatamente e decidiu voltar para dentro da igreja. Quando atravessava a porta arrombada, Marek ouviu a sirene de um caminhão do corpo de bombeiros se aproximando. O veículo estacionou na rua Jurajska e bombeiros desceram com surpreendente agilidade. O padre se virou e, de longe, acenou para eles.

— Para que tanta pressa, meus filhos? Está tudo bem, acabou! Não há mais nada a ser feito. Podem retornar. Vão na paz de Deus! — disse o sacerdote, tentando conter o sarcasmo que lhe assaltava brutalmente a goela.

Marek se virou e, sem cerimônia, entrou na igreja. Deixou a porta escancarada.

★★★

Era mais uma manhã como todas as outras em Zawiercie, à exceção do calor fora de época e da quietude em torno da igreja de são Nicolau. Uma cena bem comum: passarinhos nas copas das árvores e as badaladas do sino convocando a comunidade para a missa matinal. Lá estava Marek no altar, celebrando a eucaristia apenas para as almas que, no seu subconsciente, havia convocado. Sentiu assustadora autocompaixão. Numa centelha de vaidade, imaginou o templo cheio de fiéis arrependidos dos seus pecados noturnos. Mas nem um cachorro vira-lata se dignou a aproveitar a entrada totalmente devassada e se deliciar com um pouco de sombra na casa do Senhor. De fiéis, apenas o coroinha, com sua veste impecável, e a prima do padre, que tocava órgão. Aparentemente, os três únicos imunes à sanha apocalíptica que se apoderara da paróquia.

Ao concluir a missa, Marek pegou o carro e foi visitar enfermos num hospital da cidade. Era uma boa forma de, no cumprimento da missão de conforto espiritual, fugir dos repórteres que certamente viriam tentar entrevistá-lo. O padre acenou para alguns médicos e enfermeiros, distribuiu bênçãos a sãos e enfermos e se sentou ao lado de um leito, onde estava um paciente que sofria de câncer terminal. Com as mãos trementes, o idoso folheava o jornal de Zawiercie, cuja manchete destacava uma noite de horror: o assassinato do repórter de Katowice e o ataque à igreja de são Nicolau.

Por causa de um tumor na laringe, o doente não conseguia falar. Assim, apontou para as letras garrafais da primeira página, a fim de chamar a atenção de Marek, que iniciava uma oração.

— Foi uma noite difícil. Estou sem dormir — disse o visitante, interrompendo a prece e segurando o periódico que estampava uma foto de um confessionário destruído. — Mas graças a Deus está tudo bem. A casa do Senhor está a salvo.

O paciente se virou para uma mesa de cabeceira e pegou uma caneta e um bloco já bastante rabiscado. Escreveu, com letras trôpegas: "Minha esposa estava lá ontem. Tentei convencê-la a não ir, mas não adiantou. Peço perdão por ela."

Marek esboçava um sorriso de absolvição quando foi interrompido por uma chamada no celular. Era o coroinha, sobressaltado:

— Padre, prenderam o homem que matou o repórter!
— Tem certeza?
— Absoluta.
— E quem é esse homem?
— Não sei. Estão com ele na delegacia.

Marek benzeu rapidamente o paciente canceroso e saiu do quarto. No corredor, foi abordado por uma enfermeira. Tentou se desvencilhar dela, mas não deu. Transbordando inquietação, a jovem mulher relatou:

— Preciso lhe contar uma coisa, padre Marek: três pacientes deram entrada no hospital no fim da madrugada. Foram pisoteados na igreja. O estado de um deles é gravíssimo.

— Santo Deus! A polícia foi notificada?
— Não, as famílias não quiseram.
— Não quiseram?! E daí? A polícia precisava ser avisada!
— Não era o meu turno, e eu...

— Esqueça, estou indo à delegacia agora. Comunicarei o fato pessoalmente. Mais tarde retorno ao hospital.

O trajeto não demorou mais do que cinco minutos. Ao chegar à delegacia, Marek encontrou o chefe de polícia fumando nervosamente. A visão do padre fez Mozdzierz apagar o Pall Mall imediatamente.

— Estou parando, padre. Parando mesmo.

— Não importa, não importa. Afinal, o que aconteceu?

— Vamos para minha sala, por favor.

Mozdzierz trancou a porta e ofereceu ao padre água e café, ambos rejeitados. Os dois se sentaram frente a frente.

— O demônio...

— Pelo amor de Deus, vamos parar com essa história de demônio, Diabo, número da besta... Já não basta o que aconteceu ontem, comissário? O senhor sabia que há três pessoas feridas no hospital? Três pessoas pisoteadas por causa de uma estupidez, de uma insensatez. Uma delas está entre a vida e a morte.

— O padre tem certeza do que está falando?

— Sim, acabei de vir de lá.

— Jesus! E ninguém notifica a polícia? Que falta de respeito!

Mozdzierz pegou o telefone e ordenou que um dos seus policiais fosse imediatamente ao hospital. Desligou reclamando que as autoridades estavam cada vez mais ignoradas no país, que vivia uma crise institucional e que...

— Por favor, comissário, continue a história. Não percamos o foco.

— Ah, sim. Eu falava do... do assassino. O senhor acredita que ele estava o tempo todo ao nosso lado?

— Então ele é aqui da cidade?

— Não, de Katowice. Mas quando disse que ele estava o tempo todo ao nosso lado eu me refiro ao hotel. O assassino estava hospedado no quarto 8, ao lado do quarto do repórter. Ele o matou, voltou ao seu quarto e depois se juntou aos hóspedes que foram ao corredor ver o que tinha acontecido. Ficou misturado. Conversamos com ele e não notamos nada estranho.

— Imagino. O mais natural era acreditar que um ser misterioso, talvez escondendo chifres e rabo sob a roupa, tinha entrado no hotel sem ser visto e desaparecido após o crime. Como poeira ao vento, não é mesmo?

— O senhor há de convir que havia indícios de que o...

— Indícios de quê? Indícios de que o fim dos tempos se aproximava?

— Bem...

— Pois foi essa a versão oficial que chegou aos fiéis que cercavam a igreja. O Diabo sacou uma 42 e matou à queima-roupa um jornalista que estava do lado da verdade divina! Um forasteiro que ousava pressionar o padre para tentar salvar os irmãos de Zawiercie. O Diabo, o ardiloso Belzebu, matou um cristão que usava a palavra para esclarecer o povo sobre a catástrofe que estava por vir! Mozdzierz, esse repórter não era cristão... Ele era judeu! O que, para mim, não faz a menor diferença. Que Deus o tenha! Mas ele não era cristão! Conheço bem o sobrenome. Não há nada de cristão nele. E, provavelmente, ele tenha ficado rindo de todos vocês enquanto escrevia as reportagens naquele quarto de hotel.

O assassino do jornalista foi identificado como Roman Gniewek, um contador de 45 anos, casado e com três filhos. O hóspede com pólvora nos dedos deixou o hotel bem cedo e foi embora num carro alugado. Ao parar para abastecer num posto de gasolina na estrada que vai a Katowice, Roman deixou o revólver à mostra no banco traseiro do sedã. Um funcionário do posto alertou a polícia. O contador foi preso quando parou para tomar café em Sosnowiec. Sob pressão, não demorou para confessar o crime. Passional.

Roman havia descoberto que a esposa estava tendo um caso com Anatol. Os encontros num apartamento mobiliado apenas com uma cama e alugado pelo repórter na periferia de Katowice estavam ficando cada vez mais frequentes, segundo o relatório de um detetive particular especializado em infidelidade conjugal. O contador passou a ser assombrado pela desconfiança de que o terceiro filho não fosse seu. Em segredo, fez o teste de DNA. A criança não era dele. Estava disposto a enterrar o resultado e assumir a paternidade. Para isso, precisava proporcionar outro enterro e seguiu até Zawiercie. Raspou a cabeça, pôs bigode postiço e comprou uma arma de uma quadrilha de romenos que operava em quase toda a província de Slaskie. À noite, tomou coragem e bateu à porta do quarto 6. Discutindo ao telefone, Anatol não se preocupou em observar pelo olho mágico. O repórter abriu a porta de peito aberto. Era o vizinho do 8, um velho conhecido. O contador não disse nada, apenas disparou três vezes em honra dos três filhos. A sua, Roman acreditava que já estivesse perdida. Não conseguiria abandonar a esposa. Luxúria e resignação.

★ ★ ★

Uma semana depois, restauradores italianos contratados por Volkov começaram o trabalho de recuperação dos confessionários destruídos. As faixas com a propaganda das casas de apostas do magnata russo voltariam ao seu lugar de origem, conforme o acordo celebrado entre o padre e o empresário. Por decisão de Marek, um dos confessionários seria deixado intacto, em ruínas, para fazer os fiéis refletirem todos os dias sobre o que havia acontecido no templo. No mesmo dia, uma das pessoas pisoteadas na invasão da igreja morreu. O desfecho foi um duro golpe para as centenas de pessoas que se amontoavam em vigília na entrada do hospital.

Aos poucos, envergonhados, os paroquianos foram retornando à igreja de são Nicolau. O calor fora de hora já havia partido e as missas voltaram a ser uma celebração genuinamente coletiva. Em algumas semanas, não havia mais lugar vago no interior do templo. Para exorcizar o venenoso sentimento de culpa, fiéis se espalhavam pelos arredores da construção secular. Com o dinheiro das generosas ofertas, Marek incrementou o sistema de som, para alcançar as ovelhas mais distantes. Seus sermões adquiriram uma grandiloquência nunca vista. Estava radiante, parecia um noviço.

E tudo ficou ainda maior quando um fiel, sem querer, observou, após comungar, uma familiar figura na madeira destruída do confessionário deixado intacto pelos restauradores.

— Deus seja louvado! — exclamou ele, com os olhos marejados.

O homem, dono de uma mercearia na vizinhança, não tinha dúvida: era a imagem do rosto de Jesus Cristo, com direito a coroa de espinhos.

Outros vieram ver a descoberta e o contágio sensorial foi instantâneo. Uma sequência de fiéis ajoelhados diante da madeira danificada, celebrando o que acreditavam ser a mais nítida aparição de Jesus em toda a Polônia.

O incidente de fé acabou nas páginas dos jornais do país e da Europa e percorreu o mundo pela internet. Em uníssono, os fiéis agradeciam a intercessão de Karol Wojtyla para que Deus lhes desse uma segunda chance. A imagem de Jesus brotada na madeira secular era a prova de que o futuro lhes dera a outra face. O pecado fora perdoado diretamente por quem mais interessava.

A igreja de são Nicolau, na pequena Zawiercie, acabou virando um santuário de peregrinação católica. Veio gente de Katowice, Varsóvia, Cracóvia. Veio gente de Portugal, Espanha, França. Veio gente de El Salvador, México, Brasil. Até da China veio gente. O comércio local foi revigorado. Dois hotéis começaram a ser construídos e empreiteiros russos cogitavam erguer um shopping center.

Marek sabia que, teologicamente, não havia muita diferença entre aquele arremedo de Apocalipse e o rosto de Jesus na madeira. Mas a comunidade estava em festa, como há muito tempo não se via. Por que estragar tudo e dizer que aquilo não passava de uma nova grande bobagem, infeliz resultado de uma fé delirante, capenga e distorcida? Não, não havia necessidade.

Volkov, o financiador da paróquia, também agradecia à multidão ordeira que mantinha a igreja aberta praticamente por 24 horas. Os dividendos eram nítidos. Generosamente, mandou instalar um novo sistema de calefação e ar-condicionado, sem contrapartida publicitária. Marek fez questão de agradecer-lhe durante um sermão. O magnata passou a assistir às missas com mais frequência, instalado num banco vip, ao lado de altos membros do clero que tiveram de incluir Zawiercie na sua disputada agenda eclesial.

Ao cabo de seis meses de árduo trabalho, os confessionários patrocinados foram reinaugurados com pompa. Volkov contratou um famoso coral de crianças de Varsóvia e enfeitou a igreja com tulipas holandesas. A cidade parou para o evento. Penitentes circulavam por toda parte. Orgulhoso do seu ministério, padre Marek escolheu um dos três confessionários reformados e começou a atender a enorme fila de fiéis. A primeira foi a senhora Mozdzierz, esposa do chefe de polícia, que estava logo atrás dela, exibindo farda e sorriso impecáveis.

— Padre, eu pequei. Pequei, pequei, pequei! Eu me encontrei novamente com o açougueiro. Passamos a tarde juntos e fornicamos.

Luxúria. Ela tinha razão.

A SEGUNDA VEZ

> *"Primeiro vem o estômago,*
> *depois a moral."*
> Bertolt Brecht

O teto com pequenas e escuras manchas de mofo não era familiar. A cortina xadrez balançada pelo vento que atravessava a janela de madeira também não. Tampouco a cama de molas barulhenta que dera sinal de vida quando Darja se virou e percebeu que não estava sozinha naquele quarto. A primeira reação veio acompanhada de um grande susto. Darja se projetou para trás e caiu da cama. Sentada no chão, observou o corpo do homem nu que dormia de costas para ela e roncava suavemente, imune a qualquer ruído. Levantou-se, igualmente nua, rodeou a cama e parou diante do homem de traços finos e cabelo moicano. Teve grande dificuldade de acessar na memória o arquivo que poderia identificá-lo. Foi até a janela entreaberta, no segundo andar de uma casa no meio do que parecia ser uma propriedade rural. Viu vacas, porcos e galinhas; centelhas de sol surgiam no horizonte — peças sem serventia ao quebra-cabeça que tentava montar. O choro começava a dar o ar da graça quando Darja observou que havia três garrafas de vinho sobre uma mesa no quarto. Vazias. Foram elas que lhe abasteceram o cérebro com doses violentas de realidade. E, pouco depois, as lembranças distorcidas pelo vidro inundaram os olhos verdes de Darja com o afeto de lágrimas doloridas e desesperadas. A visão de uma pequena mancha de sangue no lençol branco fez precipitar a tempestade salgada. Estava consumado.

★ ★ ★

Quase três semanas antes, Darja havia decidido engolir o choro e dar uma guinada radical na vida. De folga do trabalho e sentada sozinha na sala do apartamento de um quarto que dividia com a mãe num bairro mais humilde da bela Ljubljana, a eslovena de 19 anos teve uma ideia que, a princípio, deixou-a perturbada e com medo de si mesma. Esse mesmo temor, entretanto, passou a ser seu combustível. Darja foi até o quarto e parou diante de um espelho que tinha altura suficiente para que ela observasse todo o corpo. Tirou os chinelos, livrou-se do vestido floral curto, sacou a calcinha. Já estava sem sutiã. Nua, explorou com os olhos cada detalhe que a exuberância da juventude proporcionava à sua atraente forma física.

— Tenho um corpo bonito. Tenho, sim... — murmurou.

Darja, então, deslizou suavemente as mãos dos seios até as coxas, acostumando-se um pouco mais com a ideia que esboçava com ousadia utópica para alguém que recebera uma criação tão rígida.

— Minha pele é tão macia. Tão macia... — sussurrou.

As mãos subiram o bastante para os polegares tocarem os pelos pubianos. Dentes pressionavam o lábio inferior, ainda com alguns vestígios de batom violeta; a boca produzia mais saliva que o habitual; os mamilos eriçados monopolizavam o olhar; seios intumescidos; pernas agitadas.

— Que homem não iria querer me tocar? — balbuciou.

Quando cerrou docemente os olhos e aumentou a pressão na virilha, Darja foi arrancada do devaneio tátil pelo barulho de uma chave abrindo a porta do apartamento. Rapidamente, a jovem recobrou a serenidade dos sentidos, empurrou a calcinha para debaixo da cama e pôs o vestido. Foi até a sala, onde encontrou a mãe sentada no sofá, com os cotovelos pressionando os joelhos e as mãos apoiando a cabeça. O olhar perdido no sinteco desgastado denunciava que algo não estava bem.

— O que houve, mãe? — perguntou Darja.

Brina ficou muda e não moveu um músculo. Apreensiva, a filha se sentou ao lado dela.

— Mãe, pelo amor de Deus, o que houve?

Uma lágrima foi tudo o que a mulher pôde oferecer. A filha a confortou, afagando seus cabelos levemente grisalhos. Ao cabo de alguns minutos, Brina finalmente disse:

— Que vida de merda! Que vida de merda! A gente não merecia passar por isso, não merecia. Está muito difícil desde que seu pai morreu. Ele não deixou nada, nem uma porcaria qualquer para a gente empenhar.

— Não fala assim, mãe. Afinal, o que aconteceu? A senhora saiu cedo e passou toda a manhã na rua. Onde a senhora esteve? Enfim foi ao médico?

— Médico?! E eu lá estou preocupada com médico?

— Mas...

— Darja, o senhorio está ameaçando nos despejar! Você tem ideia de quantos meses estamos devendo de aluguel?

— Cinco?

— Sete! Sete meses. O senhorio estava até sendo paciente. E olha que esse homem não é de dar moleza para ninguém! Eu agradecia a Deus... Nossos vizinhos da direita foram embora com três meses de atraso. Lembra? Não teve perdão. Não sei se a gente conseguiu amolecer aquele coração de pedra. Mas hoje ele perdeu a calma e me deu mais uma semana para pagar pelo menos um mês. Ou rua!

— Aquele homem é asqueroso!

— Repugnante. Mas estamos nas mãos dele.

— Estamos perdidas. O que estou ganhando no supermercado mal dá para a gente comer e pagar as contas de luz e gás. Faz tempo que não compro uma roupa! O que a gente vai fazer?

— Não sei.

Brina se levantou, deu três passos e, desolada, encostou a cabeça na parede com pintura envelhecida.

— Acordei cedo para correr atrás de emprego — disse ela, com a voz carregada de agonia. — Fiquei sabendo por uma amiga que um restaurante perto do castelo estava com vagas abertas. Fiquei umas duas horas na fila. Quando chegou minha vez me disseram que só estavam contratando garçonetes jovens. Disseram que os clientes têm resistência a garçonetes mais velhas e blá-blá-blá...

— Mas o trabalho de garçonete não é servir à mesa? Faz diferença ser mais nova ou mais velha? Não basta ter vontade de trabalhar e fazer o trabalho bem-feito?

— Teoricamente, sim.

— Como assim, teoricamente? O trabalho é mesmo de garçonete, mãe?

Desconfortável com a situação, Brina voltou a se sentar no pequeno e velho sofá de dois lugares. Custou a dizer:

— Sim... Quer dizer, as meninas trabalham como garçonete lá, mas não sei se essa é a única atividade delas no restaurante. Entende?

— Sério? Então elas...

— Não estou afirmando nada. Só suspeito. Algumas meninas na fila usavam saias que mal escondiam a bunda. Outras meninas tinham decotes que deixavam muito pouco para a imaginação. Uma vergonha, sabe? Meninas tão novas... E tão vulgares! Ainda acredito na moralidade. Quando tinha a idade delas era tudo diferente.

— Mãe, o mundo está mudando.

— Mas Ljubljana está mudando demais! Acho que está mais acelerada que o resto do mundo. Não estou preparada para essas novidades.

Brina ficou de pé, moveu o pescoço para a direita e para a esquerda, puxou ar dos pulmões e se dirigiu à cozinha.

— Vou preparar omelete de ervilha. É o que tem. Quer?

O "sim" de Darja foi apenas uma reação automática, sem empregar muitos neurônios. Ela não tinha fome; o estômago podia esperar. Ainda pensava na mãe na fila de candidatas ao emprego no restaurante, nas concorrentes exibindo seus dotes físicos, competindo com suas armas mais curvilíneas e voluptuosas. Ao som da mãe batendo a mistura de ovos e ervilhas numa tigela de vidro, Darja reforçou a certeza de que iria em frente com seu plano. O medo de desapontar a mãe era enorme, mas ela estava decidida a livrar as duas da penúria. A todo custo.

★ ★ ★

Após o modesto almoço, Brina desabou de sono no sofá da sala e Darja se trancou no quarto. Internet era o único luxo barato que ela ainda não havia cortado. Os dedos, indecisos, vagavam pelo teclado do laptop, sem estacionar em nenhuma letra. O coração, apertado, estava longe de registrar o ritmo normal. A cabeça, pressionada, lutava para exorcizar o sentimento de culpa que cada vez mais ganhava corpo. Não podia prosseguir daquele jeito, pois acabaria dando à luz uma criatura invencível. Estalou os dedos finos e, com uma frágil determinação, foi direto ao ponto: entrou num site de leilões hospedado na Alemanha e anunciou o que acreditava ser seu maior bem: a virgindade.

Ofereço a oportunidade única de participar da primeira vez de uma jovem e bela mulher de 19 anos. Moro em Ljubljana, Eslovênia, tenho 1,72m de altura, 58 quilos, olhos verdes e cabelo castanho até os ombros, coxas torneadas, cintura fina. Tenho rosto bonito, pode acreditar. Veja as minhas fotos e não perca a chance de dar seu lance! Só serão aceitos participantes do sexo masculino, de qualquer nacionalidade. O vencedor passará uma noite comigo num local fora da cidade, à minha escolha, com todos os custos pagos por ele. Enviarei foto do meu rosto antes do encontro. Faremos apenas sexo vaginal, com preservativo. Violência e escatologia estão descartadas. Fotos e vídeos durante o ato serão proibidos. Às nove horas do dia seguinte termina o nosso contrato. Não tomaremos café da manhã juntos. Garanto e exijo sigilo.

No anúncio, Darja postou duas fotos em que aparecia usando comportado biquíni vermelho: uma de frente e outra de costas. Escondeu o rosto, aplicando um filtro quadriculado sobre as imagens. Identificou-se aos interessados como Pearl e determinou o lance mínimo em 50 mil dólares. O leilão acabaria em duas semanas.

Um dia depois, Ljubljana não falava em outra coisa: "Quem será aquela menina que está leiloando a virgindade?" No supermercado onde Darja trabalhava, colegas não pouparam adjetivos depreciativos e muitos duvidaram que Pearl realmente estivesse intacta. Citada indiretamente, Darja foi tomada pelo impulso de se defender ferozmente, mas a duras penas conseguiu manter o equilíbrio.

— Gente, deixem a menina em paz. Ninguém tem nada com a vida dela — repetia ela, sempre que o assunto vinha à tona durante o expediente. E não foram poucas vezes.

— Dezenove anos e virgem?! Ah, duvido! Isso não existe mais. Duvido que exista aqui no supermercado alguma virgem — falou uma caixa quando almoçava com Darja e outras três funcionárias. — Sabe aquela ruiva que começou a trabalhar semana passada? Aquela com cara de anjinho... Tem 18 anos e já trepou com o gerente!

— Sério? Ele não é casado? — indagou Darja.

— E daí? — respondeu a colega. — E tem mais: o gerente contou para os meninos que a ruiva faz muita mulher de vinte e poucos anos parecer santa.

— Nossa! Uma ninfomaníaca entre nós! Demitida sei que ela não vai ser tão cedo! — comentou outra mulher à mesa. — A safada escolheu bem.

Ao chegar em casa, Darja teve a confirmação de que a misteriosa Pearl era o tema mais comentado da cidade. Sentada no sofá, a mãe abaixou o volume da televisão e disse, quando a filha tirava o uniforme no quarto:

— Darja, você ficou sabendo dessa história da menina que está leiloando a virgindade?

— Eu soube, mãe. Mas será que aquilo é sério mesmo?

— Não duvido nada! Virgindade hoje em dia é artigo de luxo. É caviar de beluga! Não me estranha pagarem tanto dinheiro. A menina pediu 50 mil dólares! Vai aparecer louco para pagar, você vai ver.

— Não sei, não... É muito dinheiro.

— É muito dinheiro para a gente! Para outros, isso é gorjeta.

Darja baixou os olhos. A mãe prosseguiu:

— Ljubljana não é tão grande. Vai ver que a gente já cruzou com essa vagabunda pela cidade. Difícil saber... Vi as fotos dela no jornal, mas não tenho a menor ideia. Parece uma menina comum. Não acha?

— É, bem comum. Acho que nunca saberemos quem ela é.

— Só sei de uma coisa: não é nenhuma daquelas vagabundas na fila no restaurante. Essa meretriz do leilão tem um pouco mais de classe. Um pouco, mas tem.

As palavras da mãe doeram fortemente em Darja, mas ela estava decidida a ir até o fim. Depois pensaria em alguma história para justificar a bolada que surgiria na desértica conta bancária. Não seria nada fácil, mas Darja considerava essa parte a menos complicada da sua empreitada no mundo dos negócios vip.

As primeiras 48 horas de leilão foram mais frutíferas do que Brina poderia prever. O lance máximo chegou a 74 mil dólares. A história de Pearl repercutiu em outros países. Um jornal de Ljubljana chegou a fazer um concurso a fim de criar um rosto para a virgem cobiçada. A rádio de um grupo concorrente conseguiu pôr no ar uma entrevista ao vivo com Darja. Para evitar ser rastreada, ela falou de um telefone público nas proximidades do Park Tivoli.

— Estamos no ar com a jovem aqui de Ljubljana que está fazendo um leilão bem diferente. E põe diferente nisso! A cidade não fala em outra coisa. Boa noite, Pearl — disse um experiente locutor da emissora.

— Boa noite.

— Mas que boa-noite tímido! Pearl, juro que timidez era a última coisa que eu esperava de você!

— Mas sou uma moça tímida.

— E moças tímidas costumam leiloar a virgindade?

— É por necessidade.

— Necessidade?!

— Sim, estou passando por dificuldade financeira.

— Todos estamos. Uns mais, outros menos. E você acha, Pearl, que a melhor forma de superar a dificuldade financeira é dormindo com um estranho, um estranho que pague mais?

— Não digo que seja a melhor forma, mas...

— Uma ouvinte acabou de escrever no Twitter da rádio uma mensagem para você, Pearl. Ela se identifica como Alina_Christ. Diz ela: "Isso não é nada além de prostituição. Não há outro nome." Outra ouvinte, Cilka70, comentou, também no nosso Twitter, usando a *hashtag* likeavirgin: "Como essa cadela pode cobrar tanto? Pérola de ouro?" Temos ouvintes que mandaram mensagens bem agressivas, que prefiro não ler no ar.

— Agradeço.

— Nós é que agradecemos por você ter ligado para a rádio. Bem, mas não são apenas críticas. Uma internauta saiu em sua defesa, Pearl. Miley_Ljubljana escreveu no Twitter: "Ninguém tem que se meter. Cada uma escolhe como quer perder a virgindade. Pearl não é heroína nem vilã. É só uma mulher." Parece que temos uma ouvinte filósofa.

— Não entendo de filosofia. Sou apenas uma eslovena de 19 anos que deseja melhorar de vida e poder ter condições de estudar numa universidade.

— E o que você pretende estudar, Pearl?

— Ainda não sei. Gosto de dar aula. Mas ainda não sei de que seria.

— Então o sonho de Pearl é ser professora... Interessante! Certamente vai despertar a fantasia de muitos ouvintes. Gostaria de pedir a eles que escrevessem no Twitter sugestões: Pearl deve dar aula de quê?

Nesse momento, o locutor fez uma pausa brusca ao receber a informação da sua produtora de que havia um homem na linha telefônica com "informação preciosa" sobre o caso.

— Pearl, estamos na linha com um homem que diz que a conhece.

— Sério?

— Sim, ele diz que viu suas fotos e a reconheceu. Boa noite, Drago.

— Boa noite.

— Quer dizer então que você conhece essa jovem que atende pelo nome de Pearl e está leiloando na internet sua primeira noite?

— Sim, conheço.

— E qual é o nome verdadeiro dela?

— Prefiro não dizer. Só posso dizer que esse leilão é uma fraude. Essa menina não é mais virgem há muito tempo!

— Uau, que bomba! O que você tem a dizer, Pearl? Pearl...

Darja estava desnorteada, mas conseguiu reagir alguns segundos depois.

— Só posso dizer que existe realmente uma fraude: esse ouvinte.

— Você sabe quem está falando! Tenho certeza — rebateu Drago.

— Não sei. Não sei mesmo. Você só quer aparecer.

— Eu quero aparecer?! Eu?!

Enquanto Drago gargalhava, o locutor interveio.

— Bem, precisamos esclarecer a situação. Drago, você conhece Pearl de onde?

— Sabe por que ela não mostrou o rosto nas fotos? Porque tem cara de sonsa! Fui inspetor no colégio onde ela estudava. Um dia a flagrei na sala de reunião sozinha com um professor de matemática!

— Mas o que eles faziam, Drago?

— Essa sonsa estava sentada no colo do professor, com a calcinha arriada até os tornozelos. Ele também estava com a calça arriada.

— É mentira — protestou Darja. — Isso não passa de invenção desse idiota.

— Invenção é dizer que você ainda é virgem!

O locutor comentou:

— Mas a cena que você descreveu, Drago, não prova que Pearl tenha perdido a virgindade. Ela demonstra que Pearl teve alguma experiência sexual, mas não que ela tenha necessariamente deixado de ser virgem.

— Aí é que está! O professor veio falar comigo depois que dei o flagrante. Quis me dar dinheiro, mas não aceitei. E olha que eu estava passando por dificuldade financeira. Ele foi categórico: "Ninguém pode saber que eu tirei a virgindade dessa menina, pelo amor de Deus! Se isso vazar, estarei perdido..." Foram exatamente essas as palavras que ele usou.

— E você manteve o silêncio?

— Sim, não contei nada.

— A troco de quê?

— Ora, eu me coloquei no lugar dele! Carreira arruinada, casamento desfeito, briga pela guarda dos filhos... Tive compaixão.

— Ele deve ter ficado bastante grato... Pearl, o que você tem a dizer sobre isso?

Darja sorriu, com a consciência tranquila. A cena descrita por Drago não havia acontecido.

— Fantasia. Seu ouvinte está tendo uma fantasia comigo. E deve estar frustrado por não poder fazer um lance.

— Seus ouvintes têm razão: essa menina não passa de uma prostituta! Desde os tempos do colégio.

— Bem, preciso ir. Não vou ficar ouvindo idiotices. Tenho um documento que prova que sou virgem. O vencedor do leilão receberá uma cópia no momento do pagamento. Boa noite.

— Pearl... Pearl... Bem, infelizmente a misteriosa Pearl desapareceu. Nossa Cinderela de Ljubljana foi embora antes que sua carruagem virasse abóbora. Esperamos que ela nos ligue de novo uma noite dessas para contar quem foi o abastado príncipe vencedor desse leilão. Parece que Drago está fora do páreo, não é mesmo?

★ ★ ★

Se por um lado Darja se sentia aliviada com o fato de a memória a eximir de qualquer participação no episódio sexual relatado por Drago, por outro a eslovena sabia que a dúvida levantada por ele poderia comprometer seriamente o andamento do leilão. Precisava reagir e cumprir a garantia dada no ar. Mas como? Pensou, inicialmente, em falsificar algum documento que encontrasse na internet. Chegou a buscar e manipular algumas imagens, mas nada lhe pareceu razoável. Tudo soava muito amador. A história do suposto envolvimento com o professor de matemática acabou em sites e jornais. Os lances haviam congelado. Darja precisava mesmo de uma garantia verdadeira, para não pôr em risco na última hora todo o processo. E, mais do que tudo, precisava manter o leilão e os homens aquecidos.

A solução encontrada por Darja foi revelar a identidade de Pearl para a melhor amiga. Ljudmila ficou boquiaberta por alguns longos segundos, enquanto o olhar procurava um porto seguro, que surgiu no colarinho do chope à sua frente. Ljudmila engoliu o líquido amarelo de uma só vez, fechou os olhos e buscou ar no fundo dos pulmões. Os lábios úmidos pareciam selados, incomunicáveis.

— Pelo amor de Deus, diga alguma coisa! Minha hora de almoço não dura três horas! — exclamou Darja, certificando-se de que as mesas ao lado no restaurante estavam alheias à conversa.

— Desculpa, ainda estou digerindo essa coisa de... Jamais passou pela minha cabeça que a tal Pearl fosse minha melhor amiga. Jamais!

— Mas é. E não tenho tempo a perder. Preciso de um certificado de virgindade. Sabe ou não sabe onde posso conseguir um?

— Você é virgem mesmo?

— Sou.

— Mas e aquele seu namorado, o Karel? Vocês...

— Quase aconteceu, mas na hora H desisti.

— Porque já pensava no leilão?

— Não. Desisti porque desisti. Não quis. A história do leilão veio depois.

— Mas o Karel é lindo, as meninas são loucas por ele. Conheço várias que já foram para a cama com ele.

— Não fui. Ainda bem.

— Ainda bem?! Você vai trocar o Karel por um homem que não sabe nem quem é? E se ele for feio, barrigudo, fedorento?

— Não importa, é apenas um hímen. Um hímen que vai valer uma fortuna. Se eu tivesse transado com o Karel, perderia essa oportunidade. E a gente só tem uma na vida!

— Minha mãe já xingou a Pearl de tudo quanto é nome...

— Não posso fazer nada. Muitas mães, incluindo a minha, já me xingaram. Não tem volta. Você vai guardar segredo?

— Vou, fique tranquila. Não saberia como contar a ela sobre isso.

Com a desculpa de que passara mal, Darja faltou ao trabalho e, no início da manhã, embarcou num ônibus com Ljudmila com destino a Skofja Loka, uma pequena cidade vizinha com 12 mil moradores.

— Você tem certeza de que esse ginecologista alemão vai me dar o certificado? — indagou Darja.

— Vai, relaxa. É só a gente repetir a história que combinou. Ele não tem muitos escrúpulos, mas é melhor a gente se prevenir.

— Como você o conheceu?

Incomodada, Ljudmila tentou se esconder da pergunta na paisagem verde que preenchia a janela do ônibus. Não encontrou refúgio e descartou rodeios:

— Fiz um aborto com ele.

— Sério? Nunca me contou!

— Fala baixo...

— Desculpa. Quando foi isso?

— Engravidei logo na primeira vez.

— Com o Primoz?

— Claro. Minha primeira vez foi com ele, você está cansada de saber.

— Ele soube do aborto?

— Não, não contei que tinha engravidado. Uma amiga me indicou o doutor Günther e fui sozinha.

— Teve medo?

— Muito.

— Eu também teria. Você se arrepende?

Ljudmila não respondeu e as duas ficaram em silêncio até o fim da viagem.

★ ★ ★

O consultório do doutor Günther ficava num sobrado bem-conservado do século 19, no centro de Skofja Loka. Na recepção, estavam a secretária e quatro pacientes. Todas bem jovens.

— Só tenha paciência — disse Ljudmila. — A secretária me garantiu que ele vai nos atender antes do almoço.

As horas se arrastaram. Tempo suficiente para sucumbir ao sono no sofá de couro da sala de espera e ter um breve pesadelo: sua virgindade tirada por um homem bonito que se transformava num monstro pavoroso de enormes tentáculos. O peso na consciência também arrastava enorme corrente. Acordou ofegante.

Enfim, já recuperada do susto, Darja foi chamada ao consultório. Vacilante, entrou acompanhada da amiga.

— Boa tarde, doutor. Não sei se o senhor se lembra de mim — comentou Ljudmila, apertando a mão direita do médico.

— Vagamente. Faz uns dois anos?

— Sim, uns dois anos e pouco. Como o senhor está?

— Muito bem, e você?

— Ótima. Bem, eu trouxe uma amiga. Foi ela quem veio se consultar.

Darja, que exibia uma aliança de noivado emprestada de uma prima de Ljudmila, também cumprimentou o médico, com menos desenvoltura. As duas se sentaram diante dele.

— Em que posso ajudá-la?

— É uma situação meio constrangedora, doutor — falou Darja, fixando o olhar nos joelhos desnudos. — Sou de uma família muito tradicional, muito religiosa. E vou me casar em breve. A família do meu noivo é muito rígida também. O pai dele, o meu futuro sogro, é um homem à moda antiga. Um homem bastante conservador, entende? Pode parecer um absurdo hoje em dia, mas ele está exigindo um... um...

— Certificado de virgindade — completou Ljudmila, fingindo confortar a amiga.

Günther alisou o espesso cavanhaque e disse, retirando os óculos bifocais:

— Hummmm... Faz tempo que não ouço essa expressão.

— O senhor pode emitir esse certificado, doutor? — perguntou Ljudmila.

O médico fitou Darja como se tivesse uma lupa.

— A última vez que fiz isso tem uns 15 anos. Uma moça de Maribor, se não me falha a memória. Uma história parecida com esta.

— Então o senhor pode? — indagou a ansiosa Darja, fazendo o falso anel de noivado girar freneticamente no dedo.

— Se o hímen não for complacente, sim.

★ ★ ★

Assim que entrou no ônibus de volta para Ljubljana, Darja pegou o telefone celular e editou o texto do leilão. Acrescentou quatro palavras que lhe valeram um grande alívio: "Possuo certificado de virgindade." A garantia de castidade acabou noticiada por jornais e sites, que haviam transformado o caso em um popular folhetim.

— Não tenho como lhe agradecer, Ljudmila.

— Não precisa. Acho tudo isso uma loucura, mas amiga é para essas coisas. O que você achou do doutor Günther?

— Meio assustador. O olhar dele tem alguma coisa esquisita que não sei dizer bem o que é. Quando ele me colocou na cadeira ginecológica, ficou assobiando uma espécie de canção de ninar. Achei bizarro.

— Ele é bizarro mesmo. Dizem que é neto de um médico nazista que fazia experiências em Auschwitz.

— Jura?

— Dizem...

— Que horror!

— Mas isso não importa. O que importa é que você agora tem o certificado. Para todos os efeitos, quem esteve no consultório foi a pura Darja, que em breve vai se casar virgem com um rapaz de uma família bem conservadora. Pearl não abriu as pernas para o doutor Günther!

Nos dias seguintes à consulta, Darja tinha muitos motivos para sorrir. Pearl continuava na boca do povo e, mais importante, sua obscura fama seguia uma trajetória ascendente. Faltando 72 horas para o fim do leilão, o lance máximo ultrapassava os 130 mil dólares. O valor já estava bem acima da expectativa inicial de Darja, porém, agora, ela acreditava que poderia, no tempo restante, ir muito além do que previra. Para seduzir os concorrentes e os que ainda não haviam aderido à disputa, alterou as fotos que exibia no anúncio. Dessa vez, com a ajuda de Ljudmila, foi fotografada com *lingerie* bem cavada, em poses provocantes. A amiga, que tinha um estilo mais clássico e odiava roupas reveladoras, curtas e coladas, achou as fotos perigosamente vulgares, mas preferiu não manifestar sua opinião.

Apesar de arriscada, a estratégia funcionou. Dois participantes alternaram lances nas últimas horas do leilão. Pareciam ter muito fôlego financeiro. Ao fim de duas semanas, a virgindade de Darja foi arrematada por 250 mil dólares.

Conforme as regras do site de leilões, o vencedor fez um depósito na conta da empresa alemã que cuidava do processo. Darja cumpriu sua parte e enviou ao homem por e-mail uma foto em que mostrava seu rosto e o certificado de virgindade. Os dois trocaram algumas mensagens e o futuro deflorador se limitou a dizer que era empresário sírio que vivia entre Londres e Nova York. Mostrou-se um homem poderoso, mas polido, e fez gracejos bastante comedidos para quem investia tanto dinheiro no mercado futuro. O bem leiloado seria entregue em uma semana, em local discreto.

O futuro assustador desenhado no pequeno apartamento de um quarto estava agora despido de qualquer ameaça. Para comemorar e aplacar a ansiedade, Darja elegeu uma boate na agitada rua Cop. Decidiu gastar antecipadamente e convidou Ljudmila a uma noitada *all inclusive*. Era uma sexta-feira chuvosa, antevéspera da sua tão disputada primeira vez. Quando dançavam na pista após várias doses de vodca, as duas foram abordadas por uma dupla de rapazes. Um era alemão; o outro, local. O germânico logo manifestou interesse por Ljudmila e, entre uma frase e outra espremidas pelo som de bate-estaca em alto volume, os dois compartilharam sorrisos etilicamente libidinosos. Darja estava arredia, rechaçando as investidas do outro rapaz. Decidiu sair da pista de dança e foi se sentar sozinha ao balcão do bar. Uma hora depois, Ljudmila avisou que iria embora com o alemão.

— Não achou o outro cara bonito? Não gostou do cabelo? — perguntou ela de mãos dadas com o forasteiro.

— Achei, ele é bonito. Nada contra o cabelo! Mas é melhor afastar a tentação — respondeu Darja, com os olhos miúdos e já atropelando algumas letras.

— Uns beijos não vão fazer mal.

— Deixa para depois, preciso me comportar.

— Beijos comportados, para relaxar e...

— Bebemos demais, os beijos nunca ficam comportados. Você sabe! Além do mais, minha salvação está se aproximando. Não vou pôr tudo a perder... Arriscado demais!

— Você está bem? Não quer que eu fique?

— Não! Não, não... Vá se divertir, Ljudmila. Estou bem.

— Tem certeza?

Darja ergueu o copo de vodca e declarou, com um sorriso fluido:

— Absoluta! Cuide-se!

— Você também.

★ ★ ★

No quarto com leve cheiro de mofo, Darja sentiu a pior dor da sua vida jovem e miserável. A memória havia trazido à tona a dura realidade que o torpor dos primeiros minutos após o despertar costuma borrar. O homem deitado na cama finalmente acordou. Espreguiçou-se e, com a visão ainda turva, sorriu para Darja. Levantou-se nu e alongou os braços.

— Nunca tinha transado com uma virgem — disse ele, caminhando triunfante na direção de Darja, que protegia a nudez com a cortina.

Em pânico, ela deu dois passos para trás e gritou:

— Não me toque! Não me toque!

Surpreso com a repulsa, o homem abortou bruscamente as passadas.

— O que houve? O que fiz?

— Você... Você destruiu minha vida!

— Eu?!

Darja apontou para a mancha de sangue que reluzia no lençol.

— Sim, você! Você me embebedou!

— Essa é boa! Eu já estava indo embora da boate e, de repente, você apareceu na minha frente e me convidou para beber alguma coisa. Eu não quis, mas você insistiu... Agarrou minha camisa... Depois, viu as garrafas de vinho na adega da sala e pegou três. Esqueceu?

— Você se aproveitou de mim!

— Você está louca!

— Louco vai ficar você quando eu entregar a conta: 250 mil dólares!

— O quê?

— Nem um centavo a menos. Qual é seu nome mesmo?

— Você me chamou a noite toda de Stan, mas é Stanislav.

— Então, Stanislav, acho melhor você dar um jeito nisso. Para começar: onde estou?

— Na casa dos meus patrões. Eles viajaram. Cuido das vacas, dos porcos, das galinhas.

— Cacete!

— Falei tudo isso para você na boate.

— E o cara que estava com você?

— É filho dos meus patrões.

— Cadê ele?

— Não sei, não dormiu em casa. Este é o quarto dele. O meu é muito abafado e eu...

— Merda! Merda! Merda!

Stanislav pegou a calça jeans no chão e começou a se vestir.

— Aonde você pensa que vai?

— Preparar o café para a gente.

★ ★ ★

A caminho de casa, Darja ligou para Ljudmila. Uma, duas, três vezes. A amiga não atendeu. Ligou uma quarta e, só então, cuspindo pedaços de unhas, decidiu enviar uma mensagem. "Preciso falar com você! Urgente! Maldita vodca! Estou fodida! Será que o doutor Günther consegue me costurar? Responde, pelo amor de Deus!", escreveu.

Ficou sem resposta até chegar em casa. Estava exaurida, mas não podia se dar ao luxo de dormir. Ao menos no lar, tudo parecia quieto e sem surpresas desagradáveis. Ao abrir a porta do quarto, entretanto, Darja foi tomada por uma visão que, novamente, arrancou-a do chão: sua mãe deitada na cama com o senhorio, ambos nus.

— Que merda é essa? — perguntou ela, com indisfarçável horror.

A mãe acordou assustada. Darja, atordoada, parecia uma escultura tenebrosa envolta por cortina xadrez num jardim escuro. Brina se levantou com cuidado para não acordar o senhorio, pôs um robe vermelho e tirou a filha do quarto.

— Não faça barulho! Acabei de pagar um mês de aluguel. Estamos salvas.

O BOTO DO NILO

> *"A psicologia nunca poderá dizer a verdade sobre a loucura, pois é a loucura que detém a verdade da psicologia."*
> Michel Foucault

Esbaforida, ela entrou sem bater no escritório de Georgi Petrov, localizado num dos prédios mais antigos do Centro de Sófia. Sem sapatos e com o nó da gravata frouxo, o advogado lia um jornal esportivo quando, repentinamente, deparou com Albena empacada diante de si. Com as mãos, a mulher abaixou as folhas do periódico e disparou, atropelando as palavras:

— Preciso muito da sua ajuda. Muito. Você não imagina quanto! Não tenho ninguém mais a quem recorrer.

Sem dizer nada, Petrov se levantou e caminhou até a porta, que estava escancarada. Olhou para a antessala vazia e perguntou a Albena:

— Onde está minha secretária?

— Não sei. Quando cheguei não havia ninguém — respondeu Albena.

— Meu Deus, como é difícil achar uma secretária que preste.

Irritado, Petrov bateu a porta com força e voltou a se sentar. Apertou o nó da gravata e calçou os sapatos, que pareciam não ver graxa havia muito tempo.

— Sófia anda muito perigosa. Lido com muita gente e há muitos malucos soltos por aí. Preciso de uma secretária sempre alerta numa trincheira avançada. Entende? Outro dia apareceu um cara aqui completamente alterado. O louco passou pela secretária como um trem-bala e entrou no escritório. O que ela estava fazendo? Lendo revista de fofoca. Veio atrás dele, mas já era tarde. O sujeito puxou uma pistola e foi até a janela. Olhou para fora alguns segundos e fechou a persiana.

Albena tinha urgência, mas acabou envolvida pelo relato do advogado.

— Mas, afinal, o que ele queria? Era um assaltante? — perguntou ela, repousando a bolsa sobre a mesa de Petrov. Em seguida, sentou-se numa cadeira com estofamento rasgado.

— Antes fosse, antes fosse! Ele se sentou aí onde você está e me contou a história mais doida, mais estapafúrdia que já ouvi. O cara me disse que estava sendo perseguido por agentes da KGB.

— Da KGB?!

— Sim. Vários agentes. Não havia um lugar em que ele não encontrasse os demônios soviéticos, que era como ele chamava os tais homens da KGB. Ele contou que a televisão dele não pegava mais os canais americanos. Todos funcionavam normalmente, menos os americanos. Obra dos demônios soviéticos. Os CDs do Michael Jackson que ele tinha em casa haviam desaparecido misteriosamente. Obra dos demônios soviéticos. Tudo era coisa dos demônios soviéticos. Uma noite, quando ele estava comprando revistas, notou que um dos agentes também havia entrado na banca. Era um agente que ele dizia conhecer muito bem. Estava sempre de sobretudo cinza e chapéu preto. O homem falava búlgaro com leve sotaque russo.

— Meu avô dizia que isso era comum nos anos 1950 em Sófia. Havia agentes de Moscou espalhados por todos os lados — comentou Albena, quase sem piscar.

— Sim, havia. Eram muitos. Reviravam sua vida. Mas esse louco tinha uns trinta e poucos anos. Bem, voltando à história... Ele ficou ali na banca, paralisado, seguindo, de esguelha, os movimentos do demônio e pensando no que poderia transformar em arma naquela banca, para se defender. Mas o agente comprou apenas cigarros e saiu. Ele foi atrás. Então, os dois andaram por alguns quarteirões até que o agente entrou num prédio abandonado. O louco entrou também no prédio e encontrou as roupas e o chapéu do agente, ou sei lá o quê, largadas no chão. Ouviu disparos. Aproximou-se com cuidado e viu uma coisa bizarra, mas muito bizarra. O tal agente, o demônio soviético, havia se transformado no Alien.

— Alien?! Como assim?

— Sim, o Alien! O Alien, do filme. Aquele com a... a Sigourney Weaver. Sabe?

— Jesus!

— O Alien estava dando tiros de AK-47 contra uma foto do Mikhail Gorbachev pregada na parede.

— Meu Deus, só piora!

— Pois é... Ele disse que tinha ido à polícia denunciar, mas que ninguém dera ouvidos.

— Quem poderia dar ouvidos a isso, né?

— Ele tentou falar com a embaixada da Rússia. Não o receberam.

— Óbvio!

— E aí ele veio aqui, por recomendação de alguém. Até hoje não sei quem me indicou a esse sujeito! Se eu descobrir, essa pessoa está frita!

— E o que você fez?

— Eu disse que cuidaria do caso dele, claro. Ele não largava a pistola um só instante. Falei que acionaria a polícia para pedir proteção contra os demônios soviéticos, que ele teria de volta os canais americanos na TV e os CDs do Michael Jackson. Depois que ele se acalmou, foi embora. Antes de sair me disse: "O Alien solta uma baba apavorante!" Bem, com isso acho que todos concordamos. Foi a única coisa sensata que ele disse.

— Nossa, que história louca! Nunca ouvi uma igual.

★ ★ ★

— Faz tempo que você não aparece aqui. O que aconteceu, Albena?

Ela demorou um pouco a responder, ainda pensando nos demônios soviéticos e na gosma do Alien.

— Elisaveta — disse, finalmente.

— O que tem ela?

— É a razão de eu estar aqui.

— O que houve?

— É um assunto delicado, Georgi. Não sei se você conseguirá dar conta, mas eu não tinha outra opção a não ser vir aqui.

— Vamos logo, fale. O que aconteceu com a menina?

Albena esfregou rapidamente os olhos com as mãos e fitou o advogado. Com a voz embargada, disse:

— Ela... ela está grávida.

— Como grávida? Elisaveta é uma menina!

— Tem 13 anos.

★ ★ ★

Três meses antes, a família Kostadinov desembarcava no Cairo para as tão aguardadas férias de três semanas no Egito. Experimentaram o caos da capital, encantaram-se com a imponência das pirâmides, os curiosos passeios de camelo e a opulência arqueológica e mística do Museu do Cairo, desceram pelas águas caudalosas do Nilo e, nos últimos oito dias, hospedaram-se num *resort* em Sharm-el-Sheikh, no Sinai, às margens do mar Vermelho.

Tudo estava perfeito: o inverno rigoroso da Bulgária deixado a incontáveis quilômetros de distância, o deus-sol reverenciado mediante uma concessão cristã temporária, calor, relaxamento, tranquilidade no balneário lotado de turistas de várias partes do mundo — um luxo que cabia no bolso de poucos egípcios. Era uma bênção ensolarada para Albena; o marido, Hristo; Elisaveta e Dimitar, o filho primogênito do casal que os euros economizados podiam proporcionar. Uma celebração da família perfeita, de "dar inveja aos vizinhos", como Albena gostava de dizer.

Ao retornar à fria Sófia, os Kostadinov e suas peles bronzeadas destoavam de quase todos os outros moradores da cidade. Quando a temperatura permitia, exibiam com orgulho e certo ar de superioridade a morenice forjada na terra dos faraós. Albena e Hristo já programavam as férias do ano seguinte e praticavam o mantra da poupança. Queriam mais sol, queriam ir mais longe: saborear as delícias de Cancún, no México.

Só que as águas cristalinas da Riviera maia secaram aos olhos dos Kostadinov quando Elisaveta, estranhamente, passou a ter enjoos diários. Chegou a ser tratada de algum suposto problema estomacal. Seria a água pouco confiável do Egito? Diante da filha acamada, Hristo chegou a conjeturar: "Será que exageramos e pegamos sol demais?"

★ ★ ★

— Meu Deus, o que vocês foram fazer no Egito? — perguntou Petrov.

— Hristo tinha muita vontade de conhecer. E gostamos muito. Claro, nem tudo lá presta, mas nos divertimos bastante.

— Mas não podiam se divertir em outro lugar?

— No mar Negro? Com esse frio? De jeito algum! Queríamos experimentar esse tal de turismo exótico. Nenhum vizinho nosso conhece o Egito. Hoje ficam maravilhados com nossas histórias de lá.

Petrov se levantou para pegar um cigarro.

— Que bobagem! Incomodo fumando?

— Não. Mas achei que você tivesse parado.

— Estou parando. Pela quinta vez. Albena, até agora não entendi a relação entre a gravidez de Elisaveta e o Egito.

— Como não? Elisaveta engravidou no Egito!

— Você tem certeza?

— Sim, o médico garantiu. Aconteceu durante as férias.

O advogado se sentou novamente e apagou o cigarro num cinzeiro de alumínio cheio de guimbas.

— E onde você estava que não cuidou da sua filha?

— Estava o tempo todo ao lado dela. Sou uma mãe exemplar!

— Então esse bebê surgiu como? Obra divina? Geração espontânea?

Albena pôs as mãos sobre o rosto e ficou imóvel por uns instantes. Ela só saiu do transe quando Petrov chamou seu nome pela sexta vez.

— Sei que é uma forma muito estranha de engravidar, mas minha Elisaveta engravidou na piscina do *resort*.

— À noite?

— Não, de dia, logo cedo.

— Meu Deus, jamais pensei que Elisaveta fosse capaz de...

— Não foi.

— Como assim?

— Quando engravidou ela estava nadando sozinha.

— Sozinha?!

— Sim, sozinha. Dimitar estava conversando com um rapaz a poucos metros dela. Depois, Elisaveta saiu da água e foi tomar sol até a hora do almoço.

— Juro, Albena, não estou entendendo nada.

— Você pode achar que é maluquice, mas Elisaveta engravidou da piscina do hotel.

Petrov se levantou da cadeira como se tivesse tomado um choque nas nádegas.

— Albena, você tem ideia do que acabou de me dizer?

— Sim, tenho. Todas as peças se encaixam.

— Que peças? Daqui a pouco você vai dizer que também viu o Alien.

— Não, me escuta, por favor. Senta aí e me escuta.

Com relutância, o advogado atendeu ao pedido. Mas era impossível disfarçar a expressão facial de estarrecimento.

— E eu achando que já tinha ouvido as histórias mais malucas... — comentou ele, ajeitando-se na cadeira em busca de um conforto quase impossível.

— Calma, me ouça. Vou explicar tudo. Quando descobrimos que Elisaveta estava grávida, nós a levamos a um médico que cuida da família há muito tempo. Para nossa surpresa, o doutor Ivanov disse que Elisaveta ainda era virgem.

— Virgem?!

— Sim, grávida e virgem.

— Mas...

— Calma. Bem, pouco antes do almoço naquele dia no *resort*, eu estava conversando com outra turista, uma mulher da Moldávia. Ela me disse que, durante a madrugada, três casais russos haviam sido flagrados fazendo sexo na piscina, na mesma piscina em que Elisaveta estava. Foi uma grande confusão. Parece que um dos casais acabou até preso. Os outros dois foram expulsos do hotel e...

Nesse momento, o telefone celular de Petrov tocou.

— Com licença, Albena, preciso atender.

— Tudo bem.

— Como vai a senhora?...

Depois de ficar apenas ouvindo a mulher do outro lado da linha por alguns minutos, Petrov disse:

— Entendo perfeitamente... Sim, o seguro de vida do seu marido é válido para qualquer tipo de morte... Sim, acidente de carro... Incêndio também... Assassinato?! A senhora está querendo dizer homicídio?... Sei... Claro, entendo. A cidade anda bem perigosa. Bem, acho que não tem uma cláusula contrária. Mas...

A cliente desligou abruptamente, sem se despedir. Petrov preferiu acreditar que a ligação caíra e que a mulher entraria em contato novamente.

— É uma cliente um pouco problemática — comentou ele, visivelmente perturbado.

— Entendo. Mas voltando ao meu problema: Elisaveta.

— Sim, claro. Perdão.

— Então, só para encurtar a história: estou convicta de que Elisaveta engravidou ao entrar naquela piscina.

Petrov arregalou os olhos e abriu a boca, em movimentos quase simultâneos. Não conseguiu reagir verbalmente à insólita teoria de Albena. Não tirava a imagem do Alien da cabeça: o turista russo aguardando isolado numa sala do aeroporto do Cairo sua deportação após uma aventura sexual na piscina do hotel *all inclusive*. Quando os policiais vão até a sala para levá-lo para o embarque no voo da Aeroflot, no avião da despedida forçada do Éden egípcio, eles são recepcionados por uma criatura sinistra, de cabeça grande, presas poderosas e língua dentada. O pai do filho de Elisaveta?

— Não vai dizer nada, Petrov?

Ainda preso à carnificina na sala do aeroporto do Cairo, o advogado demorou a processar a resposta. E ela veio com uma pergunta natural:

— Sim, sim... Você acredita mesmo no que acabou de dizer?

— Óbvio que sim! E quero processar o *resort*! Por isso estou aqui.

Petrov se levantou da cadeira, deu alguns passos titubeantes, abriu a porta do escritório e encontrou a secretária lixando as unhas, com os olhos cravados numa revista.

— Bom vê-la de volta, Anna. Por favor, pegue uma aspirina para mim — disse ele, fechando lentamente a porta em seguida.

— Dor de cabeça? — perguntou Albena, inquieta.

— Não, ainda. Mas devo ter em breve.

— Por favor, preciso da sua ajuda. Daqui a pouco, a barriga vai ficar visível. Precisamos processar esse *resort* o quanto antes. Quero mostrar aos vizinhos que não vamos deixar isso barato! Que estamos brigando na Justiça!

Albena abriu a bolsa e retirou vários papéis e uma cartela de comprimidos.

— Aqui, sua aspirina e o contrato com a agência de turismo que nos vendeu o pacote para o Egito. Trouxe também o passaporte da Elisaveta e o atestado de virgindade assinado pelo doutor Ivanov. Ele é um médico muito respeitado. Muito! Quanto você acha que podemos pedir de indenização?

Anna bateu duas vezes na porta e entrou antes de qualquer reação do patrão. Trouxe um comprimido de aspirina e um copo d'água. Ao ver a cartela do medicamento sobre a mesa, comentou:

— Cheguei tarde?

— Não, aspirina nunca é demais.

Depois da saída da secretária, Petrov fitou Albena com um olhar inquisidor.

— Você tem certeza de que ficou de olho na menina todo o tempo? — disparou ele.

— Sou uma boa mãe, Petrov. Somos uma família cristã, de princípios cristãos!

— E por acaso você já ouviu falar de hímen complacente? Acontece até em famílias cristãs.

— Não me venha com isso, tenho um atestado médico! Foi aquela água da piscina, Petrov! Aquela água maldita! A maldita água contaminada por aqueles russos pervertidos! O hotel não trocou a água da piscina!

O advogado lançou uma aspirina na boca e bebeu um longo gole de água.

— Isso é delírio. Já ouvi alguém falando sobre certa lenda na Amazônia. A história de um boto que se transforma em homem sedutor e engravida mulheres. Mas, Albena, não existe boto no Nilo. Essa sua história não tem pé nem cabeça. Vão rir da gente nos tribunais. E seus vizinhos vão rir também. Pelo amor de Deus! E eu, sinceramente, não sei nem a que tribunal recorrer.

— Achei que você fosse me apoiar.

— Difícil.

— Achei que você fosse apoiar nossa filha neste momento complicado.

— Nossa filha?!

Albena fechou os olhos. Suas palavras ganharam o ritmo ditado pelo coração acelerado.

— Pode não ser o melhor momento para contar, mas não dá mais para esconder.

— Meu Deus, isso é mais uma loucura sua?

— Não, não é. Queria até que fosse, mas não é.

Petrov respirou fundo e passou as mãos pelo cabelo, parando com elas no alto da cabeça.

— Hristo é estéril — disse Albena, sem encarar o advogado. — Ele não se importou quando apareci grávida pela primeira vez. Disse que assumiria a criança e a criaria como se fosse dele. Dois anos depois que Dimitar tinha nascido, ele falou que já era hora de darmos um irmãozinho ou uma irmãzinha a ele.

— E fui o escolhido?

— Mais ou menos. Você estava cuidando do inventário do meu pai. Estava dando bastante trabalho, eu lembro bem, mas você parecia tão paciente, tão atencioso! E, é claro, era muito atraente. E eu não era uma mulher de se jogar fora, não é mesmo?

— Como fui idiota...

— Você não tem do que reclamar, Georgi. Nunca pedi um centavo para ajudar a criar a menina. Você tem mantido seu casamento intacto até agora. O sagrado matrimônio, a santidade do lar... E é para deixar tudo como está que estou aqui pedindo sua ajuda.

★ ★ ★

Albena saiu do escritório com ar triunfante. Ao passar por Anna, ela foi de uma cortesia surpreendente e prometeu trazer revistas de fofoca para a secretária de Petrov. Desceu cantarolando no elevador. Em seguida, ao caminhar na direção do ponto de ônibus, decidiu passar na catedral de Santo Alexandre Nevsky antes de ir para casa. Rezou, admirou a decoração com alabastro enquanto fazia as orações, acendeu duas velas, fez uma generosa doação à igreja e deu esmola a duas idosas que se acotovelavam na entrada do templo atrás das migalhas nossas de cada dia. Quando estava a uns cem metros da catedral e o ônibus se aproximava do ponto, Albena ouviu os 12 sinos do campanário em ação. Sorriu, acreditando ser um bom sinal. Espalmou as mãos na direção do céu e entrou no coletivo.

No dia seguinte, logo pela manhã, Petrov escolheu um bom terno e foi até a agência de turismo que havia vendido o pacote egípcio aos Kostadinov dar início à sua empreitada. Depois, ele tinha uma reunião agendada com outro advogado que já havia processado alguns hotéis do Oriente Médio. Mais do que tudo, Petrov havia se preparado para a zombaria, para a galhofa, para o escárnio dos colegas e, provavelmente, da imprensa. Mas faria tudo por uma filha. Até mantê-la oculta.

PUBLISHER
Kaíke Nanne

EDITORA EXECUTIVA
Carolina Chagas

COORDENAÇÃO DE PRODUÇÃO
Thalita Aragão Ramalho

PRODUÇÃO EDITORIAL
Frederico Hartje

REVISÃO
Eduardo Carneiro
Mônica Surrage

DIAGRAMAÇÃO
DTPhoenix Editorial

Este livro foi impresso no Rio de Janeiro, em 2015,
pela Edigráfica, para a Editora HarperCollins Brasil.
A fonte usada no miolo é Iowan Old Style, corpo 11/16,5.
O papel do miolo é avena 80g/m² e o da capa é cartão 250g/m².